Tod in Biarritz

ECON Historischer Krimi

Zum Buch

Biarritz um die Jahrhundertwende. Wie jedes Jahr im Frühling vergnügt sich der englische Adel an der französischen Atlantikküste. Doch der rätselhafte Tod einer Prostituierten droht die Idylle empfindlich zu stören. Die Nobelkurtisane Topaz Brown war die Gespielin vornehmer Herrschaften, die an der Aufklärung der Tat auffallend wenig Interesse haben. Es gibt jedoch ein Problem: Die Verstorbene hat ihr Vermögen der englischen Frauenbewegung vermacht. Nell Bray, eine überzeugte Suffragette, kommt in den mondänen Ferienort, um die Erbschaft anzutreten. Doch dort erwarten sie einige Überraschungen.

Die Autorin

Die Journalistin Gillian Linscott begann ihre Karriere mit Repor-tagen über Straßenkämpfe in Belfast. Später arbeitete sie u.a. als Theaterautorin und Parlamentsreporterin. Heute lebt sie als freischaffende Schriftstellerin mit ihrem Mann auf einer Farm in Herfordshire. In England hat sie sich längst einen Namen als Krimi-Autorin gemacht. Tod in Biarritz ist ihr erster ins Deutsche übertragener Roman.

Gillian Linscott

Tod in Biarritz

Ein Kriminalroman aus dem Frankreich der Jahrhundertwende

ECON Taschenbuch Verlag

Veröffentlicht im ECON Taschenbuch Verlag,
ECON Verlag GmbH, Düsseldorf 1996
Lizenzausgabe

Titel des englischen Originals:
Sister Beneath The Sheet
Die Originalausgabe erschien 1993 bei Little, Brown und
Company in London
Aus dem Englischen übersetzt von Veronika Cordes
Umschlaggestaltung: INIT GmbH, Bielefeld
Titelabbildung: Complete Encyclopedia of Illustration,
Park Lane, New York, 1979
Druck und Bindearbeiten: Ebner Ulm
ISBN 3-612-25144-9

I

Die Geschichte fing für mich Mitte April an, nur neun Tage nach meiner Entlassung aus dem Gefängnis von Holloway. Ich erholte mich in meinem Hause in Hampstead, genoß es, wann immer ich wollte ein Bad nehmen und mich endlich wieder um meine Katzen kümmern zu können – bis zu dem Augenblick, da draußen ein Wagen hielt, dem Emmeline Pankhurst entstieg.

«Nell, meine Liebe, ich möchte, daß du sofort nach Biarritz fährst.»

«So schlecht steht es doch wirklich nicht um mich», gab ich zurück. «Ein Wochenende auf dem Land ist völlig ausreichend.»

Emmeline dann und wann hochzunehmen ist etwas, was ich mir einfach nicht verkneifen kann. Bei all ihren herausragenden Eigenschaften mangelt es ihr eindeutig an Sinn für Humor.

«Es handelt sich um eine delikate Angelegenheit. In Biarritz ist eine Frau gestorben, unter tragischen Umständen. Sie hat uns eine ansehnliche Summe Geld hinterlassen.»

«Wieviel?»

«Ungefähr fünfzigtausend Pfund.»

«Wunderbar. Das bedeutet, wir können für die nächste Wahl fünfzig weitere Kandidatinnen aufstellen. Wer war sie denn?»

Ausnahmsweise schien Emmeline um Worte verlegen zu sein.

«Es fällt mir nicht leicht, dir das zu sagen, Nell.»

«Zumindest dürfte doch ihr Name bekannt sein.»

«Eine gewisse Miss Brown.»

Ich wartete ab.

«Sie hatte einen *nom de guerre*, wie man so sagt. Topaz.»

Ich wartete weiterhin ab.

«Sie war eine ... eine ...»

«Wenn es sich um die Topaz Brown handelt, von der ich gehört habe», kam ich ihr zu Hilfe, «dann war sie eine höchst erfolgreiche Prostituierte.»

Emmeline nickte und errötete wie ein Schulmädchen.

«Sie ist tot?»

«Dem Vernehmen nach hat sie Selbstmord begangen. Vermutlich hat sie ihr liederlicher Lebenswandel dazu getrieben.»

«Und sie hat uns ihr ganzes Geld vermacht. War sie eine von uns?»

«Wohl kaum. Die Frage ist, ob wir es annehmen können.»

«Fünfzigtausend Pfund? Natürlich nehmen wir an.»

Um unsere Finanzen wußte ich besser Bescheid als Emmeline.

«Ich dachte mir, daß du so reagieren würdest. Deshalb sollst du ja auch nach Biarritz fahren und unsere Interessen wahrnehmen. Zumal du des Französischen mächtig bist.»

Die Aussicht, mich wochenlang mit französischen und englischen Anwälten und höchstwahrscheinlich auch mit streitsüchtigen Verwandten herumzuschlagen, war zwar nicht nach meinem Geschmack, aber fünzigtausend sind fünfzigtausend. Außerdem ist Neugier eine Schwäche von mir, zu der ich mich uneingeschränkt bekenne, und ich war bereits dementsprechend gespannt, was es mit dem Vermächtnis von Topaz Brown auf sich hatte.

«Wie haben wir davon erfahren?»

Emmelines Miene verdüsterte sich. «Ich erhielt gestern ein langes Telegramm von Roberta Fieldfare. Sie scheint sich in Biarritz aufzuhalten. Weiß der Himmel, warum.»

«Bobbie? Ihre Mutter, das heißt Lady Fieldfare und ich teilten uns eine Zelle.»

Sie saß drei Monate ab, weil sie einen Minister des Kabinetts mit Pferdeäpfeln bombardiert hatte. Ihre Schwester Maud, trotz ihrer neunundsechzig Jahre um einiges zielsicherer, hatte einen Volltreffer gelandet und dafür vier Monate erhalten.

Die Fieldfares – Tante, Mutter und Tochter – engagieren sich mit beispiellosem Eifer für unsere Sache, dem Wahlrecht für Frauen, sind jedoch, eine wie die andere, unberechenbar wie wilde Kaninchen. Zu den von Emmeline geschätzten Verbündeten zählen sie nicht.

«Ich suche Bobbie auf, sobald ich da bin. Hat sie gesagt, wo sie wohnt?»

«Mir wäre es lieber, wenn du das bleiben ließest, Nell. Und wenn das, was du in Biarritz zu erledigen hast, so diskret wie möglich geregelt werden könnte.»

Mit anderen Worten: das Vermächtnis klammheimlich auf das Bankkonto der Women's Social and Political Union schleusen, ohne ein weiteres Wort über seine Herkunft zu verlieren.

Ich versprach, mein Bestes zu tun, vertraute meiner Nachbarin die Pflege meiner an Kummer gewöhnten Katzen an und wälzte Fahrpläne. Am Montag morgen um zehn Uhr verließ ich den Bahnhof Charing Cross; Dienstag früh, um sieben Uhr siebenundzwanzig mit dem Nachtzug aus Paris eintreffend, betrat ich den sonnenüberfluteten Bahnsteig in Biarritz – sechs Tage nachdem Topaz tot aufgefunden worden war. Auf der Fahrt hatte ich meinen *Baedeker* zu Rate gezogen und eine preislich annehmbare Pension entdeckt, das *St-Julien* in der Avenue Carnot, zwar nicht am Meer, dafür unweit des Stadtzentrums gelegen. Ich nahm mir eine Mietdroschke dorthin, ließ mir ein Zimmer zuweisen, stellte meinen Koffer ab, ging ins Café nebenan frühstücken. Bei Kaffee und Croissants legte ich mir einen Terminplan zurecht.

Eine der wenigen Einzelheiten, die ich noch in London hatte in Erfahrung bringen können, war, daß man die Leiche von Topaz Brown in den von ihr bewohnten Räumen im *Hôtel des Empereurs* gefunden hatte. Also beschloß ich, mich zunächst einmal dort umzuschauen.

Ich war noch nie in Biarritz gewesen, und obwohl ich wußte, daß der König durch seine Besuche dazu beigetragen hatte, diesen Urlaubsort zu einem Treffpunkt von Rang und Namen zu machen, war ich, besonders nach dem grauen Gefängnisleben, überwältigt vom Luxus und der Unbeschwertheit, die hier herrschten. Der Großteil der Grandhotels drängte sich um das Casino und das hinter dem Atalaye, einer felsigen Gebirgsnase, gelegene Kurhaus. Ein endloser Sandstrand erstreckte sich sowohl nach Norden wie auch nach Süden, zur spanischen Grenze hin. Mit unerhörter Wucht schlugen die Wellen gegen die Klippen, und vom Atlantik wehte eine steife Brise; die Frühaufsteher jedoch, die vor den Hotels herumbummelten, erweckten allesamt den Eindruck, als kämen sie geradewegs aus Mayfair. Diener schoben gehbehinderte ältere Herrschaften in Badestühlen, Frauen bemühten sich verzweifelt, ihre mit Vogelschwingen und Seidenbändern aufgeputzten Hüte, die wie geschaffen schienen, davonzufliegen, festzuhalten, Kindermädchen in Uniform umklammerten Patschhändchen von Winzlingen in Matrosenanzügen. Noch schätzungsweise ein paar Jahre, und die elegante Welt würde weiterziehen, Biarritz den Wellen und Fischern überlassen. Bis dahin überragten die Grandhotels die Promenade wie aneinandergereihte Ozeanriesen vor Anker.

Das *Hôtel des Empereurs*, eines der größten und neuesten des Ferienorts, war nicht schwer zu finden. In neubarockem Stil erbaut, in jedem Stockwerk mit bauchigen schmiedeeisernen Balkons bestückt, die Fassade überladen mit Girlanden, verspielten Nymphen und Seepferdchen aus Terracotta. Zwei Karyatiden links und rechts der Eingangsstufen ragten bis zum ersten Stock empor, stützten mit ihren Häuptern einen Balkon. Den Abschluß des sieben- oder achtstöckigen Baus bildete jeweils ein rundes, mit einem kupfernen Haubendach bestücktes Begrenzungstürmchen in Form eines auf den Kopf gestellten Eierbechers. In beiden Türmen befanden sich Fenster mit Blick nach Norden, Süden und aufs Meer. Bei dem rechten waren die Jalousien heruntergelassen. Ich stand eine

Zeitlang da, beobachtete die Leute, die das Hotel betraten oder herauskamen, fragte mich, wie es sein mochte, wenn man all dessen so überdrüssig war, es derart satt hatte, daß es geradezu eine Erlösung sein mußte, ein für allemal Schluß zu machen. Natürlich war ich auf Topaz' Geld erpicht, hielt es aber für meine Pflicht und Schuldigkeit, etwas mehr über sie in Erfahrung zu bringen.

«Meine persönliche Meinung ist die ...», sagte der Anwalt. Er stand von seinem Schreibtisch auf, machte sich nervös an einem Stapel Papiere zu schaffen, trat ans Fenster, so als zögerte er, seine Gedanken preiszugeben. «Meine persönliche Meinung ist die, daß Miss Brown eine äußerst liebenswerte und gleichermaßen geschäftstüchtige Frau war. Bis zur Abfassung dieses Testaments erachteten wir sie als die ideale Mandantin schlechthin.»

Wie sich herausgestellt hatte, war Topaz' Anwalt Engländer, dessen Kanzlei im selben Gebäude wie das Konsulat lag. Da so viele wohlhabende und einflußreiche Engländer mehrere Wochen im Jahr in Biarritz verbrachten, lag es auf der Hand, daß die professionellen Berater ihren Spuren folgten.

«Sie war demnach schon längere Zeit Ihre Klientin?»

«Seit einigen Wochen. Wir regelten für sie eine Grundstücksübertragung.»

Er zeigte sich entgegenkommender als erwartet. Zwar war er fast unmerklich zusammengezuckt, als ich mich ihm vorgestellt hatte, aber Anwälte sind eben auf der Hut, wenn sie jemanden vor sich haben, der im Gefängnis gesessen hat, weil er Ziegelsteine durchs Fenster von Downing Street Nummer 10 geschmissen hat.

»Wurde ihr Testament erst vor kurzem abgefaßt?»

Er zeigte sich überrascht, wenn nicht mißtrauisch.

«Man hat Sie nicht unterrichtet?»

«Nicht über die Einzelheiten.»

«Mittwoch nachmittag vergangener Woche.»

Drei hastig hingeworfene Wörter, dann wandte er sich dem Fenster zu, so als lehnte er jegliche Antwortung für sie ab.

«Aber ... ich dachte ... wurde sie nicht ...?»

«Miss Brown wurde Donnerstag morgen von ihrer Zofe gefunden.»

«Demnach machte sie ihr Testament erst einen halben Tag vor ihrem Tod? Haben Sie sie gesprochen? Hatten Sie das unbestimmte Gefühl ...?»

Schwerfällig ging der Anwalt, ein noch relativ junger Mann, dessen bereits kahler rosa Schädel in der Sonne glänzte, an seinen Schreibtisch zurück.

«Miss Bray, ich bin in einer unangenehmen Lage. Vielleicht ist Ihnen nicht bekannt, daß der Bruder von Miss Brown das Testament anficht, weil er davon ausgeht, daß sie zum Zeitpunkt, da es abgefaßt wurde, keinesfalls bei Verstand gewesen sein kann. Ich nehme an, daß Ihre Organisation vor Gericht den entsprechenden Beweis antreten muß. Sie werden Verständnis dafür haben, wenn ich Ihnen angesichts dieser Umstände nicht mehr sagen kann.»

Ich hatte Verständnis. Ich dankte ihm, daß er sich Zeit für mich genommen hatte, und ließ ihn wissen, daß er zu gegebener Zeit offiziell von der Women's Social and Political Union hören würde. «Sie sprachen von einer Zofe», sagte ich noch, als er mich hinausbegleitete.

«Ich darf doch vermuten, daß dem nichts entgegensteht, wenn ich sie einmal aufsuche?»

«Ich glaube nicht. Sie wird sich ein wenig ... hm ... zugeknöpft geben. Sie war Miss Brown sehr zugetan.»

«Wissen Sie, wie sie heißt oder wo ich sie finden kann?»

«Tansy Mills. Sie hält sich weiterhin in Miss Browns Suite im *Hôtel des Empereurs* auf. Miss Brown hat die Wohnung bis Ende des Monats bezahlt, und jemand muß schließlich ihre Sachen zusammenpacken.»

«Wann findet die Beerdigung statt?»

«Das steht noch nicht fest.»

Er sagte das so, als gebe es damit Schwierigkeiten, die mir zu erläutern er keine Veranlassung sah. Inzwischen war es mitten am Vormittag. Ich ging zum *Hôtel des Empereurs* zurück, wo ich mich am Empfang nach der Zofe von Topaz Brown erkundigte.

Ich erntete neugierige Blicke, dann begleitete mich ein Page mit Tönnchen und goldbetreßter Uniform zum hinter dem Foyer gelegenen Lift und fuhr mit mir in den siebten Stock hoch. Dort führte er mich über einen mit dunkelrotem Teppich ausgelegten Flur, um dann an einer in Weiß und Gold gehaltenen Tür zu klopfen.

«Wer ist da? Wer ist draußen?»

Die gereizte Stimme hinter der Tür verriet Ostlondoner Akzent. Der Page zuckte die Schultern und verzog sich.

«Mein Name ist Nell Bray. Sind Sie Tansy Mills?»

«Ja. Was gibt's?»

«Ich möchte mich mit Ihnen über Miss Brown unterhalten.»

«Kommen Sie vom Anwalt?»

«Ja.»

Das entsprach in gewisser Weise der Wahrheit und schien die einzige Möglichkeit zu sein, Zutritt zu erhalten.

«Moment noch.»

Stille. Dann das Geräusch eines Schlüssels, der herumgedreht wird, und eine der Türen öffnete sich. Die Frau auf der anderen Seite mochte nicht größer als einsfünfundfünfzig sein, dafür besaß sie ein breites Kreuz und wirkte irgendwie angriffslustig. Ihre Nase war lang, die braunen Augen blitzten wütend. Sie trug ein schlichtes schwarzes Gewand, und ihr Haar, das bereits Spuren von Grau zeigte, war streng nach hinten gekämmt und zu einem starren Zopf geflochten. Ein Persönchen, mit dem sicherlich nicht gut Kirschen essen war.

«Sie sind Engländerin? Wenigstens das. Ich bin's leid, wenn ständig auf französisch auf mich eingeredet wird, der Anwalt macht da zwar eine Ausnahme, aber was der auf englisch sagt, taugt auch nicht viel. Auf mich hört jedenfalls keiner.»

Sie hatte die Tür hinter mir geschlossen, und wir standen jetzt in einer geräumigen Diele, von der in der Mitte und rechts Türen abzweigten. An der linken Wand fiel mir ein kleiner Liftkäfig auf.

«Also, was wollen Sie? Mir zuhören oder rumquatschen wie alle andern?»

«Ich möchte zuhören.»

Sie sah mich an, stieß die Tür vor uns auf.

«Dann kommen Sie rein und setzen Sie sich, auch wenn nicht aufgeräumt ist. Ich bin dabei, ihre Sachen zu packen. Mr. Jules hilft mir so gut er kann, aber je mehr man einpackt, desto mehr wird's.»

Der große runde Raum, dessen Fenster auf die Promenade und die gesamte Küste hinaus gingen, machte deutlich, daß ich mich in einem der beiden Türme befand, zu denen ich am frühen Morgen hochgeblickt hatte. Wie zu Inseln waren erlesene Möbel gruppiert – Armsessel und Chaiselongues und immer wieder kleine Tische. Auf mehr oder weniger jeder verfügbaren Fläche türmten sich Berge von schimmernden Kleidern, Mänteln und Stolen oder aber Papiere, Umschläge und lederne Kästchen. Mit einer ausholenden Handbewegung räumte Tansy einen Stuhl für mich frei.

«Schätze, Sie möchten 'ne Tasse Tee.»

«Das wäre nett.»

Während sie einen Spirituskocher aus dem Schrank holte, versuchte ich, auf den Grund meines Besuchs zu sprechen zu kommen.

«Miss Brown hat unserer Organisation eine ansehnliche Summe Geld hinterlassen. Wir wissen so gut wie nichts über sie.»

Tansy stellte einen kleinen Teekessel ab und starrte mich, die Hände in die Seiten gestemmt, an.

«Sie sind also eine von denen, die diesen leidigen Zirkus um das Wahlrecht für Frauen veranstalten?»

«Ja.»

Da ich merkte, daß sie im Begriff war, Gift und Galle zu spucken, zog ich es vor, mich zurückzuhalten.

Tansy ging quer durch den Raum, wobei sie sich Mühe gab aufzustampfen, was der dicke Teppich jedoch klaglos schluckte.

«Von allen Hirnrissigkeiten, zu denen sie sich verstiegen hat ... Aber wenn sie sich mal was in den Kopf gesetzt hatte, war's zwecklos, ihr das auszureden.»

Sie füllte den Kessel, hantierte lautstark mit Metall und Porzellan. Unschwer zu erkennen, daß Topaz Brown, wenn sie denn eine fragwürdig Bekehrte für unsere Sache gewesen war, ihre Zofe nicht hatte überzeugen können.

Sobald der Kessel auf der Flamme stand, ließ sich Tansy mir gegenüber auf die Kante eines mit Reiseführern und Fahrplänen überladenen Stuhls plumpsen.

«Was soll ich Ihnen also groß erzählen?»

«Alles, was Ihnen über den Tag vor ihrem Tode noch in Erinnerung ist.»

Es war sinnlos, Tansy gegenüber um den Brei herumzureden, und mir schwante, daß unser Anspruch auf die besagten fünfzigtausend Pfund von Topaz' Verhalten an jenem letzten Tag abhing. Zu meiner Überraschung schien Tansy geradezu erfreut.

«Mach' ich. Jedem würd' ich's erzählen, bloß hört ja keiner zu.»

«Ich höre Ihnen zu.»

Sie holte tief Luft. «Alles vom Tag davor? Nun, am Donnerstag um zehn Uhr morgens hab' ich sie gefunden. Ein Tag davor wär' also dann zehn Uhr am Mittwoch. Ich hab' wie immer ihr Frühstückstablett fertiggemacht, eine Kanne Schokolade, dick und cremig, dann diese kleinen gedrehten französischen Brötchen, die sie so gern mochte. Ich klopfe also an die Tür und sage: ‹Ihr Frühstück, Ma'am.› Morgens war bei mir Förmlichkeit angesagt.»

«An die Tür von diesem Zimmer?»

«Nein, von ihrem Schlafzimmer natürlich. Wo sollte sie denn sonst gewesen sein?»

«Allein?»

Diese Frage mußte gestellt werden, wenngleich Tansy säuerlich reagierte.

«Natürlich war sie allein. Sonst hätt' ich sie doch nicht gestört, oder?»

«Wahrscheinlich nicht. Wie fanden Sie sie vor?»

«Wie jeden Morgen, eingekuschelt in die Laken wie ein großes verschlafenes Kätzchen. Von einer natürlichen Anmut, ganz egal, was Ihnen diese Frau da drüben oder sonst jemand erzählt. Genau so, nur besser.»

Sie deutete auf ein Bild an der Wand. Ich hatte es beim Betreten des Raums nicht bemerkt, weil kein direktes Licht darauf fiel. Als ich es jetzt anschaute, schien es aus sich selbst heraus zu leuchten: eine Pastellzeichnung in Ocker, Gold und Apricot, das eine Frau mit wallendem Haar darstellte, hingegossen auf wogendes Gold, mit einem lasziven, zufriedenen Lächeln. Eher eine rundum gesättigte Katze als eine, die auf Beute lauert.

«Hat einer ihrer Künstler gemalt. Sie ließ sich gern malen. Sie haben mich gefragt, wie ich sie jenem Morgen vorfand, und ich sag' Ihnen: genau so. Naja, ich stelle also das Tablett auf den Tisch an ihrem Bett und ziehe wie immer die Vorhänge zurück, um die Sonne reinzulassen, und sie fragt mich, ob die Post schon da ist.»

«Erwartete sie etwas Bestimmtes?»

Diese Unterstellung schien sie abermals als Beleidigung aufzufassen.

«Nicht doch. Die Post lag bereits auf dem Tisch vor der Tür, und ich brachte sie ihr rein. Mehr oder weniger das übliche, diese typischen steifen länglichen Umschläge mit dem Familienwappen drauf und dem Geruch dieser ausländischen Gentlemen ...»

«Geruch?»

«Na ja, von dem Öl, das diese Herren in ihr Haar und auf den Bart und wo sonst noch hinschmieren. Sie jedenfalls wirft lediglich einen kurzen Blick drauf, legt dann alles zur Seite und fragt: ‹Hast du was von deiner kleinen Schwester gehört?› So war sie eben. Eine Handvoll europäischer Adel, und sie legt alles weg, erkundigt sich statt dessen nach meiner Schwester, einer kleinen Näherin mit zehn Shilling Wochenlohn in einem Laden abseits der Mile End Road.»

Sie sah mich herausfordernd an, erwartete wohl, daß ich ihr widerspräche. Ich schwieg, schon weil ich es für richtiger hielt, sie ausreden zu lassen.

«Ich antworte nein, ich hätt' nichts von Rose gehört, und sie: ‹Glaubst du, sie kommt?› Dazu muß ich erklären, daß sie mir zwei Wochen vorher auf den Zahn gefühlt hatte und wußte, daß ich mir Sorgen um Rose machte. Dabei hatte ich ihr nur die Hälfte der Geschichte erzählt, nämlich daß Rose nicht kräftig ist, nicht so ein Arbeitstier wie ich, und daß ich es schlimm finde, wie hart sie arbeiten muß und daß sie außerdem in einem schäbigen Loch haust. Worauf Topaz, ohne lange zu überlegen, meinte: ‹Dann schreib ihr doch, sie soll herkommen. Ich werde sie dafür bezahlen, daß sie meine Unterwäsche in Ordnung hält.› Erst dacht' ich, sie macht nur Spaß, aber sie gab nicht eher Ruhe, bis ich einen Brief an Rose abgeschickt hatte, mit einer Zehn-Pfund-Note drin, die mir Topaz eigens für Roses Fahrkarte gegeben hatte. Und an jenem letzten Morgen erkundigte sie sich nicht etwa deswegen nach Rose, weil sie Angst um ihre zehn Pfund gehabt hätte, beileibe nicht.»

Ich versicherte ihr, daß ich das keineswegs annähme. Tansy stand auf, goß einen Schwall kochendes Wasser in eine silberne Teekanne, schwenkte sie und kippte dann das Wasser in eine Schüssel. So wütend sie auf alles und jeden sein mochte, auf mich und selbst den Teekessel, hielt sie das dennoch nicht davon ab, die Kanne anzuwärmen. Während sie den Tee aufgoß, dachte ich über das nach, was sie mir bisher erzählt hatte. Wenn sich Topaz in einem Anflug von Wahnsinn oder Selbstverachtung umgebracht hatte, hatte am Morgen ihres letzten Tages so gut wie nichts auf einen derartigen Gemütszustand hingedeutet. Sofern man Tansy glauben durfte. Sie schenkte Tee aus und stellte, nachdem sie Platz geschaffen hatte, eine mit Gold verbrämte weiße Tasse auf den Tisch neben mich.

«Nun ja, als ich ihr sagte, ich hätt' nichts von Rose gehört, muß ich mich wohl durch die Art, wie das herauskam, verraten haben. Sie setzte nämlich prompt ihre Tasse ab. ‹Was ist denn los, Tansy?› fragt sie, und da – der Himmel möge mir verzeihen – bricht's einfach aus mir heraus. ‹Ich hab Angst, daß sie Schwierigkeiten mit der Polizei bekommt, Ma'am.›

‹Was denn für Schwierigkeiten?›

Ich antworte, Rose wär' im Grunde nicht schlecht, sie wär' eben nur in schlechte Gesellschaft geraten, da gäb's Leute, die ihr irgendwelche verrückte Dinge einreden, die zu fordern ihr gar nicht zusteht. Topaz sieht mich durchdringend an. ‹Willst du damit sagen, daß deine kleine Schwester auf dem Strich gelandet ist?›

Worauf ich ohne zu überlegen rausplatze: ‹Nein, Ma'am, so schlimm ist's auch wieder nicht. Zumindest ...› Daraufhin lacht sie, und mir wird ganz heiß, röter als eine Tomate muß mein Gesicht gewesen sein! Die Zunge hätt' ich mir abbeißen können! Sie aber sinkt auf ihre Kissen zurück und lacht, lacht dieses kehlige Lachen, das ein Mann, der ein Gedicht über sie geschrieben hat, als das einer schnurrenden Löwin bezeichnet hat.

‹Ach, meine arme Tansy. Du meinst wohl, es ist ein großer Unterschied zwischen den Straßenecken im East End und all dem hier, wie?›

Um ein Haar hätt' ich gesagt, ja, ganz bestimmt macht das einen Unterschied. Wieder lacht sie auf.

‹Der einzige Unterschied ist der, daß es hier um so viel angenehmer ist. Aber jetzt verrat' mir doch mal: was sind denn diese verrückten Dinge, die zu fordern deiner Schwester nicht zusteht?›

‹Das Wahlrecht für Frauen, Ma'am›, rutscht es mir raus.

Diesmal lacht sie derart, daß ich meine, sie würd' sich nicht mehr einkriegen, und langsam werd' ich richtig böse auf sie, das kam immer mal wieder vor. Schließlich meint sie: ‹Versuchst du mir klarzumachen, daß deine kleine Schwester eine Suffragette ist?›

‹So könnt' man's nennen, Ma'am.›»

Tansy holte tief Luft und trank einen Schluck Tee. Ihr Gesicht war vor Verlegenheit oder Empörung so rot, wie sie es selbst beschrieben hatte. Und obwohl mir daran gelegen war, sie nicht noch mehr zu verärgern, konnte ich mir nicht versagen nachzuhaken:

«Warum regen Sie sich so auf, Miss Mills? Unserer Bewegung gehören Frauen aus allen Schichten an. Noch vor kurzem habe ich eine Gefängniszelle mit einer Adeligen geteilt.»

Tansy starrte mich an. «Für solche Leute mag das ja schön und gut sein. Die können sich's leisten, sich politisch zu betätigen.»

«Leisten?»

«Wenn sich Lady X oder die Gräfin Y mit einem Polizisten rumprügelt und dafür ins Gefängnis wandert, macht ihr das doch nichts aus, oder? Die braucht keine Angst zu haben, von heut auf morgen ihren Job zu verlieren und im Arbeitshaus zu landen. Junge Mädchen wie meine Schwester, die auf das wenige, was sie verdienen, angewiesen sind – die können sich so was nicht erlauben.»

«Hat Rose sich mit einem Polizisten angelegt?»

«Noch nicht, soviel ich weiß. Aber sie hat an einem Protestmarsch zum Parlament teilgenommen; demnach ist's nur 'ne Frage der Zeit.»

Es war weder Zeit noch der geeignete Ort, mit der politischen Schulung von Tansy Mills zu beginnen. Also erkundigte ich mich statt dessen, wie denn Topaz reagiert habe. Ob Tansy vielleicht der Verdacht gekommen sei, ihre Arbeitgeberin liebäugle ebenfalls mit der Frauenbewegung?

«Ehe wir im Februar London verließen, waren die Zeitungen voll davon. Aber das lag schon zwei Monate zurück. Wir hatten immer Wichtigeres zu besprechen. An dem besagten Morgen jedenfalls, als ich ihr von Rose erzählte, räkelte sie sich genüßlich, wie sie das immer tat, um ganz wach zu werden, und sagte: ‹Ist doch alles Unfug.›»

«Sie sagte, das Wahlrecht für Frauen sei Unfug?»

«Das Wahlrecht überhaupt. Sie sagte, Politik ist zur Hälfte Gier und zur anderen Hälfte dummes Geschwätz. Sie sagte, sie kennt 'ne Menge Politiker, und unter denen gäb's keinen, den sie wählen würde, nicht einen einzigen.»

Und dennoch hatte uns Topaz einige Stunden nach dieser Unterhaltung ihr Vermögen vermacht. Wenn man Tansy glauben durfte, deutete alles darauf hin, daß der Bruder vor Gericht das Recht auf seiner Seite haben würde. Vielleicht hatte er sich bereits mit Tansy in Verbindung gesetzt.

«Was geschah danach?»

«Sie hat fertig gefrühstückt und die Post geöffnet.»

«War etwas Ungewöhnliches darunter?»

Nur für den Bruchteil einer Sekunde zögerte Tansy. «Eigentlich nicht.»

«Aber da war etwas?»

«Nichts Besondres. Ein großer Umschlag war dabei, mit einer kleinen Schachtel und einer Karte. Sie lächelte über das, was auf der Karte stand, und zeigte mir dann, was in der Schachtel war.»

«Was war es denn?»

«Wie ich schon sagte: nichts Besondres. Nur ein großer Feueropal, als Anhänger gefaßt. Ich fand ihn eher altmodisch, jedenfalls nichts im Vergleich zu dem, was sie sonst bekam.»

«Sie hat sich trotzdem darüber gefreut?»

«Doch, ja. Auch wenn er nicht grade das war, um aus dem Häuschen zu geraten.»

«Und dann?»

«Dann nahm sie ihr Bad. Ich legte ihre Strümpfe zurecht und das elfenbeinfarbige Seidenhemdchen mit den rosa Bändchen und der Chantilly-Spitze. Eines der Bändchen hing nur noch an einem Fädchen, und ich mußte den Schaden beheben, worauf sie meinte, genau das zeigt, wie sehr wir Roses Hilfe gebrauchen könnten. Mit ihrer Unterwäsche war sie immer sehr eigen. Deshalb war ich ja auch so geschockt, als ich sie fand.»

Ihre Stimme war hohl und brüchig geworden. Während unserer Unterhaltung schien Tansy fast vergessen zu haben, daß Topaz tot war. Jetzt hockte sie da, starrte über ihre Teetasse hinweg zum Fenster. Das Geschrei der fliegenden Händler und der Lärm der Kutschen auf der Straße zeigte, daß die Stadt ihrem normalen, auf Lebensfreude ausgerichteten Tagesablauf nachging.

«Sie sagen», hob ich so behutsam wie möglich wieder an, «daß es an jenem letzten Morgen sehr fröhlich und normal zuging. Und nachts hat sie sich dann umgebracht. Können Sie ...?»

Brüsk setzte Tansy ihre Tasse ab und stand auf. Mit ihren einsfünfundfünfzig überragte sie mich, die ich saß, kaum, versuchte aber ihr Bestes.

«Sie sind genauso unausstehlich wie alle anderen! Haben Sie mir denn überhaupt nicht zugehört?!»

«Natürlich habe ich. Aber wenn sie sich umgebracht hat ...»

«Sie hat sich nicht umgebracht. Topaz hat nicht Selbstmord begangen. Dazu hatte sie überhaupt keinen Grund. Sie wurde ermordet!»

Erschrocken, welche Wende ihr Kummer nahm, erhob ich mich und legte ihr den Arm um die steifen, aber keinen Widerstand leistenden Schultern.

«Miss Mills, Sie sind verständlicherweise erregt, mein Besuch war sicher eine Zumutung, aber ...»

Sie sah mich ungerührt aus nächster Nähe an.

«Sie wurde ermordet», wiederholte sie.

Draußen im Flur hörte man eine Klingel.

«Das wird Mr. Jules sein. Ich muß runter und ihn einlassen.»

Eilfertig und so, als wäre das Wort «ermordet» nie über ihre Lippen gekommen, zog sie einen Schlüssel aus der Tasche und huschte hinaus. Ich hörte einen Lift nach unten fahren und wieder hinaufkommen. Keine Ahnung, wer Mr. Jules war, außer daß er Tansy beim Sortieren von Topaz' Unterlagen half. Ich blieb inmitten der luxuriösen Geröllmassen von Topaz Browns Karriere zurück und überlegte, wieviel von dem hier, wenn überhaupt, ich Emmeline zu berichten gedachte.

II

Jules Estevan war ganz offensichtlich erleichtert, mich hier anzutreffen. Ich weiß nicht was ihm Tansy im Fahrstuhl erzählt hatte, aber ich glaube, er war froh, die Aufgabe, sich um Tansy zu kümmern, mit jemandem teilen zu können. Was mich betrifft, so war der Eindruck, den er auf mich machte, der eines überaus hageren, hoch aufgeschossenen jungen Mannes anfang Dreißig, mit einem Gesicht wie man es auf mittelalterlichen Gräbern in Marmor gemeißelt findet. Zu behaupten, er sei gut angezogen gewesen, hätte der Aussage entsprochen, Leonardo da Vinci habe sich mit dem Entwerfen von Skizzen durchs Leben geschlagen. Anzug, Hut und Weste bildeten eine Harmonie aus Grau und Silber. Dazu trug er zartlila Handschuhe; ein elfenbeinerner Spazierstock mit silbernem Knauf vervollständigte seine Erscheinung.

«Gestatten Sie mir, daß ich mich vorstelle: Jules Estevan. Ich war ein Freund von Miss Brown.»

Eine dunkle, angenehme Stimme, mit einem winzigen Akzent, um anzudeuten, daß Englisch nicht seine Muttersprache war.

«Von ihm stammt das Gedicht, von dem ich Ihnen erzählt hab'», sagte Tansy.

Ich nannte ihm meinen Namen. «Sie sind Dichter, Mr. Estevan?»

Er hob die Schultern. «Ich bin ein *flâneur*, Miss Bray.»

Er sagte das so, wie man Rechtsanwalt sagt oder Arzt. Lernte ich in ihm möglicherweise den ersten von Topaz' Freiern kennen? Er schien meine Gedanken zu erraten.

«Sie fragen sich wahrscheinlich, wie ich zu Miss Brown stand. Ich darf behaupten, nichts weiter als ein guter Freund gewesen zu sein. Wir hatten uns voriges Jahr kennengelernt. Für mich gehörte sie zu den wenigen hier unten, die einem nicht auf die Nerven gehen, und sie war so charmant, dieses Kompliment zu erwidern. Sollten wir uns nicht lieber setzen?»

Tansy schien nichts dagegen zu haben, daß Jules den Hausherrn spielte. Sie blieb stehen, während ich wieder Platz nahm und Jules sich auf einer Chaiselongue niederließ, nachdem er einen Wust Spitzen beiseite geschoben hatte.

«Ich vertrete die Women's Social and Political Union», sagte ich, «und habe mich bei Miss Mills nach den näheren Umständen erkundigt, die zum Tod von Miss Brown führten.»

Ich vermied den Begriff Selbstmord, schon um Tansy keinen Vorwand für einen weiteren Gefühlsausbruch zu liefern. Er nickte kurz. Bestimmt wußte er bereits, daß der Bruder beabsichtigte, das Vermächtnis anzufechten. So wie Jules überhaupt den Eindruck vermittelte, über alles im Bilde und von dem meisten davon angeödet zu sein.

«Ich hab' ihr gesagt, daß sie ermordet wurde», warf Tansy ein.

«Das kann ich mir denken. Was genau möchten Sie wissen, Miss Bray?»

«Ich möchte mehr über ihren Gemütszustand erfahren, als sie ihr Testament abfaßte.»

Ein Lächeln huschte über sein Gesicht. «Ich denke, damit können wir dienen, nicht wahr, Tansy?»

Die Zofe hatte kurz das Zimmer verlassen und kehrte mit einem Tablett zurück, auf dem ein Glas sowie eine entkorkte halbe Flasche stand.

«Heutzutage», sagte er, «findet man diesen Jahrgang nur noch an drei Orten: in den königlichen Kellern in Budapest, im Vatikan – und in Topaz' kleinem Vorrat hier in Biarritz. Um diese Tageszeit pflegten wir gemeinsam eine halbe Flasche zu uns zu nehmen. Würden Sie mir die Freude machen, zu ihrem Gedenken mit mir zu trinken?»

Abzulehnen wäre unhöflich gewesen. Mit unbeweglichem Gesicht holte Tansy ein weiteres Glas, und Jules schenkte ein.

«Auf Topaz.»
«Auf Topaz.»
Wir tranken. «Haben Sie sie jeden Tag besucht?» fragte ich.
«Jeweils um die Mittagszeit, ausgenommen Samstag und Sonntag. Es war ein Ritual. Sie wollte immer unterrichtet werden, wer was abends zuvor unternommen hatte. Für gewöhnlich konnte ich mit der einen oder anderen kleinen Episode aufwarten. Das amüsierte sie. Sie lachte gern.»
Er sagte das wie jemand, der selbst nur selten lacht.
«Und an jenem Mittwoch besuchten Sie sie ebenfalls?»
«O ja.»
«Worüber unterhielten Sie sich?»
«Über Lord Beverley und seinen Vater. Über *La Pucelle*. Über tausend Dinge, die für Sie belanglos sein dürften. Sie erzählte mir immer, von wem Einladungen mit der Morgenpost gekommen waren, und dann überlegten wir gemeinsam, welche reizvoll sein könnte und welche nicht.»
«War da noch etwas anderes mit der Post gekommen?»
«Sie zeigte mir einen Anhänger, den sie erhalten hatte, und ich sollte erraten, von wem er stammte. Ich nannte einen oder zwei Namen, aber sie sagte keiner sei zutreffend.»
«Einen wertvollen Anhänger?»
Er schüttelte den Kopf. «Nur Opal.»
Ich spürte Tansys Blicke. Sie mußte gemerkt haben, daß ich mich vergewissern wollte, ob das, was sie mir erzählt hatte, der Wahrheit entsprach.
«Unterhielten Sie sich über ihre Arbeit?»
Ich war darauf gefaßt, daß sich die Atmosphäre abrupt abkühlen würde. Bis jetzt hatten Tansy und Jules Estevan von Topaz wie von einem Luxusweibchen gesprochen, und da ich Gefahr lief, in diese Falle zu tappen, fand ich es an der Zeit, die Dinge ein wenig zurechtzurücken. Jules wirkte keineswegs indigniert.
«Nun, Miss Bray, als Arbeit wäre da wohl der armen Lord Beverley einzustufen.»

«Sie meinen, er war ein Kunde von ihr? Und warum ‹armer› Lord Beverley?»

«Kunde. Was für ein gräßliches Wort. Klingt, als hätte Topaz einen Laden gehabt. Und was das ‹arm› angeht: er hat sein ganzes Geld verjubelt, und jetzt ist sein Vater, der Duke, eingetroffen, um ihn nach England zurückzuholen. Darüber haben wir uns unterhalten, Topaz und ich.»

«War sie traurig, ihn zu verlieren?»

«Keineswegs. Ich weiß noch, daß ich zu ihr sagte, sie scheine es alles andere als eilig zu haben, sich nach Ersatz umzusehen. Inzwischen weiß ich natürlich, warum.»

Er trank einen Schluck, sah mich über das Glas hinweg an.

«Wer ist *La Pucelle*?»

«Großer Gott, hat Tansy Ihnen noch nichts von *La Pucelle* erzählt? Dabei ist das ihr Lieblingsthema.»

Hinter mir gluckste es. Eigenartig, wie sich Tansy Jules gegenüber verhielt, ohne den nötigen Respekt, den eine Zofe üblicherweise einem wohlhabenden Mann gegenüber bezeugt.

«Nun, da sie es nicht hat, sollte ich Ihnen wohl sagen, daß, sofern man in Biarritz von einer Rivalin von Topaz Brown sprechen kann, dies Marie de la Tourelle war, besser bekannt als *La Pucelle*. Tansy kann Ihnen sagen, warum.»

«Er behauptet, das ist der französische Ausdruck für ein junges, unschuldiges Mädchen», ereiferte sich Tansy. «Weiß der Himmel, warum sie so heißt. Sie ist alles andere als ein junges Mädchen und das andre schon gleich gar nicht.»

Jules grinste. «Der Name steht eher als Verherrlichung ihrer unendlichen Leidensfähigkeit. Mit das Spannendste in der Rivalität zwischen Topaz und Marie war deren Gegensätzlichkeit. Topaz machte kein Geheimnis daraus, daß ihr das, was sie tat, Spaß bereitete und daß sie den Männern zugetan war; Marie betont ständig ihre adlige Herkunft und daß mißliche Umstände sie dazu getrieben hätten, diesen Beruf auszuüben. Soweit es nicht um die Wahrnehmung geschäftlicher Interessen geht, bevorzugt sie die Gesellschaft von Frauen, und immer wieder beklagt sie sich über das Leben, das zu führen sie gezwungen ist.»

«Ständig heißt es, sie würde ins Kloster gehen und Buße tun, aber nichts dergleichen passiert», kam es von Tansy.

«Ist sie ebenso schön wie Topaz war?» fragte ich, als mein Blick das Bild an der Wand streifte, unwillkürlich.

«Ja», sagte Jules.

«Keine Spur», widersprach Tansy und sah ihn strafend an.

«Marie ist groß und sehr schlank», fuhr Jules fort, «mit dem Profil einer Göttin und langem schwarzem Haar, so schwarz wie die Straße, die ins Verderben führt. In Gegenwart von Topaz – nicht daß man sie oft zusammen erlebt hätte – erschien sie einem wie die Göttin der Finsternis neben der Göttin der Morgenröte.»

«Aber Sie sagten, sie sei Topaz' Rivalin gewesen.»

«Manche Menschen, Miss Bray, bevorzugen die Finsternis. Zwei von Maries Verehrern haben ihretwegen Selbstmord begangen, und zwei weitere sind im Gefängnis, weil sie sich duelliert haben. Auf gewisse Männer übt sie einen ganz eigenen Reiz aus. Es ist, als steige man mit dem Tod höchstpersönlich ins Bett – um zu überleben.»

«Keine war weniger geeignet, es mit Topaz aufzunehmen», sagte Tansy im Brustton der Überzeugung.

«Vielleicht stimmt das sogar. Ich weiß nicht recht, wie ich es beschreiben soll, Miss Bray, aber Topaz war das sprudelnde Leben. Ich glaube, das trug zu ihrem Erfolg bei. Die Männer glaubten gewissermaßen, etwas von Topaz' Vitalität würde auf sie abfärben.»

Er musterte mich eingehend. Mag sein, daß er erwartete, ich würde rot werden. Wenn dem so war, mußte ich ihn enttäuschen.

«Lord Beverley hat schnell rausgefunden, welche von beiden ihm besser gefällt», sagte Tansy.

«In der Tat. Einer von Topaz' kleinen Triumphen. Vermutlich sollte man sagen, ihr letzter. Daß sie *La Pucelle* Lord Beverley abspenstig machte, ohne es sonderlich darauf angelegt zu haben.»

«Das brauchte sie gar nicht. Sie konnte ganz andre als Lord Beverley haben, ohne es drauf anzulegen.»

Die Empörung ließ Tansy erneut das Blut ins Gesicht schießen.

Jules grinste mich vielsagend an. So unpassend es war, schien es ihm Spaß zu machen, Tansy zu necken.

Tansy bewegte sich auf das Fenster zu, starrte hinaus.

«Ich wette, sie ist da drüben und beobachtet uns.»

«Wo da drüben?»

«Marie bewohnt den andern Turm, den südlichen. Am Stadtrand besitzt sie eine Villa, aber sobald sie erfuhr, daß sich Topaz für den Sommer in diesem Turm eingemietet hatte, mußte sich Marie um jeden Preis im andern einquartieren.»

Ein verärgerter Aufschrei entrang sich Tansy.

«Da – seh'n Sie doch!»

Und als Jules und ich ebenfalls ans Fenster traten, sagte sie hastig: «Nein, nicht hinschaun. Genau das will sie doch.»

Zu spät. Jules und ich spähten bereits zum gegenüberliegenden Turm.

Sämtliche Jalousien waren heruntergelassen, mit Ausnahme von einer, und just an diesem Fenster konnte ich ganz kurz ein blasses Profil und eine weiße Hand ausmachen.

«Was ist denn da unten los?»

Jules hatte die Balkontür geöffnet und war ins Freie getreten. Trotz Tansys Protesten folgte ich. Was wir erblickten, war ein von zwei weißen Ponys gezogener, bis obenhin mit weißen Lilien vollgepackter Blumenkarren, der unten vor dem Hauptportal Halt gemacht hatte. Hinter ihm zwei weitere, ebenso voll beladene Karren und drum herum eine Heerschar von Pagen, die unter der Last langstieliger Liliengebinde auf den Hoteleingang zuwankten.

«Oho», meinte Jules. «Welch eindrucksvoller Beweis der Reinheit!»

«All diese Blumen sind für Marie de la Tourelle?»

«Für wen sonst? Vermutlich vom Herzog, als Wiedergutmachung dafür, seine lüsterne Hand an sie gelegt zu haben.»

«Er muß sämtliche Lilien in Biarritz aufgekauft haben.»

Selbst hier oben auf dem Balkon bekam man etwas von dem Duft mit, mit dem die Brise, die vom Meer wehte, gewürzt war. Statt der Gestalt am Fenster gegenüber sah man jetzt immer wieder Pagen mit Liliengebinden vorbeihuschen.

«Topaz hätte sich schief gelacht», meinte Jules traurig.

Wir gingen in den Salon zurück, wo sich Tansy ostentativ mit Stapeln von Kleidern zu schaffen machte.

«Ich versteh' nicht, wie Sie da draußen stehen und Maulaffen feilhalten können, Mr. Jules. Wenn es in diesem Land eine Spur von Gerechtigkeit gäbe ...»

Er griff zu seinem Glas. «Tansy, fangen Sie bloß nicht wieder damit an», sagte er schneidend.

«Was soll ich denn sonst tun? Rumstehen und den lieben langen Tag zusehen, wie sie die große Dame spielt, und kein Wort sagen, nach allem, was sie getan hat?»

Ihre Stimme war tränenerstickt. Sie legte einen Schal zusammen, ließ ihn fallen, mußte ihn aufheben und wieder von vorn anfangen.

«Tansy glaubt, daß Marie Topaz ermordet hat», merkte Jules gelangweilt an.

«Was?!»

«Wer denn sonst, wenn nicht sie? Sie haßte sie, gönnte ihr nicht die Luft zum Atmen. Und als ihr schließlich nichts mehr einfiel, wie sie ihr beikommen kann, hat sie sie einfach vergiftet.»

Sie griff zu einem weiteren Schal, faßte ihn an beiden Enden, nahm ihn in der Mitte zwischen die Zähne und zerrte so unbeherrscht daran herum, daß das feine Gewebe einriß.

«Da sehen Sie, was dabei rauskommt. Ihre schönen Sachen ...»

Jetzt weinte sie wirklich. Jules legte den Arm um sie, beugte sich zu ihr hinunter.

«Tansy, Sie dürfen so etwas nicht überall herumerzählen. Sie bringen sich damit nur in Teufels Küche.»

«Warum glaubt mir bloß keiner?»

Gemeinsam gelang es uns, sie zu überreden, zwischen uns auf der Chaiselongue Platz zu nehmen und einen Schluck zu trinken. Sie beruhigte sich etwas, blieb jedoch störrisch.

«Alle wollen es als Selbstmord hinstellen. So was hätte sie nie getan. Topaz doch nicht.»

«Gehen Sie davon aus, daß Topaz Selbstmord verübt hat?» fragte ich Jules.

«Was denn sonst? Jedenfalls glaube ich nicht, daß Marie sich heimlich hier reingeschlichen und Topaz eine halbe Flasche Laudanum in den Wein geschüttet hat.»

«Sie ist an einer Überdosis Laudanum gestorben?»

«Ja.»

«Hat sie es regelmäßig eingenommen?»

«Von wegen», sagte Tansy ungehalten. «Es war gar keins da.»

Jules nickte. «Topaz litt nicht unter Schlafstörungen.»

«Und wie Sie bestätigen können, verhielt sich Topaz am Mittwoch bis um die Mittagszeit herum ganz normal. Wann haben Sie sie verlassen?»

«Kurz vor eins. Ich hatte damit gerechnet, daß wir zusammen zu Mittag speisen würden, aber sie sagte nein, sie habe etwas mit Tansy zu besprechen. Also schlug ich ihr für nachmittags, falls es ihre Zeit erlaubte, eine Spazierfahrt vor und ging.»

«Demnach hat Topaz allein zu Mittag gegessen?»

Tansy hatte sich wieder gefangen. «Nein», widersprach sie und schüttelte den Kopf. «Ich habe ihr Gesellschaft geleistet.»

Meine Verblüffung muß mir anzumerken gewesen sein.

«Das war nicht üblich, kam aber gelegentlich vor. An ihrem Geburtstag oder an meinem und vorausgesetzt, daß keine anderen Verpflichtungen anstanden. Dann haben wir uns zusammengesetzt und geplaudert. Topaz schämte sich ihrer Vergangenheit nicht, im Gegensatz zu der da drüben. An dem besagten Mittwoch erklärte sie, sie hätt' was mit mir zu besprechen, ich soll für uns beide aus der Hotelküche was zu essen bestellen. Diese kleinen dunkelgelben Melonen, ein bißchen Hummersalat, Himbeeren und eine Flasche ihres Lieblings-Chablis. ‹Was gibt's denn heut' zu feiern?› frag' ich noch, und sie sagt, das würd' ich schon noch rausfinden. Ich dachte, sie will mir wahrscheinlich sagen, wann wir wieder zurück nach England fahren. Wo sie es doch immer so einrichtete, rechtzeitig zur Rennwoche in Ascot zu Hause zu sein. Na ja, als wir uns dann über den Hummersalat hermachen, rückt sie damit raus.»

Jules beobachtete uns beide wie jemand, der längst Bescheid weiß.

«Rückte raus womit?»

«Daß sie nicht nach England zurück will. ‹Kein Ascot?› frage ich.

‹Kein Ascot oder sonst irgendwas. Ich möchte mich zur Ruhe setzen, Tansy.› Ich war erst mal sprachlos. Es gab keine Frau in ganz Europa, die erfolgreicher gewesen wäre. Und dann sage ich prompt das Allerverkehrteste.

‹Sie können doch gut und gern noch etliche Jahre so weitermachen. Sie sind noch immer so schön wie eh und je.›

Sie faßte das nicht als Kränkung auf. ‹Vor vielen Jahren, Tansy, noch vor deiner Zeit, habe ich mir geschworen aufzuhören, sobald ich das erste graue Haar entdecke. Jetzt ist es soweit.›

‹Wo denn? Ich seh' nichts.›

Ich schau' prüfend ihr Haar an, das ihr offen auf die Schultern fällt.

‹Tansy, man könnte meinen, du willst es erschlagen wie eine Wespe. Wer sagt denn, daß es auf meinem Kopf ist?›

Gelacht hat sie. Und als sie sieht, wie ich rot werd', lacht sie um so mehr.

‹Ach Tansy, wie abscheulich von mir! Daß ich meinen Spaß dran habe, dich in Verlegenheit zu bringen. Deshalb kommen wir wohl so gut miteinander aus. Du wirst an meiner Stelle rot.›

Sie können sich denken, wie peinlich mir das war.

‹Ja, ja, ich weiß, ich könnte noch ein oder zwei Jahre so weitermachen, ehe ich in die Breite gehe und mein Gesicht runzlig wird. Aber ich marschiere auf die einunddreißig zu und bin seit dreizehn Jahren im Geschäft. Ich habe genug Geld verdient, um zu tun, wozu ich Lust habe.›

Was denn, frage ich sie, und sie sagt, sie möcht' sich einen Weinberg zulegen. Sie hätt' sich bereits umgesehen und auch was Passendes gefunden. Sie sagt, es ist ihr egal, wenn sie dann rund und fett wird, und ihr Haar dürfte dann auch wachsen, wie es wollte. In einem Ponywagen würd' sie rumfahren und ihre Arbeiter, wenn sie nicht spuren, auf Trab bringen. Und hin und wieder Leute einladen, aber nur solche wie Mr. Jules, also nur solche, die amüsant sind. Sie war ausgelassen wie ein kleines Mädchen bei dem Gedanken daran, so daß ich mir schließlich sagte: warum eigentlich nicht? Ich trank also auf sie und ihren Weinberg und wünschte ihr alles Gute.»

Ich wandte mich an Jules.

«Hat Topaz Ihnen gegenüber irgend etwas davon verlauten lassen?»

«Damals noch nicht. Sie wollte wohl erst einmal Tansy einweihen.»

«Wann dann?»

«Hören Sie sich die Geschichte zu Ende an. Erzählen Sie weiter, Tansy.»

Tansys Unmut schwand zusehens, sobald sie die Erinnerung an Topaz heraufbeschwor. Von ihr zu sprechen machte sie glücklich.

«Na ja, als nächstes wollte sie, daß ich mit ihr mitkomm' in diesen Weinberg, als ihre Haushälterin. Ich mach' ihr klar, daß ich dort eigentlich überflüssig bin und daß ich bestimmt Heimweh krieg', wenn ich nie mehr nach England zurück kann, aber ich versprech ihr, sie zu besuchen. Ich würd' ihr fehlen, meint sie drauf, aber erst mal wären wir ja noch einen Monat in Biarritz, um zu packen und dafür zu sorgen, daß Rose ihre Ferien genießt. Danach würde sie mir Geld für unsere Fahrkarten nach London geben und zusätzlich zu meinem Lohn noch hundert Pfund extra. Sie war immer sehr großzügig.»

«Das stimmt», pflichtete Jules bei. «Topaz liebte das Geld, aber sie ging stets freigiebig damit um.»

«Jedenfalls bedankte ich mich recht schön, und jetzt wär' ich heilfroh, wenn's damit ausgestanden gewesen wär'. Aber da fragt sie mich doch glatt, was ich so vorhätt'. Wenn sie das bekommt, was sie sich wünscht, möcht' sie, daß es mir nicht anders geht. ‹Welchen Traum würdest du dir erfüllen, Tansy?›

Ich hab' die Augen zugemacht und gesehen, wie er wie eine Fotografie im Entwicklerbad Gestalt angenommen hat. Muß der Wein gewesen sein.

‹Ein Häuschen am Fluß. Einen Gemüsegarten. Ein paar Enten. Ein bescheidenes Auskommen für Rose und mich, ohne in die Fabrik gehen zu müssen.›

Ich dachte mir, wenn Rose ein gemütliches Zuhause hat, schert sie sich nicht länger um irgendein Wahlrecht. Aber das mit den Enten hatte Topaz hellhörig gemacht.

‹Hast du schon mal Enten gehabt, Tansy?›

‹Nein, das ist nur so 'ne fixe Idee.›

Und dann rückt sie damit raus, unseligerweise, wie ich meine.

‹Ich sag' dir was, Tansy. Ich vermach' dir in meinem Testament fünfhundert Pfund. Und sollte ich vor dir sterben, kommst du noch eines schönen Tages zu deinen Enten, selbst wenn du bereits eine alte Dame bist.›

‹Hoffentlich bin ich dann schon so alt wie Methusalem.›

Darauf sagte sie was von einer Verabredung nach dem Essen mit ihrem Anwalt im britischen Konsulat, bei der es darum ging, die Überweisung der Kaufsumme für ihren Weinberg in die Wege zu leiten. Bei dieser Gelegenheit wollte sie auch ihr Testament aufsetzen, und deswegen sollt' ich mitkommen. Ich wünschte natürlich längst, ich hätt' niemals den Mund aufgemacht, aber es war zu spät, wir stiegen in ihre Kutsche, ich in meinem dunkelblauen Sonntagsgewand, und als wir die Promenade entlang fahren, verbeugen sich ali diese noblen Herrn und winken ihr zu. Unterwegs stieg Mr. Jules zu uns ein, und er soll Ihnen alles weitere erzählen, weil ich wütend werde, wenn ich bloß dran denke.»

«Das Zustandekommen des Testaments», sagte Jules, «darum geht es Ihnen doch im Grunde, oder täusche ich mich, Miss Bray?»

Er lächelte. Offenbar war ich nicht als einzige darauf erpicht, Antworten auf Fragen zu erhalten.

III

Noch immer lächelnd und ohne mich aus den Augen zu lassen, beugte sich Jules vor.

«Wie sich herausstellte, wollte mich Topaz als Zeugen heranziehen. Denn nachdem sie höchst geschäftsmäßig den Transfer eines Großteils ihres Vermögens aus England veranlaßt hatte, äußerte sie sich dahingehend, daß sie ihr Testament aufsetzen wolle. Der Anwalt, ein kleiner, kahlköpfiger Mann, war wie die meisten von Topaz sehr angetan. Wenn sie ihn die Einzelheiten wissen ließe, sagte er, würde er das notieren und ihr einen Entwurf schicken, zur Prüfung und Stellungnahme. Topaz gehörte jedoch nicht zu denen, die warten können. Sie sagte, sie wolle es hier und gleich unter Dach und Fach bringen, Schwierigkeiten gebe es keine. Dem Anwalt blieb also nichts übrig als sich zu fügen. Und sie fing an zu diktieren. Ich kann mich Wort für Wort an den Text erinnern. ‹Meiner mir treu ergebenen Zofe und Freundin Tansy Mills hinterlasse ich fünfhundert Pfund für den Kauf eines Häuschens und ein paar Enten. So, das wär's.›

Das mit den Enten war mir selbstverständlich nicht neu, deshalb mußte ich unwillkürlich lachen. Der Anwalt dagegen war völlig perplex. ‹Aber der Wert Ihres Besitzes übersteigt bei weitem fünfhundert Pfund.›

‹Mag schon sein.›

‹Was soll mit dem übrigen Vermögen geschehen? Normalerweise würde es Ihrem nächsten noch lebenden Angehörigen zufallen. Wären Sie damit einverstanden?›

‹Ganz und gar nicht›, widersprach Topaz erregt. ‹Mein Bruder ist der einzige Verwandte, den ich habe, und ich denke nicht daran, ihm oder seiner Familie auch nur einen Penny zu hinterlassen.›»

An dieser Stelle mischte sich Tansy ein. «Sie hat mir von diesem Bruder erzählt. Jahrelang hat er nichts von sich hören lassen, und als sie es dann zu was gebracht hatte, wollt' er sich eine Mordssumme von ihr leihen, was sie ihm allerdings mit der Bemerkung abschlug, daß sie für ihr sündiges Leben lieber in der Hölle schmoren würde.»

«Der Anwalt unterbreitete ihr den Vorschlag, das verbleibende Vermögen einem wohltätigen Zweck zukommen zu lassen», sagte Jules. «Aber über den Spaß mit Tansy und ihren Enten hinaus schien sie die ganze Angelegenheit bereits zu langweilen. Waisenhäuser und altersschwache Gäule fände sie nicht besonders amüsant. Und dann muß ihr wie ein Blitz aus heit'rem Himmel die Idee gekommen sein: ‹Die Suffragetten sollen es bekommen.›»

Er unterbrach sich, um mir Gelegenheit zu geben, etwas dazu zu sagen. Er wartete vergeblich. So gern Jules Estevan mit anderen herumzuexperimentieren schien – bei mir lief er ins Leere.

«Ich sagte, ich hätte gar nicht gewußt, daß sie diese Bewegung gutheiße, worauf sie erwiderte, ‹Tu ich auch nicht, aber stell dir mal vor, wie das meinen Bruder auf die Palme bringt.› Sie drängte uns, darauf zu achten, daß der Name richtig buchstabiert würde; eigens deswegen mußte die Kanzlei nach einer alten Ausgabe der *Times* durchstöbert werden. Der Anwalt setzte das Testament auf, Topaz unterschrieb, ein Konsulatsangestellter und ich dienten als Zeugen. Und so, Miss Bray, kam es, daß Topaz ihr Vermögen der Women's Social and Political Union hinterließ.»

Ich hüllte mich in Schweigen, fragte mich im stillen, was Emmeline wohl dazu sagen würde, wenn sie davon erfuhr. Sollte dies hier vor Gericht zur Sprache kommen, würde es unserer Sache alles andere als dienlich sein. Selbst unter Berufung darauf, daß Frivolität kein Beweis für Geistesverwirrung ist, versprach dieser Kurs nicht unbedingt Erfolg.

«Es kommt nie was Gutes dabei raus, wenn man das Abfassen von einem Testament nicht ernst nimmt», moralisierte

Tansy. «Das hab ich ihr damals auch gesagt, aber sie wollt' ja nicht auf mich hören.»

Jules Estevan war offenbar enttäuscht, daß ich so gut wie gar nicht reagierte, und fragte: «Ist dieses Geld denn so ungeheuer wichtig für Ihre Bewegung, Miss Bray?»

«Lebensnotwendig. Zum ersten Mal wenden sich uns die Wähler zu. Im vergangenen Jahr hat unsere Intervention die Zwischenwahlen in Peckham, Devon-Mitte und Nordwest-Manchester nachdrücklich beeinflußt. Die bevorstehenden allgemeinen Wahlen werden für uns entscheidender sein als je zuvor, und wir benötigen das Geld für die Kandidaten, die sich im Parlament für uns einsetzen.»

«Sie würden also trotz allem, was Sie inzwischen erfahren haben, Topaz' Geld annehmen?»

«Selbst vom Leibhaftigen persönlich, wenn es uns nur nützt.»

Tansy murmelte Unverständliches. Obwohl ich dem wirklich ausgezeichneten Wein gern zugesprochen hätte, schob ich mein halbleeres Glas beiseite. Die Wärme im Salon, mein Kopf, in dem es bereits schwirrte, und das, was ich mir noch vorgenommen hatte, machten mich vorsichtig.

«Um welche Uhrzeit verließen Sie die Anwaltskanzlei?» wandte ich mich an Jules.

Er warf Tansy einen fragenden Blick zu.

«Nach vier», sagte sie. «Denn bis wir wieder hier waren, war es bereits Zeit zum Tee.»

«In welcher Stimmung befand sich Topaz auf dem Heimweg?»

«Sie lachte in einem fort – über die Enten und die Suffragetten und ihren Bruder!»

«Ein hysterisches Lachen?»

«Nein, ganz normal. Wie ein Kind, dem man ein besonders witziges Spielzeug geschenkt hat.»

«Sind Sie mit ihr zum Tee zurückgefahren?»

«Nein. Ich hatte etwas anderes vor, deshalb setzte sie mich unterwegs ab.»

«Was sagte sie zum Abschied?»

«Sie winkte mir noch zu und rief: ‹Also dann bis morgen, wie üblich!›»

«Wie sonst auch?»

«Genau wie sonst auch.»

«Und das machte Sie nicht stutzig?»

«Nicht doch.»

«Erwartete sie Gäste zum Tee?» wollte ich von Tansy wissen.

«Nein. Die Teestunde war für sie die Zeit, Vorbereitungen für den wichtigen Teil des Tages zu treffen. Der Salon und das Schlafzimmer mußten aufgeräumt und die Blumen arrangiert und dem Strauß desjenigen, den sie abends empfing, ein besonderer Platz zugewiesen werden. Wenn sie abends ausging, zu einem Essen oder einem Empfang, dann überlegte sie zur Teezeit, was sie anziehen wollte und welcher Schmuck dazu paßte. Wenn sie hier Besuch bekam, ging es um die Essensbestellung aus der Hotelküche und den geeigneten Wein aus ihrem speziellen Laden. Oder aber sie schrieb eine oder zwei Karten als Antwort auf Einladungen. Und je nachdem, wie sie aufgelegt war, verriet sie mir den Namen des Gastes.»

«Hat sie an jenem Tag irgend etwas Schriftliches erledigt?»

«Ein paar Karten.»

«An wen?»

«Weiß ich nicht. Ich hab' sie immer gleich auf den Tisch draußen gelegt, und der Page holte sie vor dem Abendessen ab. Draufgeschaut hab' ich nicht.»

«Längere Mitteilungen?»

«Nein. Dafür hatte sie nichts übrig. Meistens waren es nur ein paar Worte.»

«Was tat sie, nachdem sie geschrieben hatte?»

«Sie trank Tee und sah die Post durch, die inzwischen gekommen war.»

«War etwas dabei, was sie beunruhigte?»

«Nein.»

«Also nichts Außergewöhnliches?»

Ich machte mich auf ein weiteres Nein gefaßt, aber diesmal unterblieb es. Tansys Gesicht verriet etwas Gequältes, ihre Finger nestelten nervös an den Falten ihres schwarzen Kleids.

«Sie benahm sich mit einemmal ... so anders als sonst.»

Dieses Geständnis mußte sie Überwindung gekostet haben.

«Inwiefern?»

«Naja, irgendwann meinte ich, ich müßt' sie dran erinnern, wie spät es schon ist. Wir waren doch schon eine ganze Weile wieder zu Hause. Also frag ich: ‹Was ist mit heute abend? Auswärts oder hier?› Sie sieht von einem Brief auf und sagt: ‹Ach so, hier.›

‹Seine Lordschaft, richtig?›

Ich hab diese eigenartige Stimmung gespürt, in der sie war, eine Stimmung, wie sie Kinder überkommt, wenn sie was Teuflisches ausgeheckt haben. Nein, sagt sie, sein Vater wär' in Biarritz, deswegen könnt' er sie nicht besuchen. Aber wen sie statt dessen erwartet, sagt sie nicht. Also frage ich sie, ob sie schon weiß, was sie zum Essen bestellen will. Nichts, meint sie.

Nicht grade in bester Laune räum' ich das Teegeschirr ab. Sie sagen vielleicht jetzt, ich hätt' keinen Grund gehabt, böse auf sie zu sein, wo sie mir doch fünfhundert Pfund vermacht hatte, aber daran dacht' ich gar nicht. Wo ich das sowieso für reinen Übermut hielt, ihre Art, einen langweiligen Nachmittag beim Anwalt mit etwas Pfeffer zu würzen, mehr nicht. Nach einer Weile schließlich frag' ich: ‹Welches Kleid soll ich also rauslegen?›

‹Das schlichte braune mit dem cremefarbenen Schal und dem braunen Strohhut.›

Ich denk', ich hör' nicht recht. ‹Das ist doch ein Tageskleid.› Das einfachste von allen.

‹Das weiß ich. Ich habe ein paar Einkäufe zu erledigen.›

Hat man Worte! Eine Dame, die um sechs Uhr abends einkaufen gehen will – unmöglich! Um die Zeit, in der nur die Frauen von Händlern ihre Besorgungen machen! ‹Was um alles in der Welt wollen Sie denn um diese späte Stunde noch kaufen?› frag' ich.

‹Ach, nur ein paar Kleinigkeiten.›

‹Dann sagen Sie mir, was, und ich besorg's Ihnen.› Aber nein, sie besteht drauf, selbst zu gehen. In diesem braunen Kleid. Nach knapp einer Stunde war sie zurück. Ich hielt mich grade im Schlafzimmer auf, bekam also nicht mit, ob sie ein Päckchen oder so was bei sich hatte. Als ich wieder den Salon betrete, steht sie in der geöffneten Balkontür und fragt, ‹Tansy, was würdest du sagen, wenn ich dir heute abend freigebe?›

‹Frei, Ma'am?›

‹Ich brauche dich heute abend nicht. Es wäre mir sogar lieb, wenn du nicht hier wärst.›»

Tansys Wortschwall war ins Stocken geraten. Sie sah mich an, wartete förmlich darauf, daß ich schockiert sein würde oder fassungslos oder was weiß ich. Einigermaßen enttäuscht, daß mir nichts dergleichen anzumerken war – schon weil ich diese Bemerkung einer Frau von Topaz' Format ihrer Zofe gegenüber als völlig normal empfand –, sprach sie, den Tränen nahe, weiter.

«Das schnitt mir ins Herz. Ich tratsche nicht rum, das kann Ihnen Mr. Jules bestätigen. In den sechs Jahren, die ich bei ihr war, war ich die Verschwiegenheit in Person. Kein Geld der Welt hätt' mich dazu gebracht, Topaz in den Rücken zu fallen. Sie muß gemerkt haben, daß sie mich verletzt hatte, denn sie legte mir den Arm um die Schulter.

‹Ach Tansy, so war das doch nicht gemeint. Wenn ich sämtliche königlichen Prinzen Europas auf einmal hier hätte und den Präsidenten der Vereinigten Staaten obendrein, würde ich dich nicht wegschicken. Ich vertraue dir mehr als mir selbst.›

‹Das hatte ich angenommen, Ma'am›, sagte ich.

‹Und das weißt du auch. Mach also nicht so ein Gesicht. Ich habe dir für heute nacht ein hübsches kleines Zimmer im zweiten Stock reservieren lassen, und vorher kannst du deine Freundin am Hafen besuchen.›

Sie beschwor mich regelrecht, wie eine Mutter, die ihr schmollendes Kind trösten will.

‹Und morgen früh bringst du mir wie immer mein Frühstück, und dann erzähle ich dir alles. Aber heute nacht möchte ich allein sein.›

Ich war noch immer gekränkt. ‹So viel Umstände wären gar nicht nötig›, sagte ich.

‹Tansy, das ist doch nicht gegen dich gerichtet, ehrlich. Ich hab' nur vor, jemandem einen Streich zu spielen.›»

Ich fiel ihr ins Wort. «Einen Streich, sagte sie?»

«Ja. Ich war unglaublich erleichtert. Jemand einen Streich spielen, das gefiel ihr, stimmt's, Mr. Jules? Sie hat viel Zeit und Mühe drauf verwendet, sich alles mögliche auszudenken.»

«Stimmt. Für einen Schabernack tat Topaz so beinahe alles.»

«Sie gingen also?»

«Blieb mir ja nichts andres übrig. Sie konnt' mich gar nicht schnell genug loswerden. Ich durfte noch ihr Bad einlassen und ihren Morgenmantel zurechtlegen, und dann nichts wie weg. Das letzte, was ich mitbekam, war, wie sie in die Wanne stieg, umhüllt von Sandelholzduft und verschmitzt lächelnd wie ein Kind, das etwas im Schilde führt.»

«Und Sie hielten sich an das, was sie gesagt hatte? Sie kamen erst am nächsten Morgen zurück?»

«Ja. Mir stockt der Atem, wenn ich nur dran denke.»

«Aber wenn sie Sie doch gebeten hatte, erst ...»

«Ich hätt' nicht auf sie hören sollen! Ich hätt' wissen müssen, daß ich sie nicht alleinlassen darf, wo die da drüben doch nur drauf wartete ...»

Für mich stand längst fest, daß Tansy, sobald es um Topaz' Rivalin ging, alles andere als glaubwürdig war. Um das Thema zu wechseln, fragte ich, ob sie denn die Freundin besucht habe.

«Ja. Janet heißt sie. Ich hab' sie voriges Jahr hier kennengelernt. Sie ist Schottin und mit einem französischen Zollbeamten verheiratet. Um's gleich vorwegzunehmen: ich hab' bei ihr übernachtet, brauchte also gar nicht das Zimmer, das Topaz für mich bestellt hatte. Janets Mann hatte auswärts zu tun, und einem der Kinder ging's nicht so gut, und bis ich die andern Blagen im Bett und Janet und mir was zum Essen gekocht und mir ihr über Gott und die Welt geredet hatte, war es längst nach Mitternacht. Und weil Janet mich nicht allein zum Hotel zurückgehen lassen wollte und Mietwagen um diese Zeit am Hafen auch nicht mehr aufzutreiben sind, bin ich eben über Nacht geblieben.»

«Wann kamen Sie am nächsten Morgen zurück?»

«Ich hab' mir Zeit gelassen. Vor zehn wollte sie nie frühstücken. Ich hab' das Hotel kurz nach neun betreten, diesmal durch den Haupteingang, nicht durch unsere Nebentür, weil ich wissen wollte, ob ein Brief von Rose gekommen war. Als ich hier reinkam, war die Tür zu ihrem Schlafzimmer noch geschlossen; also ging ich in mein Zimmer und räumte ein bißchen auf. Zur gewohnten Stunde brachte der Kellner ihr Frühstückstablett, und ich klopfte wie an jedem Morgen an ihre Schlafzimmertür.»

«Und traten ein und fanden sie ...?»

«Zuerst dacht' ich, sie schläft noch, aber sie rührte sich überhaupt nicht. Ich sagte einigermaßen laut, ‹Ihr Frühstück, Ma'am›, aber irgendwie klang meine Stimme so, daß mich regelrecht ein Schauer überlief. Als sie sich noch immer nicht regte, tätschelte ich ganz sacht ihre Schulter. Und dann wußte ich's natürlich sofort. Kalt. Nur daß ich's einfach nicht glauben wollte. Ich schlug die Bettücher zurück, um ihr Herz abzuhorchen. Und traute meinen Augen nicht ...»

Jules beugte sich aufmerksam, für meine Begriffe sogar direkt sensationslüstern vor.

«Wirklich sonderbar. Erzählen Sie Miss Bray, was Ihnen so unglaublich vorkam.»

Ich machte mich auf etwas Schreckliches gefaßt und begriff zunächst gar nicht die Tragweite dessen, was Tansy voller Abscheu und nur stockend von sich gab.

«Naja, ich weiß doch, wie eigen sie war. Was ihre Unterwäsche betraf – die russische Zarin hätt' nicht anspruchsvoller sein können. Nur feinste, kostbarste Seide und Satin und alles Handarbeit. Und dann so was: einen zwar einigermaßen sauberen, aber billigen Baumwollschlüpfer, der eher zu einem Ladenmädchen gepaßt hätt', das seine Flitterwochen in Southend verbringt, mit rosa Schleifchen und maschinengewebter Spitze verziert. Und auf der Erde neben dem Bett ein rosa Musselinunterrock mit Volants und ebenfalls diesen lächerlichen Schleifchen, Dutzendware eben. ‹Mein Gott, Topaz›, entfuhr es mir unabsichtlich, ‹wie konntest du dich derart erniedrigen? Auf was hast du dich da bloß eingelassen?›»

IV

Zwei Augenpaare ruhten auf mir, das von Tansy kummervoll und beschämt, das von Jules prüfend. In der Absicht, meine Frage nicht so lächerlich klingen zu lassen, wie sie wohl wirken mußte, sagte ich bedächtig:

«Heißt das, daß Topaz Brown, als Sie ihre Leiche fanden, mit Unterwäsche bekleidet war, die sie sonst nicht trug?»

«Eher wäre sie to...»

Tansy hielt gerade noch rechtzeitig inne und lief rot an.

«Deshalb wußte ich ja sofort, daß sie sich nicht selbst umgebracht hat. Abgesehen von all dem andern. Dem Wein zum Beispiel, den sie mitgenommen haben.»

«Neben ihrem Bett», beeilte sich Jules zu erläutern, «stand ein leeres Glas und eine halbvolle Flasche Wein. Beides wurde von der Polizei beschlagnahmt. Das Laudanum fand sich in dem Glas.»

«Einen solchen Wein hätt' sie niemals getrunken. Das weiß ich genau. Erklären Sie das Miss Bray, Jules.»

Mit einem Seufzer setzte sich Jules zurecht.

«Festzuhalten gilt, daß Topaz eine Expertin in Sachen Wein war und über einen zwar kleinen, aber ausgezeichneten Weinvorrat verfügte. Man erzählt sich, daß bei der Wahl ihrer Liebhaber die Qualität deren Weinberge ausschlaggebend gewesen sei. Wie so vieles, was über Topaz in Umlauf war, stimmte das zwar nicht unbedingt, war aber auch nicht so weit hergeholt.»

«Verstehe. Sie nahm das Laudanum demnach zusammen mit einem besonders guten Wein zu sich.»

«Ganz im Gegenteil. Die Flasche, die neben dem Bett gefunden wurde, enthielt einen ausgesprochen billigen Wein, einen Verschnitt, wie man ihn in den schäbigsten Arbeiterkneipen ausschenkt. Und wenn Tansy sagt, Topaz hätte niemals diese Art Unterwäsche getragen, so möchte ich behaupten, daß sie bei klarem Verstand niemals den Wein aus jener Flasche angerührt hätte.»

«Bei klarem Verstand.» Ein Umstand, der, wie Jules genau wußte, beklemmend war.

«Wenn sie Laudanum beimischen wollte, war ihr möglicherweise ein guter Wein zu schade», wandte ich ein.

Jules nickte. «Durchaus denkbar.»

Aber wäre das der Beweis für oder gegen einen klaren Verstand?

«Nach Ihrer beider Beobachtungen konnte man Topaz als eine Frau mit erlesenem Geschmack bezeichnen.» Tansy und Jules signalisierten Zustimmung. «Warum hat sie dann, bevor sie sich das Leben nahm, billige Unterwäsche angezogen und gepanschten Wein getrunken?»

Als Diagnose wäre unter Umständen akute Abscheu vor sich selbst in Betracht gekommen, nur paßte das nicht zu der von beiden abgegebenen Schilderung von Topaz' letztem Lebenstag.

«Demütigen wollte man sie auf diese Weise», sagte Tansy.

Jules schien bereits zu wissen, was jetzt kommen würde. «Tansy», bremste er sie ab, «wenn Sie glauben, daß Marie hier aufkreuzte, Topaz überredete, Gift zusammen mit einem Wein zu schlucken, der an sich schon reines Gift war, und ihr dann diese gräßliche Unterwäsche anzog, um sie zu demütigen, dann nähern Sie sich einem bedenklichen Zustand von Geistesverwirrung.»

Ich schaltete mich ein. «Tansy, wie Sie mir erzählt haben», sagte ich behutsam, «traf Topaz Vorkehrungen, um Sie über Nacht loszusein. Sieht das nicht so aus, als hätte sie das, was sie vorhatte, genau geplant?»

«Aber sie war so fröhlich und unbeschwert, an jenem Tag ganz besonders. Sie wollen mir doch nicht weismachen, daß jemand, der so ist, dann hingeht und Gift schluckt.»

«Bedaure, Tansy», entgegnete Jules, «aber einige meiner Freunde haben sich aus den verschiedensten Gründen das Leben genommen. Und jedesmal waren sie kurz vor der Tat vergnügter als in den Monaten davor. Vielleicht weil sie sich zu einem Entschluß durchgerungen hatten.»

«Mr. Estevan, glauben Sie, daß Topaz Brown Selbstmord begangen hat?» fragte ich.

«Was denn sonst?»

Mittag war längst vorüber, die Sonne drang bereits aus westlicher Richtung durch die riesigen Fenster. Jules machte keine Anstalten zu gehen, genausowenig wie ich. Da, so schien es jedenfalls, unser Anspruch auf Topaz' Geld von ihrem Geisteszustand am Tage ihres Todes abhing, durften wir auch nicht die kleinste Kleinigkeit außer acht lassen.

«Miss Mills, Sie hatten jedenfalls den Eindruck, daß Topaz Brown an jenem Abend einen Gast erwartete.»

«War anzunehmen. Warum wär' sie sonst zu Hause geblieben?»

«Aber Sie wußten nicht, wen?»

«Nein.»

«Haben Sie eine Vermutung, wer sie besucht haben könnte, Mr. Estevan?»

«Dafür käme ein gutes halbes Dutzend Leute in Frage. Aber wer genau und ob überhaupt – keine Ahnung.»

«Natürlich stellt sich die Frage, ob es jemand gewesen sein könnte, der ihr eine derart schlimme Nachricht überbracht hat, daß sie sich anschließend das Leben genommen hat.»

«Natürlich.»

«Es ist wohl richtig, daß sich die Polizei unten am Empfang nach Besuchern erkundigt hat, die zu Topaz wollten.»

«Das bezweifle ich. Auch der Polizei dürfte bekannt sein, daß Topaz' Besucher nur selten am Empfang vorsprachen.»

«Wie das?»

«Haben Sie nicht den kleinen Privatlift im Flur bemerkt? Außerdem gibt es eine Treppe. Beide führen hinunter zu einer kleinen Tür in einer Seitenstraße. Maries Turm auf der anderen Seite verfügt ebenfalls über einen eigenen Zugang.»

«Wie praktisch.»

«In der Tat. Scherzhafterweise verlautet, der Architekt sei ein *homme du monde* gewesen und habe seine Entwürfe für *les femmes du demi-monde* konzipiert. Übrigens einer der Gründe, warum diese beiden Turm-Suiten zu einem derart horrenden Preis vermietet werden.»

«Verfügten Miss Browns Besucher (ich hütete mich wohlweislich, von ‹Freiern› zu sprechen) über einen Schlüssel zu diesem Privateingang?»

«Ich glaube nicht. Darüber dürfte Tansy eher Bescheid wissen.»

Die schüttelte den Kopf. «Es gibt nur drei Schlüssel. Einen hatte sie, einen hab' ich, und der dritte liegt im Büro des Hoteldirektors unter Verschluß.»

«Hatten Sie Ihren am Mittwoch abend bei sich?»

«Ja. Ich bin durch unseren Ausgang raus und hab' die Tür wie immer hinter mir zugesperrt.»

«Nachdem Tansy Topaz' Leiche gefunden hatte», ließ sich Jules wieder vernehmen, «kam die Polizei selbstredend durch den Haupteingang des Hotels. Tansy hat dennoch von sich aus die Nebentür überprüft. So war's doch, Tansy?»

«Sie war abgeschlossen.»

«Wie Tansy sie verschlossen hatte?» Ich begriff nicht, worauf Jules hinaus wollte.

«Ja, nur daß jetzt Tansy unerklärlicherweise Topaz' Schlüssel nicht finden kann. Das scheint ihr irgendwie zu schaffen zu machen.»

Tansy warf ihm einen Blick zu.

«Sie hat ihn immer in der Schublade von diesem kleinen Tisch aufbewahrt. Aber er ist weder dort noch sonst irgendwo. Ich hab' überall gesucht.»

Jules schien gespannt, wie ich diese Äußerung aufnehmen würde. Ich fragte ihn, welche Schlüsse er daraus ziehe.

«Gar keine. Schlüssel gehen immer mal wieder verloren. Auch wenn Tansy das ganz anders sieht.»

«Die Person, die sie umgebracht hat», kam es mit felsenfester Überzeugung von Tansy, «ist durch diese Seitentür entwischt und hat den Schlüssel mitgenommen.»

«Haben Sie das der Polizei gesagt?»

«Hat mir ja keiner zugehört.»

Jules zuckte die Schultern. «Für die Polizei steht fest, daß Topaz Selbstmord begangen hat. Warum dann noch groß Fragen stellen und die Leute in Verlegenheit bringen?»

Wir schwiegen eine Weile vor uns hin, bis ich aus einer nicht näher zu begründenden Eingebung heraus fragte, ob ich einen Blick in das Schlafzimmer von Topaz werfen dürfe. Tansy schrak sichtlich zusammen.

«Ich war nicht mehr drin, seit man sie abgeholt hat.»

«Irgendwann müssen Sie doch mal reingehen, Tansy», sagte Jules. «Warum also nicht jetzt?»

Er stand auf und ging über den flauschigen Teppich voraus zu der raumhohen, mit Gold verbrämten weißlackierten Doppeltür. Tansys Widerspenstigkeit und der Kummer, der aus ihr sprach, wie sie da in dem luxuriösen Salon stand und sich scheute, diese Tür zu öffnen, rührten mich an. Ich folgte Jules, mit Tansy im Schlepptau.

Die Flügeltüren öffneten sich in ein Halbdunkel. Ein muffiger Geruch schlug mir entgegen, erinnerte mich an etwas, worüber ich lieber nicht nachdachte. Unendlich schwach bahnte sich ein Sonnenstrahl den Weg durch die dicken Samtvorhänge an den Fenstern, gerade hell genug, um einen blassen, zeltartigen Umriß und hie und da goldene Sprenkel auszumachen. Jules, von Natur aus wohl nicht mit Sinn für Pietät gesegnet, schritt langsam und wie bei einem Ritual auf die Fenster zu, um die Vorhänge zurückzuschieben und das Tageslicht hereinzulassen. Der Raum war aufwendiger gestaltet als der Salon. Eines der Ölgemälde an der Decke zeigte das Schloß von Versailles; die kunstvoll gearbeiteten Stühle und Tische waren entweder Louis Quatorze oder gute Imitationen. Das Bett stand auf einer Estrade, unter einem Baldachin aus weißem, mit goldenen Kordeln gerafftem Damast. Die Laken aus stumpfgoldenem Satin waren noch nicht wieder glattgestreift worden; Tansy verzog bei diesem Anblick das Gesicht.

Unwillkürlich flüsternd erkundigte ich mich, wo die Weinflasche gestanden habe. Jules deutete auf einen kleinen runden Tisch neben der Estrade und auf die kreisrunden Spuren einer Flasche sowie eines Glases. Auf dem Boden unweit des Tisches lag ein rosa Unterkleid, wahrscheinlich das, das Tansy so abscheulich fand. Als ich es aufhob, nahm ich, obwohl ich noch immer diesen anderen nicht einzuordnenden Geruch in der Nase hatte, den Duft von Zedernholz wahr.

Tansys mißbilligendem Blick zum Trotz stieg ich die flachen Stufen der Estrade zum Bett hinauf. Eines der goldfarbenen Kissen verriet den Abdruck von Topaz' Kopf. Aus Rücksicht gegenüber Tansy griff ich danach, um es aufzuschütteln.

«Mr. Estevan ...»

Mein erschrockenes Flüstern ließ ihn herbeieilen, ihm dicht auf den Fersen die argwöhnische Tansy.

«Hat denn das niemand gesehen?»

Wo das Kissen gelegen hatte, wurde ein zusammengefaltetes weißes Blatt Papier sichtbar.

«Großer Gott! Ich hatte mich schon gefragt, warum sie keinen Brief hinterlassen hat.»

Er schien um Fassung zu ringen, hatte die rechte Faust geballt. Wohl keinem von uns war danach zumute, nach dem Stück Papier zu greifen.

«Was gibt's?» Tansys Stimme war schroff.

Ich nahm den Brief und faltete ihn auseinander. Ein Briefbogen von ausgezeichneter Qualität, mit dem geprägten Namen und Wappen des *Hôtel des Empereurs*. Die Mitteilung, die er enthielt, war nur kurz und eigenartig gegliedert.

Zu spät.
Acht Uhr abends. Rückzahlung Darlehen für eine Karriere.
Vin Poison.

Darunter eine krakelige Unterschrift – Topaz Brown.

Ich hielt Tansy den Zettel hin.

«Ist das die Handschrift von Topaz?»

«Ja. Aber was soll das heißen?» Sie war blaß, um ihren Mund zuckte es.

«Ich glaube, das heißt», sagte ich so schonend wie möglich, «daß ihr Leben ... ihre Karriere, wie sie es nannte, für sie nicht länger lebenswert war.»

«Aber das stimmt nicht! Ich hab' Ihnen doch gesagt, daß sie vorhatte, sich zur Ruhe zu setzen.»

«Sie schreibt ‹*Zu spät*›.»

«Darlehen, das bedeutet doch, daß sich jemand von einem andern Geld geborgt hat.»

«Vielleicht meinte sie, der Welt etwas schuldig zu sein.»

«Topaz war keinem Menschen was schuldig, niemals», sagte Tansy tonlos.

Über ihre Schulter spähend, las Jules nochmals die Nachricht.

«Das mit dem Wein und dem Gift verstehe ich einfach nicht. Sie muß doch gewußt haben, daß die Polizei dahinter kommen würde.»

«Sie machte sich sogar die Mühe, auf französisch zu schreiben. Sprach sie gut Französisch?»

«Mit dem Sprechen klappte es ganz leidlich, das heißt, sie konnte sich schon sehr bald verständigen. Lesen und Schreiben dagegen reichte gerade aus, um eine Speisekarte zu entziffern oder eine Schneiderrechnung.»

Tansy gab mir den Brief zurück, als wollte sie nichts damit zu tun haben.

«Den sollten wir wohl besser der Polizei übergeben», sagte ich.

«Für die steht doch längst fest, daß es Selbstmord war», meinte Jules gleichmütig.

Da ich vorhatte, nochmals Topaz' Anwalt aufzusuchen, erbot ich mich, ihm den Brief auszuhändigen; unter Umständen trug er mehr als alles andere zu einer raschen Klärung des Falls bei.

Nach einem letzten Blick auf das ungemachte Bett ging Tansy zurück in den Salon, wo sie sich, wie wir beobachten konnten, an Bergen von Zetteln und Papieren und diesen steifen, länglichen Umschlägen zu schaffen machte, die angeblich den Duft ausländischer Herren verströmten.

«Das werd' ich ja wohl alles aufräumen müssen.»

«Überlassen Sie das den Anwälten, Tansy», meinte Jules.

«Dagegen hätte sie bestimmt was. Wo doch dieser Anwalt den Nerv hatte, am Freitag – einen Tag nach ihrem Tod! – jemand vorbeizuschicken, der ihre Papiere abholen sollte. Na, dem hab ich vielleicht was erzählt! Sie liegt noch nicht mal im Grab, und schon wollen sie 'rumschnüffeln und alles auf den Kopf stellen. Nicht mit mir.»

Sie wandte sich ab, schien erneut mit den Tränen zu kämpfen. Jules und ich tauschten einen Blick. Irgendwann würde man Tansy mit Gewalt davon abhalten müssen, weiterhin die Hüterin von Topaz' Schätzen zu spielen. Jules schien meine Gedanken zu erraten.

«Durchaus denkbar, Miss Bray, daß nach dem Gesetz dies alles Ihnen beziehungsweise Ihrer Organisation zusteht», sagte er mit einem, wie es mir vorkam, süffisanten Lächeln, das eine Spur männliche Überlegenheit und damit Feindseligkeit verriet.

Ich sah auf die Bilder und den Zierrat, die haufenweise zarten Tücher und Stolen.

«Ich wüßte nicht, was wir damit anfangen sollten.»

«Ihnen geht es ausschließlich um das Geld, richtig? Jammerschade, daß Topaz eine so ganz andere Einstellung besaß. Ihnen wäre wohl lieber gewesen, wenn sie sich für ihre Besucher Ihre Farben ans Herz – oder sonstwohin – geheftet hätte.»

Zum Glück wurde ich einer Antwort enthoben, denn jemand klopfte an die Tür. Tansy öffnete.

«Ach, Sie sind's?»

Die Worte waren mehr ein Zischen, und dennoch öffnete sie, und die schönste Frau, die ich bis dahin gesehen hatte, schwebte herein, hochgewachsen und gertenschlank, mit einer Haut wie Sahne und riesigen dunklen Augen. Sie trug ein Nachmittagskleid aus milchkaffeebrauner Seide mit echten Rosenknospen am Gürtel, und in ihrem Gesicht spiegelte sich die vollendete Tragödie wider. Jules, noch immer süffisant grinsend, ging auf sie zu.

«Miss Bray, darf ich Ihnen Mademoiselle Marie de la Tourelle vorstellen. Marie, Miss Bray von der Frauenbewegung.»

Eine Hand, so leicht wie eine Vogelschwinge, berührte kurz die meine, dann ging die schöne Frau wortlos an mir vorbei und sank wie ein sterbender Schwan auf eine Chaiselongue.

«Wie entsetzlich ... diese Verzweiflung ... ich mache mir die heftigsten Vorwürfe.»

Mit dem Ausdruck uneingeschränkter Verachtung sah Tansy auf sie hinab und überließ es Jules, ein weiteres Glas zu holen und den Rest des Tokayers einzuschenken. Marie nippte kurz daran, ehe sie sich mit dem Handrücken an die Stirn fuhr und in dieser Pose, die ich bislang nur auf Gemälden in der Royal Academy gesehen hatte, verharrte. Um ihr zartes Handgelenk wand sich ein breites Armband aus Perlen und Brillanten.

«Warum machen Sie sich Vorwürfe?» fragte ich.

«Schrecklich – diese Eifersucht.»

Ihr Englisch war gut, wenngleich ein wenig gedehnt.

«Eifersüchtig auf wen?» forderte Jules sie heraus.

Zumindest sein Bestreben, den andern aus der Reserve zu locken, war ungebrochen und nicht ausschließlich gegen mich gerichtet. Mir war aufgefallen, daß er, als er das weitere Weinglas brachte, Tansy einen Blick zugeworfen hatte, der ihr allem Anschein nach bedeuten sollte, ihre Zunge im Zaum zu halten. Und tatsächlich schwieg die Zofe verbissen, stand aber kampfesbereit da und ließ Marie nicht aus den Augen.

Marie sah Jules schmollend an. «Auf mich selbstverständlich.»

«Warum?»

Sie seufzte. «Wegen Lord Beverley.»

Jetzt hielt es Tansy nicht länger. «Er hat Sie verlassen und ist zu ihr gekommen. Sie sind doch die, die eifersüchtig war.»

Der Gegensatz zwischen der zornigen kleinen Frau in Dienstbotenschwarz und Marie, gertenschlank und seidig auf die Couch gegossen, entbehrte nicht der Komik. Wenn Blicke töten könnten, wäre Tansy im nächsten Augenblick reif gewesen, neben ihrer Herrin im Leichenschauhaus zu landen. Nach diesem einen Blick nahm Marie sie nicht weiter zur Kenntnis, sondern wandte sich an Jules.

«Lord Beverley fand Topaz *vulgaire*. Das hat er mir gesagt, der arme Kerl, als er mich anflehte, ihn wieder zu erhören.»

«Behaupten Sie», sagte Tansy.

Marie beachtete sie nicht.

«Er bereut aus tiefstem Herzen. Diese prachtvollen Lilien! Bestimmt haben Sie sie gesehen.»

«Diese Lilien sind von dem alten Bock von einem Herzog. Über den weiß doch jeder Bescheid», kam es von Tansy.

«Mittwoch nachmittag fuhr ich mit Lord Beverley in dessen Automobil aus, und da begegnete uns Topaz in ihrer Kutsche. Wahrscheinlich war das der Auslöser für ihren Entschluß, sich so etwas Fürchterliches anzutun.»

«Sie haben wohl nicht bemerkt, wie er ihr zugeblinzelt hat?» höhnte Tansy. «Wenn Sie wissen wollen, wie sie drauf reagiert hat – krankgelacht hat sie sich!»

«Um ihren Kummer zu verbergen», sagte Marie zu Jules und legte die Hand auf ihr Herz, daß die Brillanten an ihrem Handgelenk Funken sprühten. «Deshalb mache ich mir ja solche

Vorwürfe. Sie derart unglücklich gemacht zu haben, daß sie sich zu einer solchen Tat hinreißen ließ.»

Sie schloß die Augen und sank zurück. Tansy trat näher, sah auf sie herab.

«Was Sie oder Lord Beverley oder wer auch immer trieben, war ihr schnurzegal. Sie wollte nichts mehr damit zu tun haben.»

Jules wiederholte, offensichtlich sehr zu Tansys Mißfallen, wie sich Topaz über das erste graue Haar geäußert hatte. Marie schlug die umflorten Augen auf.

«Das zeigt doch, wie sehr sie sich bewußt war, daß sie alt wurde und alles für sie vorbei war. Früher oder später trifft das jeden von uns, auch mich, und wenn man dann nichts hat, woran man sich klammern kann, was bleibt einem anderes übrig als zu resignieren?»

«Sie sind ja selbst längst keine dreißig mehr», warf Tansy ein, die zunehmend Gefallen an der Diskussion zu finden schien. Für Marie war es bestimmt nicht leicht, die Zofe weiterhin wie Luft zu behandeln, aber sie hielt durch.

«Ich bin gekommen, weil ich es für meine Pflicht halte, dafür zu sorgen, daß sie in geweihter Erde bestattet wird, so schwer sie sich auch versündigt haben mag.»

«Alle Sünden, die sie begangen hat, haben auch Sie begangen, nur nicht so gekonnt.»

Jules fiel ihr ins Wort. «Ich glaube, Marie spricht von der Sünde des Selbstmords.»

«Richtig. Die einzige Sünde, die zu bereuen keine Zeit bleibt.»

«Es war kein Selbstmord ...», brauste Tansy auf, wandte sich dann, von Jules' mahnendem Blick zum Schweigen verdonnert, angewidert ab.

Als man im weiteren Verlauf auf das Begräbnis zu sprechen kam, erkundigte sich Jules bei Tansy, ob irgendwelche Verwandte hinzugezogen werden sollten.

«Der Mann vom Konsulat sagt, der Bruder will nichts damit zu schaffen haben. Naja, sie haßte ihn wie die ...»

Erneut stieg ihr das Blut ins Gesicht. Sie stürzte hinaus, wahrscheinlich in ihr Zimmer, schon weil sie, wie es mir vorkam, Maries Gegenwart nicht länger ertragen konnte.

Ich hielt es an der Zeit zu gehen, als Marie und Jules gerade überlegten, daß Topaz, allen gegenteiligen Meinungen zum Trotz, dereinst sehr wohl der römisch-katholischen Kirche angehört haben mochte, und Marie sich erbot, mit Pater Benedict zu sprechen. Jules begleitete mich zur Tür.

«Ich würde es begrüßen, wenn ich Sie morgen aufsuchen dürfte, Mr. Estevan. Da sind noch immer ein paar Punkte, die ich gern mit Ihnen geklärt hätte.»

Er verbeugte sich ironisch und reichte mir seine Visitenkarte.

Ich ging in meine Pension zurück, wo ich den größten Teil des Nachmittags damit zubrachte, das zu Papier zu bringen, was ich mit Zutun des Anwalts, von Tansy und Jules Estevan an Informationen zusammengetragen hatte. Dann – was Wunder, wenn man die Nacht hindurch im Zug gesessen hat – übermannte mich die Müdigkeit, und ich gestand mir eine halbe Stunde Kurzschlaf zu, ehe ich irgendwo zu Abend essen wollte. Ich muß wohl erschöpfter gewesen sein als angenommen; jedenfalls schlief ich auf dem schmalen weißen Pensionsbett durch bis zum anderen Morgen.

V

Am Vormittag des folgenden Tages machte ich mich daran, einen telegraphischen Bericht für Emmeline Pankhurst abzufassen, der sich mehr durch das auszeichnete, was er verschwieg, als durch das, was er ihr zur Kenntnis brachte. Sie hatte sich bei der Frage, ob Annahme oder Ablehnung von Topaz' Vermächtnis durchaus skeptisch gezeigt, und ich wollte sie nicht noch mehr entmutigen. Um den Bericht übermitteln zu lassen, suchte ich das Postamt in der Rue Gambetta auf, um dann, vorbei an den großen Hotels, gemächlich die Uferpromenade entlang, zurückzuschlendern. Inzwischen war es kurz nach Mittag, die Zeit, in der scharenweise Feriengäste ihre nachmittägliche Prise Seeluft schnappten, weißgestärkte Kinderschwestern mit ihren kleinen Schutzbefohlenen zum Strand pilgerten, Behinderte in von Eseln gezogenen Badekarren ans Wasser gebracht wurden, ein aufmüpfiger Seewind an Zylindern und Sonnenschirmen zerrte. Aus irgendeinem Grund blieb ich gegenüber dem *Hôtel d'Angleterre* stehen, das um einiges schlichter und altmodischer wirkte als das, in dem Topaz gewohnt hatte. Gedankenverloren fiel mein Blick auf eine Kutsche, in der eine behäbige Frau mit einem Sonnenschirm saß, neben sich zwei kleine Mädchen von etwa acht und sechs Jahren, niedlich herausgeputzt und um so gelangweilter dreinschauend. Wie ich beobachten konnte, gesellte sich ihnen jetzt ein hochgewachsener Mann Anfang Vierzig in grauem Anzug und Zylinder hinzu. Er hatte braunes Haar, in dem sich erste Spuren von Grau zeigten, eine klare, nicht mehr ganz glatte Stirn und ein markantes Kinn, das durch einen knapp gestutzten Bart noch betont wurde und ihm etwas von einem Schienenräumer vor einer amerikanischen Lokomotive verlieh. Seine Augen blitzten wie

Stahl – was ich natürlich von der anderen Seite der Promenade aus nicht erkennen konnte. Das war auch gar nicht nötig. Ich erinnerte mich ihrer allzu deutlich von damals her, als er sich als Vertreter der Anklage dafür stark gemacht hatte, daß man mich nach Holloway schickte. Mr. David Chester, Mitglied des Parlaments, Anwalt beim Gericht, auf Urlaub mit seiner Familie.

Er bemerkte mich nicht, was mir nur lieb war, zumal er mich als einen rachlüsternen Drachen hingestellt und erreicht hatte, meinen halben Ziegelstein als Sturmangriff auf das soziale Gefüge hinzustellen. Was seinen sonstigen Gepflogenheiten nach zu urteilen noch reichlich milde ausgedrückt war. Zur Erinnerung sei darauf hingewiesen, daß er der nämliche war, der im Unterhaus von sich gegeben hatte, Christabel Pankhurst sei eine «Frau, die sich in erster Linie durch Verbitterung und anarchische Umtriebe auszeichnet», und daß er lieber seine Töchter Fußböden schrubben sähe als eine Wahlkabine betreten. Als er sich jetzt in der Kutsche zurechtsetzte, zuckte unwillkürlich mein Wurfarm, und ich mußte mir gewaltsam einreden, daß mir meine augenblickliche Mission Zurückhaltung auferlegte. Ich wandte mich ab, nur um, wenige Schritte von mir entfernt, in ein Augenpaar zu starren, das meine Gefühle derart beredt widerspiegelte, daß ich zunächst an eine Sinnestäuschung glaubte.

Diese braunen Augen gehörten einer jungen Frau um die zwanzig mit einem schmalen, ernsten Gesicht, das so blaß war, daß die Vermutung nahelag, sie arbeite zuviel in geschlossenen Räumen. Sie war klein und ziemlich mager, die Haltung ihres Nackens und ihrer Schulterpartie dafür um so entschlossener, und der Schwung ihrer Augenbrauen und ihrer Lippen besaß etwas, das einem eindringlich klarmachte, daß dieses Geschöpf nicht bereit war, sich unterkriegen zu lassen. Sie trug einen Rock mit Jacke aus braunem Serge, zu warm für Biarritz im Frühling, und einen einfachen, mit einem braunen Band umschlungenen Strohhut.

«Sie sind Nell Bray», sagte sie, und es klang wie ein Vorwurf.

«Die bin ich. Sie haben David Chester also auch erkannt.»

«Den erkenne ich überall.»

Sie sah mich an, rührte sich nicht vom Fleck.

«Darf ich vermuten, daß Sie eine von uns sind?» wagte ich mich vor.

Sie nickte. «Deshalb kenne ich Sie ja. Ich habe auf dem Trafalgar Square eine Rede von Ihnen gehört.»

Ich war verblüfft. Der Stimme nach gehörte sie nicht zu dem Typ Mädchen, die sich einen Ferienaufenthalt in Biarritz leisten oder, ihrem Verhalten nach zu urteilen, genießen können. Wie ein Dienstbote sah sie aber auch nicht aus, klang auch nicht danach.

«Weiß Bobbie, daß Sie hier sind?»

Das zumindest beantwortete eine meiner Fragen. Bobbie war also tatsächlich in Biarritz, und offenbar zusammen mit einer Freundin. Mochten auch Welten die beiden trennen – eine Bewegung wie die unsere reißt Schranken nieder.

«Bobbie Fieldfare weiß nicht, daß ich hier bin. Mrs. Pankhurst hat mich geschickt.»

Das schien sie zu beunruhigen. Sie wollte etwas sagen, beherrschte sich im letzten Moment.

«Welch ein Zufall, daß sich auch David Chester gerade in Biarritz aufhält, finden Sie nicht?» meinte ich.

«Ja.»

Dann unvermittelt: «Kann ich Sie sprechen?»

Mir war eingeschärft worden, mich von Bobbie und dem, was sie tat, fernzuhalten, aber dieses Mädchen konnte ich nicht so einfach stehenlassen. Etwas wie Panik war in ihren wenigen Worten angeklungen.

«Gerne. Wie wär's mit einem Spaziergang am Strand?»

Ich hielt auf einen Sandstreifen abseits des allgemeinen Familienrummels zu. Doch kaum daß ich ihr meine Begleitung zugesichert hatte, schien ihr Bedürfnis, sich auszusprechen, verflogen zu sein. Ich fragte sie, woher sie Bobbie kenne.

«Sie zerrte mich sozusagen unter den Hufen eines Polizeipferds am Parliament Square hervor. Hat ihr Leben für mich riskiert.»

«Und seither seid ihr befreundet?»

«Nun ja, wir trafen uns anschließend noch ein paarmal, wenn sie zu Versammlungen im East End erschien.»

«Und sie schlug Ihnen vor, mit nach Biarritz zu kommen?»

«Das war wohl mehr wegen meiner Schwester.»

«Ihrer Schwester?»

«Sie stand im Dienst einer reichen Frau, die hier lebte. Bobbie meinte, es treffe sich ganz gut ...»

Wie Schuppen fiel es mir von den Augen. «Großer Gott! Sie müssen Rose Mills sein, Tansys Schwester.»

Sie blieb stehen und blitzte mich wütend an.

«Hat Bobbie Ihnen davon erzählt?»

«Ich habe keinen Kontakt zu Bobbie. Tansy hat von Ihnen gesprochen. Ich hatte keine Ahnung, daß Sie hier sind.»

«Tansy bis jetzt auch nicht.»

«Aber sie hat Ihnen geschrieben und Sie gebeten herzukommen. Auf Einladung von Topaz Brown.»

«Diese ... diese Frau wollte, daß ich herkomme?»

«Ja. Tansy hatte ihr erzählt, daß Sie in der WSPU sind. Worauf Topaz den Vorschlag machte, Sie nach Biarritz einzuladen.»

«Aber ... aber sie war doch eine Frau, die ... die sich verkaufte.»

Ihr Blick war trotzig und unglücklich zugleich, eine Anklage gegen mich und die ganze Welt.

«Haben Sie Tansys Briefe nicht erhalten?»

Sie schüttelte den Kopf. «Ich bin umgezogen.»

So einiges reimte sich allmählich zusammen. Mir war es von Anfang an seltsam vorgekommen, daß ein Hitzkopf wie Bobbie auf die Idee verfallen war, Urlaub am Meer zu machen, und es war wohl auch mehr als ein Zufall, wenn zwei Paar feindliche Augen David Chester beobachteten.

«Woher wußte Bobbie, daß David Chester hiersein würde?» fragte ich.

«Aus der Regenbogenpresse. Eines seiner Kinder ist krank.»

«Warum ausgerechnet Mr. Chester? Gibt es denn in England nicht genug Leute, gegen die zu demonstrieren sich lohnt?»

«Er hat Bobbies Mutter ins Gefängnis gebracht und ihre Tante auch.»

Für Bobbie wahrlich ein ausreichendes Motiv. Die Fieldfares neigen dazu, Politik sehr persönlich zu nehmen.

«Und Sie observieren ihn, um den günstigsten Zeitpunkt für eine Aktion zu bestimmen. Hoffentlich bedenken Sie dabei, daß die französische Polizei noch rigoroser sein kann als die englische.»

«Ja.»

Wir gingen weiter, langsam, weil unsere Stiefel in dem trocknen Sand einsanken. Zu diesem Zeitpunkt glaubte ich, das, was Bobbie vorhatte, sei die Art Demonstration, wie wir sie in England gegen Politiker auf die Beine stellen – etwa Farbbeutel oder Pferdeäpfel werfen –, unter Umständen mit dem Ergebnis, daß unter den militanteren Mitgliedern ein öffentliches Auspeitschen stattfand. Eigentlich eine Verschwendung von Energie und Geld, deswegen eigens nach Frankreich zu fahren; andererseits besaß Bobbie Fieldfare beides in ausreichendem Maße.

«Sie scheinen das auf die leichte Schulter zu nehmen», meinte Rose.

Ich wollte gerade entgegnen, daß mich eine kleine Kanonade von Pferdeäpfeln nicht sonderlich beeindrucke, als ich ihren Gesichtsausdruck bemerkte.

«Was genau hat Bobbie vor?»

«Keine Ahnung. Ich dachte, Sie wüßten es.»

«Was immer sie im Schilde führt: ich habe nichts damit zu tun.»

«Wenn doch Mrs. Pankhurst Sie hergeschickt hat ...»

«Gewiß, aber es geht dabei um das Geld von Topaz Brown. Ich habe Weisung, Bobbie aus dem Weg zu gehen.»

Wieder blieb Rose stehen, seufzte wie ein erschöpftes Kind, das nicht mehr weiterwußte.

«Sie hätten mich nicht dazu verleiten sollen ... Ich hätte Ihnen nicht sagen dürfen ... was soll ich denn jetzt tun?»

Ein willensstarkes Mädchen am Ende seiner Kraft. Ich legte den Arm um ihre Schultern und zwang sie, sich neben mich in den Sand zu setzen.

«Rose, es kann doch keine Rede davon sein, daß du Bobbie im Stich läßt, wenn du mit mir sprichst. Wenn du meinst, es könnte etwas Schlimmes passieren, mußt du mir das jetzt sagen.»

Sie ließ sich Zeit, darüber nachzudenken.

Es war förmlich zu spüren, unter welchen Qualen sie gegen ihre Loyalität ankämpfte, wie der Ast an einem Baum, ehe er abbricht. Dann fing sie an zu sprechen, ruhig, den Blick aufs Meer gerichtet.

«Auf der Fahrt haben wir in Paris für eine Nacht Zwischenstation gemacht. Weil wir sparen wollten, nahmen wir ein billiges Hotel unweit des Bahnhofs, eine zwielichtige Absteige, wie sich herausstellte, denn da waren zwei Männer, die an unsere Tür hämmerten und rein wollten. Wir haben die Kommode davorgeschoben, aber weil Bobbie glaubte, ich hätte noch immer Angst ...»

«Was durchaus verständlich ist.»

«... meinte sie, ich könne ganz beruhigt sein, sie habe die Pistole ihres Vaters mit, und wenn es zum äußersten ...»

«Bobbie Fieldfare hat eine Pistole bei sich?»

«In ihrer Gobelintasche. In ein Kopftuch gewickelt. Sie sagte, sie wisse, wie man sie handhabt.»

Ich hatte Bobbie seit jeher als eine unserer ungestümeren Schwestern angesehen, aber das ging denn doch zu weit.

«Sie hat sie seit unserer Ankunft noch nicht ausgepackt. Sie läßt sie im Zimmer, wenn sie weggeht.»

«Geht sie oft weg?»

«Ja, vor allem abends. Sie kennt viele aus den sogenannten besseren Kreisen. Sie will herausbekommen, was Chester tut, wo er sich für gewöhnlich aufhält.»

«Und tagsüber bist du dran.»

«Manchmal.»

«Warum warst du noch nicht bei deiner Schwester? Sie macht sich deinetwegen Sorgen.»

«Ich möchte sie da nicht mit reinziehen.»

«Aber Bobbie tut genau das. Deswegen seid ihr doch hier, stimmt's?»

Ich meinte zu ahnen, daß, wenn es zu einem Attentat kommen sollte, erfolgreich oder nicht, Tansy die Rolle zufallen würde, die beiden zu verstecken oder zu decken, aus Liebe zu ihrer kleinen Schwester, und so lange, bis sie über die Grenze nach Spanien entkommen wären.

«Keine Ahnung. Anfangs wollte sie zwar alles mögliche über Tansy wissen; aber als wir dann vom Selbstmord dieser Frau erfuhren, schien sie nicht mehr so interessiert.»

Einleuchtend.

Sobald sich das Augenmerk der Polizei auf Topaz' näheres Umfeld richten würde, müßte Bobbie sich nach einem anderen Unterschlupf umschauen. Und Rose dürfte zusehen, wie sie allein zurechtkam. Ein gefährliches Spiel.

«Du solltest zu deiner Schwester gehen. Sie braucht jemanden an ihrer Seite.»

Sie schüttelte den Kopf.

«Ich bleibe bei Bobbie, was immer passiert.»

«Dann besuch Tansy wenigstens. Das bist du ihr allemal schuldig.»

Ich baute darauf, daß nach einem Zusammentreffen der beiden Schwestern Rose einwilligen würde, bei Tansy zu bleiben.

«Wo ist sie?»

«In dem Hotel, in dem Topaz Brown gewohnt hat. Ich komme mit.»

Auf dem Weg dorthin fragte Rose: «Warum hat sie uns ihr Geld vermacht?»

«Das ist eine merkwürdige Geschichte. Ich erzähle sie dir irgendwann mal.»

Ich hatte nicht vor, ihr irgend etwas zu erzählen.

Kaum daß Rose den Salon betrat, schloß Tansy sie in die Arme, drückte sie leidenschaftlich an sich.

«Rose. Endlich.»

Sie trat zurück, musterte die jüngere Schwester wie eine Katzenmutter ihr wiedergefundenes Junges. Dann: «Nur daß es zu spät ist, Rose. Sie ist tot. Topaz ist tot.»

Ich war wütend auf mich, weil ich es versäumt hatte, Rose darauf vorzubereiten, daß Tansy verständlicherweise annehmen würde, ihre Schwester sei eben erst in Biarritz angekommen. «Laß dich anschaun, du mußt ja tagelang unterwegs gewesen sein. Hast wahrscheinlich meinen Brief erst ...»

«Ich habe keinen Brief erhalten.»

«Aber ich hab' dir doch geschrieben, du sollst umgehend herkommen, weil sie dich kennenlernen will. Und danach hab' ich dir noch einen Brief geschickt, mit zehn Pfund von ihr ...»

«Warum wollte mich Topaz Brown kennenlernen?» fragte Rose argwöhnisch.

«Ich hab' ihr von dir erzählt und was du so tust und treibst, aber das hat ihr nicht genügt. Sie wollte, daß ich dir schreibe und dich bitte herzukommen.»

Rose sah mich an. Nicht etwa verlegen, eher triumphierend. Mir schwante, was das bedeutete. Und erneut warf ich mir vor, sie nicht besser vorbereitet zu haben. Aber wie hätte ich das ahnen sollen?

«Soll das heißen, daß meine Briefe an dich Topaz Brown so neugierig gemacht haben, daß sie mich einlud, damit ich ihr mehr über unseren Kampf für das Wahlrecht berichte?» fragte Rose.

«Mit Topaz über das Wahlrecht reden? Warum um alles in der Welt hätte ihr daran gelegen sein sollen? Nein, sie wollte, daß du ihre Unterwäsche in Ordnung hältst.»

Wenn Rose jählings mit dem Lift fünf Stockwerke durchgesackt wäre, hätte sie nicht verblüffter sein können. Tansys unbeabsichtigte Grausamkeit hatte wie ein Schlag ins Gesicht gewirkt.

«Du wolltest mich herholen, damit ich mich um die Unterhosen einer Hure kümm're?» sagte Rose nach einer wie elektrisch geladenen Stille.

Tansy ging auf sie los und verpaßte ihr eine schallende Ohrfeige. Worauf Rose ohne ein weiteres Wort den Salon verließ. Die Tür fiel ins Schloß, eilige Schritte entfernten sich den Flur entlang.

«Diese Mrs. Pankhurst», schnaubte Tansy. «Umbringen könnt' ich sie.»

Am liebsten hätte ich aufgelacht, wenn mir die beiden nicht so entsetzlich leid getan hätten. Angesichts ihres Kummers hatte Tansy vergessen, wer ich war. Oder aber sie scherte sich nicht darum. Ohne Punkt und Komma und wie ein geschulter Redner ereiferte sie sich jetzt über die Schamlosigkeit der Suffragetten, die Familienbande sprengten und junge Mädchen aufmüpfig machten. Selbst unser erbittertster männlicher Gegner hätte der in Fahrt geratenen Tansy nicht das Wasser reichen können. Die ganze Zeit über mußte ich aber auch an Rose denken. Ihr nachzulaufen brachte nichts ein. Zumal es auf der Hand lag, daß sie mir für die Demütigung, die sie ohne mein Zutun erfahren hatte, die Schuld gab.

Nach einer geraumen Weile ging Tansy nicht etwa der Stoff, sondern schlicht und einfach die Luft aus. Ich konterte mit dem erstbesten, was mir in den Sinn kam.

«Was halten Sie von einem gemeinsamen Einkaufsbummel?»

VI

Sobald Tansy begriffen hatte, was ich im Schilde führte – und dazu brauchte sie nicht lange –, wich ihr Unmut und machte grimmiger Befriedigung Platz.

«Wie Topaz? Wir verfolgen ihre Spuren zurück?»

«Wenn es sich einrichten läßt.»

Ich holte sie kurz vor sechs ab, etwa um die gleiche Zeit, zu der Topaz eine Woche zuvor zu ihren Besorgungen aufgebrochen war. Tansy erwartete mich bereits in Hut und Mantel.

«Sie glauben mir also. Und finden es genauso absurd wie ich, daß sie Selbstmord begangen haben soll.»

«Davon, daß ich Ihre Meinung teile, kann keine Rede sein. Ich möchte mir lediglich Klarheit verschaffen.»

Was im Klartext hieß, zumindest ein fehlendes Teilchen für dieses Puzzle ausfindig zu machen.

Vor dem Hotel blieben wir stehen.

«Benutzte Topaz an jenem Abend den Privatlift, oder verließ sie das Hotel durch den Haupteingang?» fragte ich.

«Sie nahm unseren Fahrstuhl.»

Sie war demnach durch die Seitentür herausgekommen. Tansy führte mich um das Gebäude herum zu diesem Privateingang, eine unauffällige, überdachte Tür mit eigenem Klingelknopf.

«In welcher Richtung gelangt man von hier aus zu den Geschäften?»

«Zu den eleganten von der Terrasse aus nach rechts.»

«Auf die eleganten Läden hatte sie es ja wohl nicht abgesehen, betont schlicht gekleidet, wie sie war.»

«Zu den andern geht's da hinten lang.»

Wir gingen durch eine im rechten Winkel zum Meer verlaufende Nebenstraße, vorbei an Kindern, die im Rinnstein spielten, und offenen Verkaufsbuden mit Stellagen voll verlockendem Gemüse und Obst, bogen um eine Ecke, an der sich ein Café befand, vor dem Männer an einem Tisch Karten spielten, und gelangten zu einem Platz mit weiteren kleinen Läden. Zwölf Minuten waren wir bereits unterwegs; Topaz, soweit ich mich erinnerte, hatte für ihre Besorgungen knapp eine Stunde benötigt. Wenn sie also vierundzwanzig Minuten für den Hin- und Rückweg gebraucht hatte, war ihr nicht mehr als eine halbe Stunde zum Einkaufen geblieben.

«Wie wär's mit dem da, Tansy?» Ich hatte es aufgegeben, sie Miss Mills zu nennen.

Neben dem Geschäft des Fleischers befand sich ein erleuchtetes Schaufenster mit langweiligen Hüten und Kappen, zu denen Frauen aus praktischen Erwägungen heraus greifen und nicht etwa, um sich herauszuputzen.

«Hier kaufe ich meinen Nähbedarf», sagte Tansy.

«Bekommt man dort auch Unterwäsche?»

«Ja.»

«Tansy, hatten Sie schon mal daran gedacht, sich hier umzuhören?»

«Ich kann mich nicht verständigen. Wenn ich was brauch', deut' ich einfach drauf.»

Blieb zu hoffen, daß meine eigenen Französischkenntnisse ausreichten.

«Beschreiben Sie mir doch mal diese Schlüpfer.»

Sie tat es, und gleich darauf betrat ich mit ihr das kleine Geschäft und trug der Frau mit dem steinernen Gesicht hinter dem Ladentisch mein Anliegen vor.

Das Auftauchen einer Engländerin mittleren Alters, die weiße Unterhosen mit rosa Schleifen und einen rosa Musselinunterrock vorgelegt zu bekommen wünschte, löste bei ihr ein zischelndes Einatmen zwischen derart fest zusammengebissenen Zähnen aus, daß man meinen konnte, wir verpesteten die Luft. Sie erklärte – in einem Tonfall, der mehr Erleichterung denn Bedauern ausdrückte –, daß sie nichts dergleichen führe. Da ich mich nicht abwimmeln ließ und fragte, was für Unterwäsche sie mir anbieten könne, zog sie unter dem Ladentisch Schachteln heraus, mit Wäsche, wie sie Florence Nightingale auf der Krim zupaß gekommen wären: biedere Korsetts sowie Unterhosen, die mir bis zu den Knien gereicht hätten.

«Die nicht», hörte ich Tansy verächtlich hinter mir sagen.

Vom Gesichtsausdruck der Verkäuferin eingeschüchtert, erstand ich ein Miederhemdchen und einige Meter derart dicken Gummibands, daß man damit Schiffe hätte vertäuen können. Tansy nahm das Päckchen an sich, und mehr oder weniger geordnet traten wir den Rückzug an.

«Wozu brauchen Sie denn so was?»

Ich murmelte etwas von nicht anderer Leute Zeit unnütz in Anspruch nehmen zu wollen und sah auf meine Armbanduhr. Der Einkauf hatte zehn Minuten gedauert.

«Da drüben ist das nächste», sagte Tansy.

Sie dirigierte mich über den Platz in eine Seitenstraße, wobei ich Mühe hatte, mit ihr Schritt zu halten.

«Hier.»

Auch in diesem Geschäft lagen Hüte in der Auslage, pfiffigere diesmal, mit künstlichen Rosen und Veilchen und gelegentlich einer Feder aufgeputzt. Ein Blick durch die Scheibe genügte, um zu erkennen, daß die Frau am Verkaufstresen beruhigend jung und gutmütig wirkte. Wir traten ein, und wiederum begann ich zu verhandeln. Die Verkäuferin verzog keine Miene. Aber gewiß doch. Der Ladentisch verwandelte sich in duftiges Weiß und Pastell, als sie Schachtel um Schachtel leerte und den jeweiligen Inhalt vor uns ausbreitete. Ich erspähte etwas in Rosa und griff danach.

«Tansy?»

«Genau so einer», sagte sie stockend.

Ich beschied die Verkäuferin, daß ich den Unterrock zu nehmen gedächte, wühlte daraufhin Berge von Unterhosen durch. Sobald ich ein annähernd ähnliches Stück wie von Tansy beschrieben fand, zeigte ich es ihr, zum offenkundigen Erstaunen der Verkäuferin, die sich wunderte, daß ich in einer derart persönlichen Angelegenheit den Rat meines Dienstmädchens einholte.

«Was ist mit diesen hier?»

«Nein, die Beine waren bestickt und nicht mit Spitze besetzt.»

«Und die?»

«Schon eher, nur die Farbe der Bänder stimmt nicht. Sie waren rosa.»

Auf meine Frage, ob es diese Schlüpfer auch mit rosa Bändern gebe, antwortete die Verkäuferin mit ja, allerdings seien die letzten vor einer Woche verkauft worden.

So nebenbei wie möglich erkundigte ich mich, ob jene Kundin ebenfalls Engländerin gewesen sei. Was die Verkäuferin verblüffte, aber keineswegs mißtrauisch werden ließ. In der Tat, die Dame habe nur gebrochen Französisch gesprochen. Sie hätten viel gelacht, sie und die Dame, die versucht habe, ihre Wünsche in Zeichensprache deutlich zu machen; sie sei in Eile gewesen und habe sich rasch entschieden. Eine gutaussehende Dame? hakte ich nach. Der Grund für meine Frage, wenn auch nicht die Einzelheiten, muß Tansy klar geworden sein, denn sie zupfte mich am Ellbogen, was ich verärgert abwehrte. Was hatte diese Dame denn an? Etwa ein schlichtes braunes Kleid mit einem cremefarbenen Schal? Ja. Wieder zupfte mich Tansy am Ellbogen.

«Zeigen Sie ihr das hier.»

Das hier war ein postkartengroßes Foto von Topaz Brown *en fête*, mit nackten Schultern und einem Brillanthalsband, ebensolchen Armbändern und einem mit weiterem Geschmeide besetzten Federbusch im Haar.

«*Oui, c'était madame. Mais c'est Topaz Brown*», sagte die Verkäuferin und sah mich überrascht an.

Mir war bisher noch gar nicht so recht bewußt geworden, welche Berühmtheit Topaz gewesen war. Diese kleine Angestellte, die da über blumenbekränzten Hüten und billiger Unterwäsche ihren Träumen nachhing, schien sie auf eine Stufe mit der königlichen Familie zu stellen und, dem Gesichtsausdruck nach zu schließen, entsprechend zu beneiden. Ihre erste Reaktion war purer Stolz, daß Leute wie Topaz ihrem Laden die Ehre gegeben hatten. Dann Fassungslosigkeit.

«*Mais on m'a dit qu'elle est morte.*»

Sie sah Tansy und mich abwechselnd an, das Gesicht ein einziges Fragezeichen. Ja, meinte ich gequält. Ich hatte das Gefühl, zu rasch vorgeprescht zu sein, die Dinge zu sehr beschleunigt zu haben. Um weiteren Fragen aus dem Weg zu gehen, sagte ich, ich wolle auch die Unterhosen mit den blauen Bändern mitnehmen, und suchte umständlich das entsprechende Geld zusammen. Um ein Haar wäre das Päckchen auf dem Ladentisch zurückgeblieben, wenn Tansy nicht so umsichtig gewesen wäre und es an sich genommen hätten.

«Sie hat die Sachen also selbst gekauft», sagte Tansy, als wir wieder auf dem Platz standen.

«Sieht ganz so aus.» Hoffentlich würde das die abstrusen Beschuldigungen Marie gegenüber verstummen lassen.

«Das wär' dann der Beweis, richtig?»

«Der Beweis wofür?»

«Daß es kein Selbstmord war.»

«Tut mir leid, Tansy, aber das beweist nichts dergleichen. Sondern nur, daß Topaz das, was geschehen ist, geplant hat.»

Weiterhin war mir klar, daß ich soeben mehrere Pfund der Organisation dafür verschleudert hatte, unseren Fall zu verpatzen. Sobald ein Gericht erfuhr, daß eine wohlhabende Frau wie Topaz die letzten Stunden ihres Lebens unter anderem damit zugebracht hatte, billige Unterwäsche einzukaufen, würde es in Erwägung ziehen, auf Geistesverwirrung zu erkennen.

«Begreifen Sie denn nicht, daß das nur eine ihrer verrückten Launen gewesen kann? Sie hätte sich doch diese Scherereien nicht extra aufgeladen, wenn's ihr nur darum gegangen wär', sich das Leben zu nehmen.»

Ich bemühte mich nach Kräften, die Gedankengänge von Topaz nachzuvollziehen, die jählings von sich so angewidert gewesen sein mußte, daß ihr der Freitod als bittere Absage an die Welt als einziger Ausweg erschienen war. Hätte sie sich dann allerdings nicht eher auf ein einziges Extrem versteift, sich entweder mit all den teuer erkauften Kostbarkeiten herausgeputzt oder aber mit dem billigsten Zeug aus ihrem Kleiderschrank vorlieb genommen, zum Zeichen dafür, wie wenig Wert sie auf solche Dinge legte? Statt dessen hatte sie sich die Mühe gemacht, beide Extreme zu berücksichtigen. Und war in einem fragwürdigen Glanz gestorben. In einem schäbigen Glanz. Bei allen Beweggründen, die Topaz geleitet haben mochten – ich konnte einfach keinen Sinn dahinter erkennen.

Wenn es ein Schabernack gewesen sein sollte, schon eher. Jemand bezahlt für eine Nacht mit einer der teuersten Frauen in Europa, und für diese Nacht verkleidet sie sich wie – nun ja, wie die Art Frauen, die man in London für zwanzig Shilling aufgabeln kann. Könnte auf eine bestimmte Art von Humor hindeuten. Wenn dann der Scherz auf alles andere als Begeisterung trifft und der Freier, anstatt entzückt zu sein ... Nein, auch das ergab keinen Sinn. In der Suite wurde, wie Tansy behauptet hatte, kein Laudanum aufbewahrt. Das bedeutete, daß der Mörder ... Ich riß mich zusammen. Zum erstenmal und auch nur in meinen Überlegungen, daß ich dieses Wort gebraucht hatte.

Wir standen vor dem Café. Tansy sah mich an, als wollte sie fragen, was wir als nächstes zu tun gedächten.

«Der Wein», sagte ich. «Würden Sie die Flasche wiedererkennen?»

«Ein dicker alter Mann war drauf und jede Menge Weintrauben.»

Wir waren vorhin, auf der anderen Seite des Platzes, an einem kleinen Lebensmittelgeschäft vorbeigekommen. Dem Duft von Käse und Knoblauch folgend, schritt ich darauf zu. Der Laden bot sich eher als schwach erhelltes Verlies dar, in dem büschelweise getrocknete Kräuter hingen und Würste wie Stalaktiten von der Decke herunterwuchsen. Im Hintergrund war eine rundliche Frau auszumachen, die sich angelegentlich mit dem Kauf von ein paar Gramm Anchovis beschäftigte. Ich berührte Tansys Arm und deutete auf eine Reihe Flaschen in einem Regal. Selbst in dem trüben Licht zogen uns Bacchus und seine Weintrauben an wie ein Rummelplatz.

«Ja. Genau so eine.»

Das strenge Gesicht der Frau hinter der Theke blieb ausdruckslos, als ich ihr den Gegenwert für eine Flasche zuschob und das Foto von Topaz hinhielt. Sie habe derart viele Kunden, brummte sie, man könne wohl kaum von ihr verlangen, daß sie sie alle kenne. Von wegen. Selbst in ihrem einfachen braunen Kleid hätte Topaz in dieser Höhle die Aufmerksamkeit auf sich gezogen wie ein Leierschwanz unter Sperlingen. Dem Blick nach zu schließen, stand für mich fest, daß die Ladeninhaberin aus Gewohnheit und Instinkt log. Die Welt außerhalb ihres Verlieses war feindselig; sie wollte nichts damit zu schaffen haben.

«Was sagt sie?» fragte Tansy hinter mir.

«Daß sie sich nicht erinnern könnte; aber ich glaube, sie lügt.»

«Natürlich lügt sie, diese dumme Kuh.»

Mit einem abfälligen Blick auf die Frau nahm Tansy die Weinflasche an sich und verließ den Laden.

«Deshalb hab' ich was gegen das Ausland. Nie weiß man, was die andern über einen reden, und bestimmt ... oh, Verzeihung, *pardon, mademoiselle*.»

Mit Päckchen beladen und dadurch abgelenkt, wäre sie um ein Haar mit einer verhärmten Frau zusammengeprallt, die von kleinen Kindern umringt wurde. Die Frau trug ein in ein Tuch gewickeltes Baby und ein ramponiertes Paket, das in Zeitungspapier eingeschlagen war. Durch Tansys Beinahe-Zusammenstoß geriet beides ins Schwanken, weshalb ich nach dem Paket griff, bis die Frau das Baby wieder zurechtgerückt hatte. Fettflecken blieben auf meinem Handschuh zurück, und ein merkwürdig vertrauter Geruch breitete sich aus. Die Frau dankte mir und murmelte etwas von Abendessen besorgen.

Allem Anschein nach gab es in Biarritz, nicht anders als in London, Familien, die so arm waren, daß sie keinen eigenen Herd besaßen und auf Gerichte aus den Garküchen angewiesen waren. Ich hoffte, ihre Familie werde sich den Fisch schmecken lassen, sagte ich. In dem Augenblick, als ich das Wort *poisson* aussprach, machte etwas in meinem Kopf klick, so unvermittelt, daß ich meinte, einen elektrischen Schlag abzubekommen. Ich fragte die Frau, wo sie den Fisch gekauft habe. Worauf sie mich zunächst ungläubig anstarrte, um dann in eine Seitenstraße zu deuten. Wie ein Spürhund nahm ich die Fährte auf, die maulende Tansy samt ihren Paketen im Schlepptau.

«Das kann doch nicht Ihr Ernst sein. Sie wissen doch, was das für Küchen sind.»

Der Fischgeruch führte mich zu einem Laden mit offener Front, der aus nichts weiter bestand als aus einer Holztheke mit einem großen Herd, an dem ein Mann in einer weißen Schürze zugange war.

Ich bestellte Fisch, und sogleich schmiß er ein Filetstück in eine Pfanne auf dem Herd. Seine Augen funkelten vergnügt.

«Madame sein Engländerin?»

«Ja.»

«Ich arbeiten in London, zwei Jahre, im Bayswater Caprice Hotel. Sie kennen es?»

Ich bedauerte, daß dem nicht so war.

Er grinste. «Bestimmt auch Ihnen englische Ladys mein Fisch schmecken.»

«Warum? Waren schon andere englische Ladys hier?»

«Letzte Woche, Mittwoch abend. Sie kennen das Bayswater Caprice Hotel, diese Lady. Sagen, mein Fisch sie an London erinnern.»

Wieder zückte ich Tansys Postkartenbild.

«Diese Lady?»

«Ja, diese Lady. Sehr, sehr schöne Lady. Sie Ihre Freundin?»

Ich nickte. Sollte er Topaz Brown erkannt haben, so ließ er sich das nicht anmerken.

«Hat sie viel Fisch gekauft?»

«Genug für zwei. Ich leihen ihr kleine Schüssel, für Transport. Madame bestellen Freundin schönen Gruß und sagen, Schüssel hat Zeit bis nächstes Mal? Und wenn wiederkommen, für sie Fisch gratis.»

Er schaufelte meine Fischportion aus der Pfanne, schlug sie in Zeitungspapier ein und reichte sie Tansy, die sie sich, beeinträchtigt durch die Weinflasche und die beiden Pakete mit Unterwäsche, unters Kinn klemmte.

Eine Stunde und zwanzig Minuten nach Verlassen des Hotels erreichten wir wieder den Nebeneingang. Topaz war schneller gewesen, aber sie hatte auch genau gewußt, wo sie hingehen mußte, um das, was sie wollte, zu besorgen. Oben im Salon stellte Tansy den Wein und die Pakete auf einem Stuhl ab; den Fisch drängte sie mir auf.

«Wollen Sie den hier essen oder mitnehmen?»

Sie ging zu einer der Glastüren, wahrscheinlich in der Absicht, sie zu öffnen, damit sich der Geruch verflüchtigte, stellte fest, daß sie bereits offen war.

«Komisch. Ich hätt' schwören können, daß ich vor dem Weggehen die Balkontüren zugemacht hab'. Wenn bloß dieses Stubenmädchen nicht schon wieder hier war!»

Sie schien empört zu sein, aber ich schenkte dem weiter keine Beachtung. Sie hatte mich auf eine Idee gebracht.

«Tansy, Sie haben doch gesagt, Sie hätten Topaz nach Rückkehr von ihren Besorgungen an der offenen Balkontür stehen sehen.»

«Ja.»

«Warum stand sie dort?»

«Woher soll ich denn das wissen?»

«Könnte sie nicht etwas auf dem Balkon abgestellt haben, vielleicht ein Päckchen mit Fisch, damit Sie es nicht riechen und Fragen stellen?»

«Warum hätte sie das tun sollen?»

«Warum hätte sie überhaupt Fisch kaufen sollen?»

«Das ist ja eben das, was ich nicht kapier'. Sie hätt' sich jeden Fisch aus der Küche raufschicken lassen können.»

«Ja, aber das wäre teurer Fisch gewesen. Billige Unterwäsche, billiger Wein – und jetzt auch noch billiger Fisch.»

Tansy sah mich an, als hätte ich den Verstand verloren. Ich ging im Zimmer auf und ab und versuchte nachzudenken.

«Er lag auf einem Teller, mußte aber nochmals angewärmt werden. Der Spirituskocher ...»

«Daran hat keiner gedacht, die Polizei nicht, und ich war viel zu durcheinander», sagte Tansy mürrisch.

«Sie muß den Fisch zusammen mit dem Wein mit ins Schlafzimmer genommen haben, deshalb roch es dort auch so eigenartig. Was ist damit geschehen?»

Würde jemand einen Gedanken an einen Teller gebratenen Fisch verschwenden, wenn sich für eine Analyse eine Flasche mit vergiftetem Wein anbot? Wahrscheinlich hatte die Polizei den Teller weggeräumt, als sie den Wein mitnahm.

«Ich begreif' nicht, wie Sie so viel Aufhebens um eine Portion Fisch machen können», erklärte Tansy.

Ich wollte unbedingt jemandem meine Theorie unterbreiten. Und ob es nun richtig war oder falsch, Tansy mußte dafür herhalten.

«Wenn ich mich nicht irre, könnte sich anhand dieses Tellers Fisch beweisen lassen, daß Topaz doch nicht Selbstmord verübt hat.»

Tansy war keineswegs beeindruckt. «Sag' ich doch schon die ganze Zeit. Nur daß nicht der Fisch vergiftet war, sondern der Wein.»

«Das alles paßt zu der Nachricht, die sie hinterlassen hat.» Ich angelte den Zettel aus meiner Tasche und faltete ihn auseinander.

Zu spät.
Acht Uhr abends. Rückzahlung Darlehen für eine Karriere.
Vin Poison

«Wir haben das als Ankündigung eines Selbstmords angesehen. Das war falsch. Es handelt sich um eine Einladung. Sie bittet jemanden um acht Uhr abends zu sich, zu einem Imbiß mit Wein und Fisch. Sie hat nur einen Buchstaben vergessen und statt *poisson*, Fisch, *poison*, Gift, geschrieben.»

Tansy weigerte sich beharrlich, sich an meiner Theorie zu berauschen.

«Darlehen – wie ist denn das zu verstehen?»

«Vielleicht gehörte das zu dem Scherz dazu.»

«Und Sie wollten mir nicht glauben, als ich gesagt hab', das wär' ein Scherz.»

«Tansy, ich nahm an, Sie wollten beweisen, daß es kein Selbstmord war.»

«Was ich will, ist, daß derjenige, der's getan hat, dafür büßt.»

Ich ging noch immer auf und ab, jetzt mit einem Gefühl von Triumph und Optimismus. Bis zu diesem Zeitpunkt war mir noch gar nicht die Idee gekommen, daß ein Mord unseren Interessen weitaus dienlicher sein könnte als ein Selbstmord. Wie es um die Gerechtigkeit bestellt war, darüber wollte ich mir jetzt nicht den Kopf zerbrechen. Mein Jagdfieber war erwacht, und ich muß gestehen, daß ich bereits anfing, der armen Tansy wie einem Gehilfen Anweisungen zu erteilen.

«Tansy, ich möchte, daß Sie mir eine Liste mit Topaz' Freiern – Besuchern, wenn Ihnen das lieber ist – zusammenstellen, an die Sie sich erinnern. Fangen Sie mit denen aus diesem Jahr in Biarritz an, dann die im vorigen Jahr, dann all die, an die Sie sich von früher her besinnen können. Dann, wenn ...» Ich hielt jäh inne, als ich ihr Gesicht sah.

«Nein.»

«Nein was?»

«Ich hab' über so was nicht getratscht, als sie noch lebte, und jetzt, wo sie tot ist, werd' ich's auch nicht tun. Sie konnte mir vertrauen. Sie wußte das.»

«Tansy, das hat nichts mit Tratsch zu tun. Hier geht es um die Aufklärung eines Falls.»

«Nennen Sie's, wie Sie's wollen.»

Man hat mich gelegentlich als stur bezeichnet, aber meine Sturheit war nichts im Vergleich zu Tansys. Sie hatte sich mit verschränkten Armen vor mir aufgebaut, und meine Argumente erschütterten sie genausowenig wie einen Granitfelsen in einem Wasserstrudel. Sie hatte niemals über Topaz' geschäftliche Belange gesprochen, würde es niemals tun und basta.

«Selbst dann nicht, wenn es darum geht, ihren Mörder dingfest zu machen?»

«Der sie umgebracht hat, gehört nicht zu dem Kreis.»

«Tansy, das können Sie doch gar nicht wissen.»

«Doch.»

Ich mußte mich geschlagen geben.

«Na gut, dann muß ich mich eben anderweitig umsehen.»

«Ihre Sache.»

Nachdem ich mich in meine Niederlage geschickt hatte, trat so etwas wie Waffenstillstand ein, das heißt Tansy bereitete Tee. Und begann mit einem Mal, in sich hineinzukichern.

«Was gibt's denn so Komisches?»

«Ich hab' grade dran gedacht, daß es schlau von Ihnen war, nach der Sache mit dem Fisch umzukehren. Der Herr Beschatter war ebenfalls überrascht.»

«Der Herr Beschatter? Von wem reden Sie da, Tansy?»

Sie feixte, genoß ihren Triumph der besseren Beobachterin.

«Haben Sie ihn nicht bemerkt? Gleich als wir aufbrachen, hab' ich ihn gesehn. Als wir aus dem zweiten Geschäft kamen, dort, wo Sie die Unterwäsche besorgt haben, stand er auf der andern Straßenseite. Ich meine den Mann aus dem Anwaltsbüro.»

«Was für ein Mann aus welchem Anwaltsbüro?»

«Der, von dem ich Ihnen erzählt hab. Der am Freitag hier war und die Papiere von Topaz durchgehen wollte.»

«Warum haben Sie mir das nicht gesagt?»

«Ich wollte nichts mit ihm zu schaffen haben.»

«Wie sieht er denn aus?»

Sie überlegte. «Ziemlich groß, ein bißchen beleibt. Rotes Gesicht, glattrasiert. Schätzungsweise vierzig oder darüber. Schwarzer Mantel und Hut, einigermaßen manierlich, wenn auch nicht das, was man landläufig unter einem Gentleman versteht.»

«Franzose oder Engländer?»

«Engländer.»

«Und Sie meinen, er ist uns gefolgt?»

«Ich meine nicht, ich weiß es.»

Ich war weit davon entfernt Tansy zu unterstellen, sie phantasiere da etwas zusammen; andererseits war denkbar, daß sie sich durch eine zufällige Wiederbegegnung mit jenem Mann einredete, sie werde verfolgt. Verbarg sich etwa hinter ihrem Ich-weiß-was-ich-sage-Gebaren ein ausgeprägter Sinn fürs Dramatische? Ich bat sie, mir Bescheid zu geben, sollte der Mann nochmals auftauchen, trank meinen Tee aus und stand auf.

«Mr. Jules wollte morgen vorbeikommen und mir sagen, wann die Beerdigung stattfindet. Werden Sie auch hingehn?»

Ich sagte, daß ich das vorhätte und daß ich Jules Estevan morgen früh aufsuchen wollte. Tansy brachte mich im Fahrstuhl hinunter zum Nebenausgang. Sie bestand darauf, daß ich den Fisch mitnahm, den ich zweckmäßigerweise einer Katze vermachte, die um die hoteleigenen Mülltonnen herumstrich. Als Beweismittel war er kaum heranzuziehen.

VII

Ich ging zur Vorderseite des Hotels, um von dort aus in den Stadtteil, in dem ich wohnte, zurückzukehren und zu Abend zu essen. Es war kurz nach acht. Vor dem Haupteingang stand eine ansehnliche Zahl von Droschken, aus denen Gäste stiegen, die ihr Dinner im Hotel einzunehmen gedachten. Das Licht aus dem Foyer ließ perlenbestickte Kleider und Geschmeide funkeln, mit Federn besetzte Fächer wogten in der Seeluft. Die schlichteste dieser Roben kostete gut und gern das Sechsfache des Monatssalärs von Leuten wie Rose und Tansy.

Kaum hatte ich mich Überlegungen dieser Art hingegeben, schreckte ich zusammen. Zum einen, weil ich David Chester erblickte, zum zweitenmal an diesem Tag. Er und seine pummelige Frau, unvorteilhaft in grünen Satin gekleidet, saßen mit einem weiteren Paar in Abendgarderobe in einer Kutsche und warteten darauf, daß ihnen der dichte Verkehr gestattete, die wenigen zusätzlichen Meter bis zum Hoteleingang zurückzulegen. Da mein Wurfarm bereits wieder zuckte, zwang ich mich, der Versuchung aus dem Weg gehen, als mich etwas, ich weiß nicht, was, veranlaßte, die Fassade des Hotels emporzuschauen.

Girlanden und Nymphen waren indirekt beleuchtet, und dazwischen, unweit des Kopfes der rechten Karyatide, bewegte sich ein Schatten. Eine Taube, die sich einen Schlafplatz sucht, schoß es mir durch den Kopf, wenngleich was immer diesen Schatten warf, zu groß dafür war. Jetzt bewegte es sich wieder und entpuppte sich als junger Mann in Tweedjackett und Breeches. Wenn er den Halt auf dem Sims neben dem Kopf der Karyatide verlor, würde er aus schwindelnder Höhe auf das Pflaster stürzen. Indes, er tastete sich leichtfüßig vorwärts, auf eine der Lampen zu, was es mir erleichterte, ihn genauer aufs Korn zu nehmen. Er trug keinen Hut, sein dunkles Haar, eine veritable Künstlermähne, war gelockt. Hatte er bislang auf die Droschken unten am Eingang hinuntergeschaut, hob er jetzt ganz kurz den Kopf und blickte hinaus aufs Meer. In diesem Bruchteil einer Sekunde erkannte ich ihn. Von wegen ein Mann. Alles Geld von Biarritz hätte ich darauf verwettet, daß ich Bobbie Fieldfare im Visier hatte. Und tief unter ihr, noch nicht ganz in Reichweite einer Pistole, David Chester, der sich mit seinem Freund unterhielt und dessen weiße Hemdbrust eine derart hervorragende Zielscheibe abgab, wie sich das ein unerfahrener Mörder nicht besser wünschen konnte.

Mir blieb eine Sekunde zum Überlegen, und für die Hälfte dieser Sekunde sagte mein Haß auf David Chester ja, soll sie's doch tun. Dann aber dachte ich daran, daß dies mit Sicherheit unsere Sache um Jahre zurückwerfen, wenn nicht gar für immer begraben würde. «Da oben! *Regardez*!» schrie ich und wies zu der Karyatide hinauf. Rufe und keuchender Atem waren zu hören, als andere sahen, wohin ich deutete. Die Türsteher eilten die Stufen hinunter, um nach oben zu gaffen, und Leute in offenen Droschken standen der besseren Sicht wegen auf. Dann wandelte sich das Entsetzen in lautes Gelächter.

«Wohl ein bißchen zuviel von der prickelnden Brause erwischt», hörte man jemanden auf englisch sagen.

Anscheinend gehörten junge Männer, die an den Fassaden der Hotels herumkletterten, zur natürlichen Fauna von Biarritz. Was die Gestalt im Tweedjackett betrifft, so blieb sie, als die Menge in Johlen ausbrach, ruhig stehen und blickte hinunter. Am liebsten hätte ich Bobbie zugerufen, sie solle machen, daß sie wegkomme, aber ich hatte Angst, sie könnte erschrecken und das Gleichgewicht verlieren. Ein Türsteher hatte bereits ein paar Worte mit einem Gepäckträger gewechselt; sicherlich eilten inzwischen Bedienstete in den ersten Stock, um dem Schabernack ein Ende zu bereiten. Falls man

Bobbie verhaftete, blieb mir nichts anderes übrig, als mich sofort als Freundin der Familie zu erkennen zu geben und zu versuchen, das Ganze als einen harmlosen Streich herunterzuspielen.

Auf Zehenspitzen stand die Gestalt auf dem schmalen Sims, einen Arm um den Kopfschmuck der Statue gelegt, den sie jetzt – nein! nicht! – zu meinem Entsetzen losließ und noch näher an die Kante trat. Großer Gott, gleich springt sie! durchfuhr es mich, und ich biß mir auf die Knöchel, um einen Aufschrei zu unterdrücken. Bobbie – inzwischen war ich mir sicher, daß es sich um sie handelte – starrte zu uns hinunter, beugte sich dann ganz langsam vor, wie einer, der sich kopfüber ins Wasser katapultieren will. Die Umstehenden hielten den Atem ein, eine Frau kreischte. Eine Ewigkeit schien die lichtumflossene Gestalt in dieser Pose zu verharren – ehe sie sich schließlich ebenso bedächtig wieder aufrichtete, zurücktrat und nach dieser längsten und anmutigsten aller Verbeugungen der Menge zuwinkte. Erleichtertes Auflachen, selbst Beifall brandete hier und dort auf.

«Betrunken wie ein Erzbischof», sagte die englische Stimme, die selbst nicht unbedingt nüchtern klang. «Regelrecht sturzbesoffen.»

Mittlerweile waren mehrere Hotelbedienstete auf die Balkone im ersten Stock geeilt und riefen der Gestalt zu, hereinzukommen. Bobbie musterte sie kurz, schüttelte würdevoll den Kopf und balancierte dann mit einer Geschwindigkeit, die angesichts ihrer betont langsamen Bewegungen vorher um so verblüffender war, den Sims entlang, zu einer Regenrinne und hangelte sich daran hinunter. Am letzten Teilstück sprang sie ab, fiel hin, rappelte sich auf, lief in Richtung Promenade davon. Ich raffte meine Röcke, wobei ich sie um den Vorteil ihrer Breeches beneidete, und rannte ihr nach. Hinter uns die Rufe des Hotelpersonals, sie solle gefälligst stehenbleiben.

Wir dürften einen der ungewöhnlichsten Anblicke der Saison geboten haben, als wir die Promenade entlang hetzten,

Bobbie in ihrem Sportdreß und ohne Hut, ich mit der Schnelligkeit, die man sich zwangsläufig aneignet, wenn es gilt, sich dem Zugriff der Metropolitan Police zu entziehen.

Hin und wieder riefen uns Leute zu, was denn los sei. Einer versuchte sogar, sich Bobbie in den Weg zu stellen, aber sie wich ihm geschickt aus, und ich bemerkte das verblüffte Gesicht des Mannes, als ich ebenfalls an ihm vorbeihastete. Etwa eine halbe Meile hatten wir inzwischen zurückgelegt – und die Leute vom Hotel längst abgehängt –, vorbei an den Luxushotels und auf den Fischereihafen zu. Und obwohl ich mich für einigermaßen sportlich halte, machte Bobbie zusehens Boden wett, was andererseits kein Wunder ist: Ich bin immerhin zehn Jahre älter als sie, außerdem fordert vermutlich auch ein Gefängnisaufenthalt seinen Tribut. Ich hätte sie nie eingeholt, wenn sie nicht den Fehler begangen hätte, beim achtlosen Abbiegen um eine Ecke mit einem Lumpensammler zusammenzuprallen, der mit seinem Karren auf abendlicher Tour war.

Bobbie war sofort wieder auf den Beinen und, soweit ich erkennen konnte, einigermaßen unversehrt. Um so deftiger in seiner Ausdrucksweise gab sich der Wagenlenker, der sie am Arm festhielt. Weil sie sah, daß ich näherkam, versuchte sie verzweifelt, sich zu befreien, schrie aber dann, als ich nur noch wenige Schritte von ihr entfernt war, erleichtert auf.

«Nell Bray! Immer zur Stelle, wenn man dich braucht. Was brüllt dieser Kerl denn so rum?»

«Sein Pferd scheint sich durch deine Unachtsamkeit verletzt zu haben.»

Bobbie schnaubte einem Pferd nicht unähnlich.

«Ausgeschlossen. Bei den Beinen von diesem Tier bedarf es eines anstürmenden Elefanten, um es außer Gefecht zu setzen. Schau doch nur.»

Der Mann hatte sie losgelassen. Sie ging in die Hocke und strich dem Pferd fachmännisch über die strammen Fesseln. «Alles bestens.»

Ich drückte dem Mann eine Handvoll Münzen in die Faust und zog Bobbie in einen Ladeneingang. Sie rang wie ich nach Luft, grinste aber dabei wie ein Schulmädchen, das den Unterricht geschwänzt hat.

«Warst du mir etwa die ganze Zeit über auf den Fersen? Ich dachte, das sei die Gendarmerie.»

«Gib mir lieber die Pistole», sagte ich, «für den Fall, daß dich die Gendarmerie doch noch erwischt.»

Sie riß die Augen weit auf. «Die hab ich doch gar nicht bei mir. Sie ist in meinem Zimmer.»

Es schien ihr überhaupt nichts auszumachen, daß ich davon wußte.

«Was hattest du dort oben vor?»

Ein gequälter Blick, so als wäre ich die lästige Vertrauensschülerin. «Warten.»

«Auf David Chester?»

«Ja.»

«Darüber würde ich gern mit dir sprechen. Da drüben.»

Ohne Einwände zu erheben, kam sie mit zu den schwarzen Fischerbooten, die nebeneinander am Hafenbecken vertäut waren, und wir setzten uns zwischen nach Teer riechenden Hummerpötten auf jeweils eine Tauschnecke.

«Niemand hat das abgesegnet», sagte ich.

Sie zuckte die Schultern.

«Hältst du das etwa für nebensächlich? Als Mitglied einer Bewegung erwartet man von dir Disziplin.»

«Disziplin ist eine bessere Entschuldigung für moralische Feigheit.»

«Demnach sind wir anderen alle Feiglinge?»

«Ich meinte damit nicht dich, Nell.»

«Ich fühle mich aber betroffen. Alle sind wir davon betroffen, wenn das, was du tust, zunichte macht, wofür wir gekämpft haben. Unsere Sache hängt davon ab, daß wir die Öffentlichkeit für uns gewinnen. Aus purer Verzweiflung zu Maßnahmen wie diesen zu greifen ...»

«Greifen die etwa nicht aus purer Verzweiflung zu allen möglichen Maßnahmen?» fiel sie mir ins Wort. «Ihre Gefängnisse, ihre brutale Polizei, korrupte Anwälte, Richter, die keine Ahnung haben, Zeitungen, die Lügen verbreiten. Und wir sollen das über uns ergehen lassen und sagen, ‹Ihr ehrenwerten Herren, gestehen Sie uns bitte das Wahlrecht zu.›»

«Du brauchst mir keine Vorträge zu halten. Selbst wenn du Erfolg hättest – was würde ein Mann weniger schon bedeuten?»

«Es wäre eine Warnung an all die anderen selbstgefälligen Heuchler.»

«Bobbie, ich beschwöre dich, laß die Finger davon.»

Als Mitglied des Komitees der Women's Social and Political Union hätte ich ihr das sogar befehlen können, aber mit Befehlen kommt man bei den Fieldfares, Mutter wie Tochter, nicht weit.

«Wenn ich mich weigere, wirst du mich dann bei der französischen Polizei anschwärzen?»

«Sei nicht albern.»

«Dann ist's ja gut.»

Erhob sich nur die Frage, was ich statt dessen unternehmen sollte.

«Ich werde mein Möglichstes tun, um das, was du vorhast, zu verhindern. Wie heute abend.»

«Dann warst du diejenige, die geschrien hat?»

Zumindest dies schien sie unangenehm zu berühren. Ich dachte nicht daran, die Wirkung meiner Bemerkung zu schmälern, das heißt ihr zu sagen, daß ich nur zufällig am Schauplatz gewesen war.

«Hättest du nicht wenigstens Rose Mills ehrlich sagen sollen, in welche Sache du sie da mit reinziehst?»

«Rose ist dir über den Weg gelaufen?»

«Heute nachmittag. Und falls du dich fragst, wieviel sie mir erzählt hat: das meiste habe ich erraten. Und was dich angeht, so hat sie sich sehr loyal verhalten.»

«Den gefährlichen Teil übernehme ich allein. Und von hineinziehen kann keine Rede sein. Rose ist ebenso überzeugt wie wir andern auch.»

«Was ist mit Roses Schwester? Sie gehört nicht zu uns, und dennoch willst du sie wohl in dein Planspiel mit einbeziehen.»

Eine Weile schwieg Bobbie, schuldbewußt, wie ich hoffte. Dann meinte sie, leicht verunsichert:

«Das mit Roses Schwester hat sich erst einmal erledigt.»

«Nur weil es dir im Augenblick nicht in den Kram paßt. Aber gib zu, du würdest unter Umständen auf sie zurückgreifen.»

«Ja. Ja, würde ich.»

Ich ließ ihr Zeit, darüber nachzudenken.

«Bobbie, was du auch vorhaben magst – schick Rose bitte wieder nach England zurück. Sei fair.»

«Sollte sie das nicht selbst entscheiden?»

Ihr Tonfall war eher nachdenklich als herausfordernd. Im stillen verbuchte ich ein paar Pluspunkte für mich, und gleichzeitig erkannte ich, daß es unklug wäre, sie noch mehr unter Druck zu setzen. Wie ich allerdings bei allem, was ich sonst noch in Biarritz zu erledigen hatte, Bobbie ständig im Auge behalten sollte, war mir völlig unklar.

Es war spät geworden, kühle feuchte Luft hüllte uns ein. Ich schlug Bobbie vor, sie zu ihrem Quartier zu begleiten, aber sie lehnte ab, fragte statt dessen unvermittelt:

«Weißt du, daß Topaz Brown morgen abend beerdigt wird?»

«Nein. Woher hast du das?»

«Weiß doch jeder.»

«Kanntest du sie denn?»

«Nein. Nur gehört habe ich von ihr.»

Es war zu dunkel, um in ihrem Gesicht zu lesen; ihre Stimme zumindest klang ungezwungen.

«Und von ihrem Vermächtnis. Du warst es also, die Emmeline telegraphiert hat.»

«Auch davon wußte jeder.»

Selbst wenn man berücksichtigte, wie die höhere Gesellschaft mit dem Begriff ‹jeder› umging und damit, meiner Erfahrung nach, in Wirklichkeit nur ein paar Dutzend Leute meinte, überraschte mich das.

«Nell, warum hat sie sich das Leben genommen?»

«Wie soll ich das wissen?»

Wir erhoben uns gleichzeitig. Ich legte ihr die Hand auf den Arm, spürte, wie angespannt sie war.

«Bobbie, fahr nach Hause. Dort gibt es genug zu tun. Vergiß das hier.»

Sie schüttelte langsam den Kopf und wandte sich ab. An der Hauptstraße trennten sich unsere Wege.

VIII

Wenn ich Tansy zu verstehen gegeben hatte, daß ich, wenn nicht durch sie, mir eben von anderswoher eine Liste von Topaz' Liebhabern beschaffen würde, war das reine Prahlerei gewesen. Ich bin im Laufe der Zeit zwar recht beharrlich geworden – und auch mit gutem Erfolg –, aber sämtliche Hauptstädte und Badeorte Europas abzuklappern und Männer zu befragen, ob sie jemals für von Topaz Brown gewährte Dienstleistungen bezahlt hätten, war wohl doch zuviel verlangt. Also stand ich am nächsten Morgen um zehn Uhr vor dem Haus von Jules Estevan, einer blendend weißen Villa mit einer Veranda mit schmiedeeiserner Einfassung und rankenden Schößlingen im Süden der Stadt. Eine ältere, schwarz gekleidete Frau, vermutlich die Haushälterin, öffnete mir und wies mich darauf hin, daß Mr. Estevan frühstücke.

«Richten Sie ihm bitte aus, Nell Bray möchte ihn sprechen.»

Sie beäugte mich unfreundlich und ließ mich stehen, kehrte jedoch nach kurzer Zeit zurück und führte mich nach oben.

«Ich habe mich schon gefragt, wann Sie sich melden, Miss Bray.»

Er trug einen Morgenrock aus schwarzer Seide mit dunkelrotem Besatz und trank aus einer weißen Porzellantasse Schokolade. Der Raum war so groß, daß er sich über das gesamte Stockwerk erstrecken mußte, für mich in der Tat außergewöhnlich. Abgesehen von einer riesigen weißgepolsterten Couch und zwei geschnitzten und Lehnstühlen fand sich hier nichts von dem, was allgemein als unumgänglich notwendig erachtet wurde, keine Tischchen, kein Zierrat, keine bequemen Stühle. Ein überdimensionales Wandgemälde von einem Sonnenaufgang, dem sich Tiere mit Hörnern oder Geweihen entgegenreckten, zog sich über die hintere Wand. An einer Art elfenbeinernen Stele, an der sich ein geschnitzter Schädel an den andern reihte, hingen ein Cape sowie ein Zylinder. In der Mitte des Raums stand eine Schneiderpuppe mit Porzellankopf in einem orientalischen Bajaderenkostüm. Auf dem gebohnerten Holzfußboden lagen mehrere Buchara-Brücken. Jules lud mich ein, Platz zu nehmen. Ich entschied mich für einen der Lehnstühle.

«Wissen Sie schon, daß die Beerdigung für Topaz heute abend um sechs Uhr stattfindet, auf dem Friedhof vor der Stadt? Mehr konnten Marie und Pater Benedict nicht erreichen.»

Ich sagte, ich würde dortsein. «Noch etwas, Mr. Estevan.»

«Wenn ich Ihnen behilflich sein kann, Miss Bray.»

Er setzte sich auf die Kante der Couch, keineswegs verlegen angesichts seiner unvollständigen Garderobe oder daß unter dem Morgenmantel seine Waden und die nackten Füße herausschauten. Noch nie war mir ein Mann mit derart wohlgeformten Füßen untergekommen.

«Ich hätte gern eine Liste von Topaz' Liebhabern», sagte ich.

Er pfiff durch die Zähne, beinahe hätte er seine Schokolade verschüttet. Er schien es als Schwäche zu werten, sein Erstaunen über was auch immer kundzutun, denn nach dieser spontanen Reaktion stellte er wieder diesen amüsierten Zynismus zur Schau, jetzt um einiges betonter.

«Beabsichtigen Sie, ihre Biographie zu schreiben, Miss Bray – oder sollte ich sagen Legende? Soll sie etwa in den Kreis der Schutzheiligen Ihrer Bewegung aufgenommen werden?»

«Das überlasse ich Dichtern wie Ihnen, Mr. Estevan. Meine Bitte hat einen triftigen Grund.»

Obgleich er lächelte, durchbohrte mich sein Blick. Zweifelsohne war er begierig, diesen triftigen Grund zu erfahren, wollte jedoch nicht neugierig erscheinen.

«Fragt sich, ob ich der Geeignete bin. Warum wenden Sie sich nicht an die Zofe?»

«Das habe ich versucht, aber anscheinend widerspricht das ihrem Gefühl für Diskretion.»

Er lachte. «Arme Tansy. Anständig bis in die Knochen.»
Ich schwieg.

«Also bin ich jetzt an der Reihe. Dabei kannte ich Topaz erst seit etwas über einem Jahr, das heißt, ich hatte sie im letzten Herbst in Paris kennengelernt. Wir trafen uns dann im Februar wieder hier in Biarritz.»

«Sie sahen sich doch täglich. Bestimmt hat sie gelegentlich etwas erwähnt über ihre ...»

«Freier? In der Tat. Sie war sehr offenherzig.»

«Dann fangen wir am besten mit den Männern an, mit denen sie, soweit Ihnen bekannt, in dieser Saison in Biarritz Umgang pflegte.»

Er stellte seine Tasse auf den Fußboden und setzte sich kerzengerade hin. «Wahrscheinlich haben Sie bereits mitbekommen, daß dieser Engländer, Lord Beverley, der augenblickliche Favorit war, aber das ging erst seit etwa einer Woche. Da gab es im Februar einen deutschen Baron, dessen Gesundheitszustand sich allerdings vor einigen Wochen verschlechterte, weshalb er sich nach Baden-Baden begab. Neben ihm gab es einen Mann aus dem Zirkus, von dem der Baron nichts wußte, der aber nicht zählt, weil er nicht bezahlte. Wenn ich richtig vermute, wollte der Baron sie mehr zum Angeben als zu irgend etwas anderem, weshalb Topaz verständlicherweise ihr Vergnügen anderweitig suchte.»

«Was wäre gewesen, wenn der Baron davon erfahren hätte?»

«Keine Ahnung, dazu kam es gar nicht. Nach den letzten Meldungen aus Baden-Baden ist der arme Teufel nur noch fähig, sich ins Brunnenhaus zu schleppen.»

«Wer noch?»

«Zwischen dem Baron und Lord Beverley gab es einen Italiener, häßlich wie die Sünde, dafür gehörte ihm halb Piemont. Er nahm sie auf eine Spritztour nach Paris mit, hauptsächlich um seine Frau zu ärgern, die eine stürmische Affaire mit einem russischen Geiger hatte.»

«Das ist alles?»

«Soll das heißen, daß Topaz' Arbeitseifer Ihrer Meinung nach zu wünschen übrig ließ? Dieses Urteil überlasse ich Ihnen. Wenngleich, um ehrlich zu sein, mir dieser Gedanke auch schon mal gekommen war. Angesichts dessen, was wir jetzt wissen, kann ich verstehen, warum.»

«Spielen Sie auf ihren Ausstieg aus dem Geschäft an oder auf ihren Selbstmord?»

Er zuckte die Schultern. Ob es wohl klug war, ihm von der Unterwäsche und dem Fisch zu berichten und daß ich nicht mehr an Selbstmord glaubte?

Ich zögerte noch.

«Wäre es möglich, daß einer von Topaz' ehemaligen Kunden wußte, daß sie aussteigen wollte, und befürchtet hat, sie könnte aus der Schule plaudern?» fragte ich statt dessen.

Er lachte. «Typisch Tansy. Sie hat Sie beeinflußt. Was meinen Sie mit aus der Schule plaudern?»

«Nun, daß sie peinliche Situationen heraufbeschwört, wenn sie die Namen ihrer Liebhaber preisgibt ...»

«Meine liebe Miss Bray, selbst wenn Topaz Anzeigen in die Zeitung gesetzt hätte, hätte sie den Lesern nichts verkündet, was denen nicht schon längst bekannt gewesen wäre. Begreifen Sie doch, daß ein Mann, der der Liebhaber einer so bekannten Frau wie Topaz wird, sozusagen ein öffentliches Amt antritt. Ist das nicht auch der eigentliche Zweck der Übung?»

«Zweck?»

«Um zu zeigen, daß er sie sich leisten kann. Um zu zeigen, daß er über das nötige Selbstbewußtsein verfügt, sich auf eine Stufe mit ihr zu stellen. Ich meine damit nicht irgendeinen Familienvater, einen spießigen Kirchgänger in Paris oder London, der einer Nutte eine Handvoll Silber zusteckt, für zehn Minuten, von denen, wie er hofft, niemand erfährt. Wozu Frauen wie Topaz oder Marie ein kleines Vermögen hinblättern, wenn keiner davon Notiz nähme?»

«Ach so.» Ich beobachtete, wie die Sonne die Farben der Teppiche zum Leuchten brachte, versuchte, mich darauf einzupendeln, wie Jules die Dinge sah. «Lord Beverley mußte seine Besuche bei ihr einstellen, als sein Vater eintraf?»

«So war es. Obwohl der alte Knabe längst Bescheid wissen dürfte. Um so begeisterter wird man den jungen Beverley feiern, wenn er wieder zu Hause in seinem Club auftaucht. Das entschädigt für den Verlust eines Vermögens.»

«Er hat ein Vermögen verloren?»

«So heißt es.»

«Und voriges Jahr? Wer waren da ihre Liebhaber?»

Er legte die Hände an die Schläfen, spielte den Ermatteten.

«Meine liebe Miss Bray, Sie sind eine gnadenlose Befragerin. Voriges Jahr, das liegt Welten zurück, länger als der Fall Roms. Wenn Sie unbedingt darauf bestehen, werde ich Ihnen eine Liste zusammenstellen, allerdings dauert das eine Weile.»

Ich beließ es dabei und lenkte das Gespräch in eine andere Richtung, hin zu einer Frage, die mich seit meinem Gespräch mit Bobbie Fieldfare beschäftigte.

«Sie waren letzten Mittwoch nachmittag zugegen, als Topaz ihr Testament aufsetzte. Sie unterschrieben sogar als Zeuge. Ich nehme nicht an, daß Sie das in Sie gesetzte Vertrauen mißbrauchen würden, aber wäre es vielleicht doch möglich, daß Sie danach irgend jemandem gegenüber etwas davon erwähnten?»

Ich bemühte mich, taktvoll zu sein, stand doch zu befürchten, daß er tödlich beleidigt sein würde. Statt dessen bedachte er mich abermals mit diesem schiefen Lächeln, so als wäre er gegen seinen Willen belustigt.

«Etwas davon erwähnte? Bis zum Abend höchstens zu etwa halb Biarritz.»

Meinen Blick interpretierte er als Mißbilligung.

«Sie werden jetzt sagen, Miss Bray, daß ein Testament eine vertrauliche Angelegenheit ist. Wenn ich der Überzeugung gewesen wäre, daß sie es mit ihrem Letzten Willen ernst meinte, hätte ich vermutlich kein Sterbenswörtchen darüber verlauten lassen.»

«Sie waren nicht überzeugt, daß sie es ernst meinte?»

«Richtig. Für mich war das lediglich eine hübsche Geschichte, und ich nahm an, Topaz wäre entsetzlich enttäuscht, wenn ich sie nicht möglichst vielen Leuten weitererzählen würde.»

Wieder schien mein Gesicht Bände zu sprechen.

«Na ja, der eine schreibt Gedichte, der andere malt Bilder. Topaz liebte es, durch ausgefallene oder amüsante Dinge für Gesprächsstoff zu sorgen. Wenn an jenem Abend an den Tischen, auf die es ankommt, nicht darüber geklatscht worden wäre, daß Topaz Brown ihr Vermögen den Suffragetten vermacht hat, hätte ich mir glatt etwas zuschulden kommen lassen.»

«Verstehe.»

Für eine Weile verstummte die Unterhaltung. Es schien ihm eine Genugtuung zu sein, mich in Verlegenheit gebracht zu haben. Ich hielt es für besser, ihn nicht länger aufzuhalten, sagte, wir würden uns wohl auf der Beerdigung sehen. Worauf er erwiderte, er habe sich Tansy Mills als Begleiter angetragen. Sah er es etwa auch als einen Jux an, zusammen mit der Zofe aufzutreten, oder bewies er damit einem Anflug von Menschlichkeit?

«Wird Marie auch teilnehmen?»

«Selbstverständlich. Für sie ist das die Gelegenheit schlechthin, ihre Posen zur Schau zu stellen.»

«Posen?»

«Wissen Sie nicht, daß sie eine Bühnenlaufbahn anstrebt? Sie hat sich einen amerikanischen Impresario angelacht, der in ihr eine neue Bernhardt sieht – solange sie nicht den Mund aufmacht.»

Ich stand auf, ohne einen Ton über meine Ermittlungen verloren haben zu lassen.

«Eins würde ich noch gern wissen. Sie erzählten mir, Sie und Topaz hätten immer wieder Streiche ausgeheckt. Hatten Sie auch für jenen letzten Abend etwas Derartiges vorgesehen?»

«Nein.»

«Aber vielleicht Topaz?»

Er blitzte mich an. «Wegen der Unterwäsche und dem Wein, meinen Sie?»

«Können Sie sich das irgendwie erklären?»

«Nein. Sie?»

«Topaz war ... anspruchsvoll, richtig? Wenn ihr jemand eine ansehnliche Summe für eine Nacht bezahlt und sie dann in einem Aufzug vorfindet, der eher ...»

«Dem einer billigen Hure entspricht?»

«Danke. Und dazu Essen und Wein, für das man in einem drittklassigen Café nicht mehr als ein paar lumpige Francs bezahlt – wäre das Topaz' Vorstellung von einem Streich?»

Er schüttelte den Kopf.

«Keine Frau scheffelt so viel Geld wie Topaz verdiente, wenn sie ihren Beruf nicht ernst nimmt.»

«War es nicht so, daß er ihr nichts mehr bedeutete? Und daß sie sich vorgenommen haben könnte, ihre Karriere mit einer höhnischen Anspielung auf ihr bisheriges Leben zu beenden?»

«Ausgeschlossen. Das wäre ja so, als ob ein Maler absichtlich die falsche Farbe auswählte oder ein Musiker eine falsche Note spielte.»

Ihm schien daran gelegen, daß mir das einleuchtete. Ob er mich überzeugte, stand auf einem anderen Blatt.

«Angenommen, sie hat jemanden über die Jahre hinweg gehaßt, mußte sich aber fügen, weil er sie aushielt.»

«Topaz hat niemanden gehaßt. Und: Sie hatte die freie Auswahl. Einmal hat sie zweitausend Pfund ausgeschlagen, bloß weil ihr der Bart des Mannes, der sie für eine Nacht haben wollte, nicht gefiel.»

«Sie sagten aber doch, sie hätte ihren Beruf ernst genommen.»

«Hat sie auch. Er begab sich schnurstracks zum Friseur und schickte ihr anschließend ein Päckchen mit dem Bart und einem Scheck über dreitausend Pfund. Und erzählte überall herum, daß jedes Barthaar das wert gewesen sei.»

Beim Hinuntergehen sagte ich noch, ich hoffte, Tansy würde sich beim Begräbnis nicht mit Marie anlegen. Sein Schulterzucken war nicht unbedingt beruhigend. Wahrscheinlich sah er das Leben mit den Augen eines Theaterbesuchers, eines Genießers für besondere Auftritte. Vielleicht wollte er allein deshalb an Tansys Seite am Begräbnis teilnehmen. Vielleicht war das auch der Grund, weshalb er mich unvermittelt zu einer ganz anderen Veranstaltung einlud.

«Ob Sie wohl morgen abend Zeit hätten? Marie gibt eine *Soirée Ancienne*.»

«Was habe ich mir denn darunter vorzustellen?»

«Sozusagen einen Vorgeschmack auf ihren Bühnenauftritt, für einen geladenen Kreis. Hehre Frauengestalten der Antike. Von den Gästen erwartet man ebenfalls, daß sie in klassischen Kostümen erscheinen. In Biarritz ist kaum noch eine Sandale oder ein Lorbeerblatt aufzutreiben.»

«Schade. Ich habe meine Toga zu Hause gelassen.»

«Wie wäre es als Mänade? Die haben doch sicher auch mit Steinen um sich geworfen.»

«Tut mir leid, wenn ich Sie enttäuschen muß, aber als Gesellschaftsspiel betreibe ich das nicht. Wollten Sie mich deshalb dorthin mitnehmen?»

Er öffnete die Haustür, wich angesichts der Helligkeit und der Seeluft zurück, fing sich jedoch rasch wieder.

«Nein. Ich dachte, Sie würden gern die Gelegenheit wahrnehmen, zumindest einen aus dem Kreise Ihrer Verdächtigten im Auge zu behalten. Dann also bis zur Beerdigung, Miss Bray.»

Ich hatte Jules unterschätzt. Zu spät fiel mir ein, daß Tansy ihm wahrscheinlich genauestens Bericht erstattet hatte, sowohl über unseren Einkaufsbummel wie auch über meine Spekulationen hinsichtlich der Nachricht, die wir im Bett von Topaz gefunden hatten. Wiewohl die beiden meine wichtigsten Informanten waren, konnte ich keinem von ihnen trauen. Meine Verärgerung darüber, innerhalb des Topazschen Kreises in eine Falle geraten zu sein, gab den Ausschlag für meinen nächsten Schritt. Ich wollte fundierte Fakten, das heißt mich nicht länger mit diesem Gespinst von Personen und Wertvorstellungen, die ich nur zum Teil begriff, herumschlagen.

Ich begab mich zum Konsulat und bat um die Adresse eines guten Arztes. Man sagte mir, daß alle – womit alle Engländer in Biarritz gemeint waren – Dr. Campbell aufsuchten, einen ungemein liebenswürdigen, höflichen und dazu auch noch fachlich äußerst kompetenten Mediziner. Er wohnte und praktizierte in einem Haus in der Avenue de Bayonne, im neuen Stadtteil nördlich der Grande Plage. Dort befindet sich auch eine medizinische Badeeinrichtung, die von warmen Salinenquellen gespeist wird, und die schmucken neuen Landhäuser mit den Praxisschildern von Ärzten künden von deren Beliebtheit bei den zur oberen Gesellschaft zählenden Kranken. Ich fuhr mit der Straßenbahn hin – zehn Sous statt der Ausgabe für eine Mietdroschke – und entdeckte Dr. Campbells Schild an einem besonders prächtigen Haus. Nach kurzem Warten führte mich eine Frau in elegantem Grau in ein Behandlungszimmer, das eher wie ein Salon wirkte.

Der Mann vor mir war jünger als erwartet, trotz der Spur Silber in seinem eckig gestutzten Bart, der die Adlernase und die intelligenten, hellwachen Augen betonte. Reichlich selbstzufrieden forderte er mich auf, Platz zu nehmen, was mich bewog, sofort zur Sache zu kommen.

«Dr. Campbell», sagte ich, «wie lange dauert es, bis eine Überdosis Laudanum Wirkung zeigt?»

«Warum fragen Sie, Miss Bray?»

«Weil ich etwas mit den rechtlichen Angelegenheiten eines Toten zu tun habe, der an einer solchen Überdosis starb.»

«Wir meinen doch nicht zufällig die unlängst verschiedene Miss Topaz Brown?»

«Doch.»

Der bei der englischen Gemeinde hoch im Kurs stehende Arzt war, wie nicht anders zu erwarten, über allen Klatsch und Tratsch auf dem laufenden. Berufsbedingt sozusagen. Er lehnte sich in seinem Stuhl zurück, sah über meine Schulter hinweg auf ein Bild an der Wand, eine Nachtszene von Whistler, Zeugnis zeitgemäßen Geschmacks und zeitgemäßer Honorare.

«Das hängt von vielen Faktoren ab – dem allgemeinen Gesundheitszustand des Betreffenden, seinem Gewicht, ob Alkohol mit im Spiel ist ...»

«Es steht fest, daß sie es zusammen mit Wein eingenommen hat.»

«Dies kann das Einsetzen der Symptome verzögern. Sicher ist nur, daß die Person innerhalb einer Stunde von bleierner Müdigkeit überfallen wird. Bald darauf sinkt sie in den Schlaf, dann in Bewußtlosigkeit, dann in einen komaähnlichen Zustand. Sofern keine Gegenmaßnahmen eingeleitet werden, ist zwölf Stunden nach Einnahme der Dosis mit dem Tod zu rechnen.»

Topaz hatte ihren Besucher für acht Uhr eingeladen. Sie war tot und kalt, als Tansy sie am nächsten Morgen gegen zehn Uhr gefunden hatte. Das bedeutete, daß das Gift kurz nach der Ankunft des Gastes eingenommen worden war.

Dr. Campbell stand auf und trat ans Fenster. Gelbe Vorhänge umrahmten einen Garten mit Seidelbast und Mimosenbäumen, deren Duft hereinwehte. Er war stolz auf seine Position und seinen Besitz.

«Gehörte Miss Brown zu Ihren Patienten?»

«Sie war niemals in meiner Praxis.»

Das klang enttäuscht. Wie zufällig lagen auf dem Kaminsims Einladungen und Visitenkarten, die keinen Zweifel an seinem gesellschaftlichen Erfolg ließen. Lord Soundso würde sich freuen, mit ihm zusammen zu Abend zu essen. Sir John Wieauchimmer bat um das Vergnügen eines Treffens um vier Uhr.

«Sie sagten, Doktor, sofern keine Gegenmaßnahmen eingeleitet werden. Heißt das, sie hätte gerettet werden können?»

«In der Tat. Eine Vergiftung durch Laudanum oder andere Opiumderivate ist, verglichen mit Strychnin oder Cyanid, ein langsamer Prozeß. Wenn der Patient rechtzeitig behandelt wird, besteht durchaus Hoffnung.»

«Gibt es ein Gegenmittel?»

«Das Gegenmittel besteht, salopp ausgedrückt, einfach darin, den Patienten wachzuhalten. Unmengen schwarzer Kaffee, den Vergifteten auf den Beinen halten, alles tun, damit er nicht einschläft: das alles kann Erfolg haben.»

«Und wenn jemand Miss Brown bewußtlos vorgefunden hat? Hätte man sie wiederbeleben können?»

«Ab einem bestimmten Punkt wird das Koma zwar irreversibel, aber innerhalb einer gewissen Zeitspanne durchaus.»

«Innerhalb welcher Zeitspanne? Eine Stunde nach Einnahme? Zwei Stunden? Länger?»

«Das genau zu beantworten ist fast unmöglich.»

«Dann eben schätzungsweise. Nehmen wir an, jemand hätte Miss Brown drei Stunden nach ihrer Einnahme von Laudanum gefunden.»

«Ich würde dies keinesfalls vor Gericht bezeugen, und außerdem käme es auf die Dosis an. Aber ich würde annehmen, daß, wenn Miss Brown bis zu drei Stunden nach Verlust ihres Bewußtseins gefunden worden wäre, sie hätte gerettet werden können.»

«Und darüber hinaus?»

«Darüber hinaus würde ich nicht einmal eine Vermutung anzustellen wagen.»

Er griff nach einer Einladung auf dem Kaminsims, und während er sie so um- und umdrehte, daß ihr Goldrand in der Sonne funkelte, versuchte ich das, was er mir soeben erklärt hatte, mit dem Tod von Topaz in Einklang zu bringen. Ich hatte geglaubt, das Gift wirke so rasch, daß der Mörder – wenn es denn einen Mörder gegeben hatte – sie habe töten und wieder verschwinden können. Was jedoch keineswegs der Fall gewesen sein konnte. Er oder sie hatten nicht darauf bauen können, daß Topaz in den folgenden drei Stunden sich selbst überlassen blieb. Und wenn man sie rechtzeitig gefunden und eine Wiederbelebung Erfolg gehabt hätte, wäre bestimmt der Namen dessen gefallen, der ihr den Wein verabreicht hatte. Er oder sie hätten also drei Stunden oder länger neben der schlafenden Frau ausharren müssen, so lange, bis sie in den Tod hinübergeglitten war. Der Arzt sah mich forschend an.

«Wieviel wäre eine tödliche Dosis?»

«Je nachdem. Eine gehörige Portion, wenn der Betreffende an die Einnahme von Laudanum gewöhnt war. Laudanum enthält lediglich ein Prozent Morphium. Ich habe schon von Kindermädchen gehört, die ihren Schützlingen einen Tropfen davon auf einem Stück Zucker verabreichen, damit die Kleinen schneller einschlafen, was ich allerdings nicht für empfehlenswert erachte.

Jemand, der daran gewöhnt ist, kann sogar ein Glas davon trinken und überleben, während für einen anderen – ein Kind oder ein weniger robuster Erwachsener – schon ein Teelöffel voll tödlich sein kann.»

«Und zwei oder drei Teelöffel in einem Glas Wein ...?»

«Können durchaus eine nicht an Laudanum gewöhnte Person umbringen, ja.»

«Und trotzdem kann ich es mir in unbeschränkter Menge in jeder x-beliebigen Apotheke besorgen.»

«Gewiß. Nur wage ich zu behaupten, daß Sie bei Bedarf doch eher zu einem Magenpulver greifen.»

«Gelegentlich, wenn ich auf Reisen bin.»

«Dabei enthalten diese Mittelchen ebenfalls Opium, Miss Bray. Sollte man sie deshalb in einem Giftschrank unter Verschluß halten?»

Ich dankte Dr. Campbell und bat ihn, mir seine Rechnung zu schicken.

«Sie müßten eigentlich meine Tante kennen, Lady Fieldfare», meinte er.

«Natürlich. Wir haben erst vor kurzem einige Zeit miteinander verbracht.»

Er zeigte sich erfreut, wenngleich ein wenig verwirrt. «Das heißt meine angeheiratete Tante. Der Bruder meiner Mutter hat Lady Fieldfares jüngere Schwester geheiratet.»

Er war mir behilflich gewesen, und wenn er jetzt aus lächerlichem Snobismus heraus auf einen Teil seines Honorars zu verzichten gedachte, sollte mir das nur recht sein.

«Wissen Sie, daß sich Lady Fieldfares Tochter Roberta in Biarritz aufhält? Eine entzückende junge Dame. Ich hoffe, sie schläft jetzt besser.»

«Bobbie hat Sie wegen Schlafstörungen aufgesucht?»

«Bitte glauben Sie nicht, daß ich das Vertrauen meiner Patienten mißbrauche, Miss Bray. Es handelte sich keineswegs um etwas Ernstes. Wie ich schon Miss Fieldfare sagte, kommt es auf Reisen häufig zu umstellungsbedingten Unregelmäßigkeiten in den Schlafgewohnheiten.»

Bereits zum Gehen gewandt, ließ mich diese Bemerkung aufhorchen. Selbst wenn Reisen den Schlaf von so manchem beeinträchtigte, hätte ich meinen Kopf darauf verwettet, daß dies auf Bobbie nicht zutraf.

«Bestimmt haben Sie ihr etwas verschrieben, was ihr hilft, Doktor», meinte ich freundlich.

Seine ärztliche Schweigepflicht hatte wieder die Oberhand gewonnen. Er lächelte lediglich, hielt mir die Tür auf und sagte noch, ich solle mich ruhig an ihn wenden, falls ich einen Rat benötigte. Seine Empfangsdame machte sich an ihrem Schreibtisch mit einem Topf Mimosen zu schaffen.

«Mrs. David Chester und ihr Töchterchen dürften bald hier sein», sagte er zu ihr. «Führen Sie sie gleich zu mir.»

Obwohl ich den Eindruck hatte, er wolle sich vor mir lediglich mit dem Namen des Parlamentariers brüsten, war ich peinlich berührt. Und da ich auf diese Begegnung keinen Wert legte, beeilte ich mich, zu verschwinden, um Mrs. Chester nicht über den Weg zu laufen.

Mrs. Chester jedoch war überpünktlich. Kaum hatte ich das Gittertor hinter mir zugeschlagen, als eine Droschke vorfuhr, aus der die füllige Frau, die ich in Begleitung von David Chester gesehen hatte, umständlich und mit sorgenvoller Miene ausstieg. Alles an ihr war vollfleischig, die Waden, die beim

Verlassen der Droschke sichtbar wurden, die Augen, die geröteten Wangen – eine eher belastende denn gemütliche Vollfleischigkeit, so als wäre ihr Körper eine von vielen Bürden.

Sie bemerkte mich zunächst nicht und wandte sich wieder der Droschke zu, wobei sie klagende Töne von sich gab. Der Kutscher machte keine Anstalten, ihr zu Hilfe zu kommen, und hantierte mit den Zügeln, so daß in dem Augenblick, als ein kleines Mädchen ausstieg, das Pferd anzog und das Kind, bereits auf dem Trittbrett, ins Stolpern geriet, den Arm der Mutter verpaßte und mit dem Knie auf dem Rinnstein aufschlug. Dem Heulen des Kindes und der Verzweiflung der Mutter zu widerstehen, war ich nicht abgebrüht genug. Ich griff nach dem Mädchen, fürwahr kein Leichtgewicht, und stellte es auf die Beine.

«Schon gut. Laß dich mal anschauen.»

Das Kind heulte weiter. Ein roter Fleck breitete sich auf dem weißen Strumpf in Höhe des Knies aus.

«Du liebe Güte, mein Schatz», sagte Mrs. Chester. «Das mußte ja so kommen.»

«Alles in Ordnung», beschwichtigte ich sie. «Eine Schramme, weiter nichts.»

Um der Heulerei ein Ende zu setzen, wandte ich bei dem kleinen Mädchen den Trick an, der bei meinen Neffen so gut wirkt.

«Na, komm schon, hör auf zu weinen und zeig mal, was für ein tapferer kleiner Soldat du bist.»

Das Kind hielt inne, gerade so lange, um mir einen Blick zuzuwerfen, der mich höchst unangenehm an den ihres Vater im Gerichtssaal erinnerte.

«Mädchen können keine Soldaten sein», sagte sie. Und fing erneut an zu plärren.

Ich schlug Mrs. Chester vor, das Kind vom Doktor begutachten zu lassen.

«Nicht zum Doktor! Ich mag den Doktor nicht!»

Ein verzagter Blick der Mutter traf mich.

«Wenn sie so bockig ist, kann man ihr nicht beikommen. Dabei muß Louisa unbedingt zum Arzt.»

«Mummy! Was ist los, Mummy?»

Eine weitere Kinderstimme, älter und quengelig, drang aus der Kutsche. Ein rundliches blasses Gesicht tauchte auf.

«Gleich, Louisa. Deine Schwester hat sich ... Naomi, wein doch bitte nicht mehr ... Liebling ...»

Mit der völligen Hilflosigkeit der Frau, die trotz ihres plumpen Äußeren wie eine Feder war, mit der der Wind sein Spiel treiben konnte, und in Gestalt dieses plärrenden kleinen Mädchens wies mir das Schicksal einen Weg, Bobbies Pläne zu durchkreuzen, und ich hatte nicht die Absicht, diesen Wink auszuschlagen.

«Wenn es Ihnen recht ist, werde ich, während Sie beim Arzt sind, im Garten auf die kleine Naomi aufpasse?»

«Mein Gott ... würden Sie das wirklich ...? Tut mir leid, wenn ich Sie belästige, nur ...»

Ich nahm Naomi an die Hand und führte sie zu einer kleinen Gartenlaube vor dem Haus, wo ich sie auf die Bank setzte und ihr das Knie mit meinem Taschentuch verband.

«So, hier sind wir gut aufgehoben. Findest du nicht auch, Naomi?»

Immer wieder zu uns zurückblickend und dabei hektisch winkend, strebte Mrs. Chester der Praxis zu, lustlos gefolgt von dem älteren Mädchen. Nachdem sich die Tür hinter den beiden geschlossen hatte, schniefelte Naomi noch eine Zeitlang, bis ihr klar wurde, daß ich nicht gerade in Mitleid mit ihr zerfloß. «Es tut aber weh.»

«Versuch, bis fünfzig zu zählen, vielleicht ist der Schmerz dann vorbei.»

Sie kam bis fünfzehn. «Sind Sie eine Gouvernante?»

«Warum fragst du?»

«Sie tun so wie eine Gouvernante.»

Ich beließ sie in dem Glauben, ich sei eine. Es konnte nicht schaden.

«Gefällt es dir hier am Meer?»

«Nein. Ich mag das Meer nicht. Wir sind nur hier wegen Louisas Lunge.» Sie sagte das so, als ob sie die Lunge ihrer Schwester von Grund auf verachte.

«Was stimmt denn nicht mit Louisas Lunge?»

«Sie hustet viel, nachts ist es besonders schlimm.»

«Das tut mir leid.»

«Ja, weil ich dann immer aufwache. Das heißt, ich bin immer davon wach geworden, aber jetzt schlafe ich im Zimmer von Mummy und das Kindermädchen bei Louisa. Nur hat Mummy sie jetzt rausgeschmissen.»

«Warum denn das?»

«Mummy hat gesagt, sie war frech zu Daddy. Mummy sagt, Ausländer sind frech und außerdem schmutzig, vor allem die Frauen.»

«Mag deine Mummy fremde Länder nicht?»

«Nein. Mummy will wieder nach London. Daddy muß sowieso bald nach Hause. Mummy sagt, er ist ein sehr wichtiger Mann, und der König braucht ihn ganz dringend.»

Brauchte ihn wohl ganz dringend, um meine Genossinnen nach Holloway zu schicken. Trotzdem war das, was das schreckliche Kind da von sich gab, eine erfreuliche Nachricht. Es sah ganz danach aus, als bedürfte es nicht viel, um die Familie zu bewegen, Biarritz zu verlassen.

«Mein Daddy ist im Parlament.»

«Wirklich? Und du, wirst du auch im Parlament sein, wenn du groß bist?» Es reizte mich, einen oder zwei Samenkörner auszustreuen, selbst in diesen nicht vielversprechenden Boden.

Wieder dieser Blick ihres Vaters. «Eine Dame gehört nicht ins Parlament. Ich heirate den Premierminister und habe viele schöne Kleider mit langer Schleppe und bin bei der Königin zum Tee eingeladen.»

Allmählich vergaß sie die Schramme an ihrem Knie und plapperte unbefangen drauflos, so als kenne sie mich seit Jahren. Sie hätten zu Hause in Knightsbridge einen Papagei, auf den sie sich freue, und einen kleinen Hund, der ihrer Mutter gehöre. Louisa müsse gräßliche Medizin schlucken, bekomme beim Essen aber immer eine doppelte Portion, um kräftig zu werden. Daddy habe Louisa lieber, weil sie die Ältere sei, dabei habe sie längst nicht so lange Haare wie sie, Naomi. Das meiste davon schwirrte wie das Summen der ersten Bienen im Garten an mir vorbei; dann ging die Tür auf, und Mrs. Chester erschien, mit Louisa an der Hand und sichtlich erleichtert. Sie schien mich zum ersten Mal genauer zur Kenntnis zu nehmen, zum Glück jedoch nicht zu ahnen, wer ich war. Was mit Politik oder Gerichten zusammenhing, war wohl einzig und allein Sache ihres Mannes.

«Warst du auch artig, Naomi? Ich bin Ihnen ja so dankbar, Miss ...»

«Miss Jones», sagte ich. «Jane Jones.»

«Sie ist eine Gouvernante», piepste Naomi dazwischen. Ich widersprach nicht. Zusammen gingen wir zur Droschke, Naomi mit ihrem heißen Patschhändchen meine Hand umklammernd.

«Können wir Sie irgendwo absetzen, Miss Jones?»

«Das wäre nett.»

Ich nannte den Namen eines Hotels in der Nähe meiner Pension und erkundigte mich, wie der Besuch beim Arzt verlaufen sei.

«Er war recht angetan von ihr. Nicht wahr, Louisa? Sie soll weiterhin ihre Medizin nehmen und unbedingt ihren Mittagsschlaf einhalten.»

Louisa verzog das Gesicht. Bestimmt war ihr körperlicher Zustand nicht besorgniserregender, als daß er nicht bereits durch leichtere Kleidung und Herumtoben am Strand hätte behoben werden können, nur würde bei derartigen Rezepten für Dr. Campbell ein zusätzliches Whistler-Gemälde in weite Ferne rückten.

«Es wird ihr bestimmt noch besser gehen, wenn Sie sie von Biarritz fortbringen könnten», sagte ich im Brustton der Überzeugung.

«Wie das?»
Mrs. Chester riß Mund und Augen sperrangelweit auf.
Ich ließ mich nicht beirren. «Ein äußerst ungesundes Fleckchen für Kinder, aber natürlich muß man das in Kauf nehmen, wenn Ihr Gatte hier unabkömmlich ist. Wenn Sie wieder zu Hause sind, wird sich Louisa mit Sicherheit prächtig erholen.»
«Aber ... aber ... es heißt doch allgemein, Biarritz sei der Gesundheit ungemein zuträglich.»
Ich dämpfte die Stimme. «Das zu behaupten dürfte doch nur im Sinne der Franzosen sein, stimmt's?»
«Selbst der König kommt hierher.»
Ein wimmernder Appell an die höchste Autorität.
«Ja, dabei wirkt er einigermaßen kränklich, der arme Mann. Zufällig weiß ich ...» Ich dämpfte meine Stimme noch mehr, wie um Mrs. Chester ein Staatsgeheimnis anzuvertrauen. «Zufällig weiß ich, daß er letztes Jahr beinahe nicht gekommen wäre, weil hier Verdacht auf Cholera bestand. Natürlich wurde behauptet, man habe das Kanalisationssystem verbessert, und alle Gerüchte im Keim erstickt, doch ...»
«Die Kanalisation. Ach du meine Güte.»
Urplötzlich kullerten dicke Tränen über ihre Wangen.
«Mein Gott, was wohl mein Mann dazu sagen wird?»
«Ihr Mann kann Sie schwerlich für den Zustand der städtischen Kanalisation verantwortlich machen.»
Gegen meinen Willen war mein Tonfall schärfer als einer Gouvernante geziemt, was ihr Gott sei Dank jedoch entging.
«Er wollte gar nicht hierher. Er ist ein vielbeschäftigter Mann und hat es nur Louisa zuliebe getan. Der Arzt in London hatte Biarritz empfohlen, deshalb habe ich ihn zu diesem Urlaub überredet, und ... mein Gott.»
Für die beiden Mädchen schien der Tränenausbruch der Mutter nichts Ungewöhnliches zu sein. Unbeteiligt standen sie rum, während ich mir eigentlich Grausamkeit hätte vorwerfen sollen, wäre es mir nicht darum gegangen, einen schlimmeren Anlaß für Tränen zu vereiteln. Obwohl ich, wenn ich

daran dachte, wie dieser Mann mit Frau und Töchtern umsprang, gar nicht so abgeneigt war, ihn letztendlich doch noch von Bobbie erschießen zu lassen.

Ich blieb hart. «Das ist noch längst nicht alles.»

«Nicht alles?»

Ihr Blick richtete sich auf die Droschke, so als erwartete sie, dort Keime einer Epidemie zu erspähen.

«Darüber sollten wir in Gegenwart der Kinder nicht sprechen.» Naomi wurde aufmerksam, ihr Gesicht verriet Neugier. «Einige von denen, die hierherkommen und auf der Promenade ihre Schamlosigkeit zur Schau stellen. Einfach unglaublich ...»

Es war ihr anzumerken, daß sie begriffen hatte und nicht abgeneigt war, das Thema zu vertiefen, wären da nicht die Kinder gewesen.

«Jedenfalls», kam ich zum Ende, «wenn ich es einrichten könnte, würde ich umgehend zurück nach England fahren.»

So weit, ihr auch noch mit Abfahrtszeiten von Zügen zu dienen, wollte ich nicht gehen; auch ohne diese Information stand zu hoffen, daß die Chester-Familie innerhalb weniger Tage die Heimreise antreten würde. Selbst wenn Bobbie ihr folgte, böte sich in London weit weniger Gelegenheit, ihren Plan in die Tat umzusetzen, schon weil unsere Organisation ihrem Treiben einen Riegel vorschieben würde.

Vor dem Hotel, das ich benannt hatte, stieg ich aus, in dem Bewußtsein, ein Stück Arbeit zufriedenstellend erledigt zu haben und bezüglich eines meiner Probleme auf eine Lösung hingewirkt zu haben. Auf gut Glück betrat ich die nächstbeste Apotheke und verlangte eine Flasche Laudanum. Der Apotheker nahm mein Geld entgegen, wickelte die Flasche in blaues Papier und reichte sie mir, ohne mich groß eines Blickes zu würdigen. So einfach war das.

IX

An selben Abend wurde Topaz Brown zu Grabe getragen, auf einem Friedhof oberhalb einer Klippe. Ich war etwas zu früh dran – zwei Arbeiter waren noch damit beschäftigt, die Grube auszuheben – und suchte mir einen Standplatz zwischen den Gräbern, von wo aus ich beobachten konnte, wie der von zwei schwarzen Pferden mit wippenden Federbüschen gezogene Leichenwagen die steile Straße heraufrumpelte, gefolgt von zwei Kutschen, aus deren erster jetzt ein adretter kleinwüchsiger Geistlicher ausstieg und hinter ihm, den Arm voll blaßlila und weißem Flieder, eine in einen schwarzen Umhang gehüllte Frau mit hochelegantem Hut, dessen dichter Schleier ihr Gesicht verbarg. Beim Näherkommen erkannte ich in ihr Marie de la Tourelle.

In der zweiten Kutsche saßen Tansy, Jules Estevan und der kahlköpfige Anwalt. Tansy und Jules gaben ein seltsames Gespann ab, als sie sich gemessenen Schritts an den Gräbern vorbeischlängelten, er hochgewachsen und erlesen gekleidet, sie, die in ihrem dicken schwarzen Mantel an seinem Arm hing und noch kleiner wirkte als sonst. In einigem Abstand tauchte jetzt ein Automobil auf. Die fünf zuerst Erschienenen wandten sich dem Gefährt zu, und selbst von dort, wo ich stand, bekam ich mit, wie Marie hörbar nach Luft schnappte, als ein Mann ausstieg. Für eine Beerdigung war er reichlich eigenartig gekleidet: Abendgarderobe samt Cape und Zylinder. Obwohl, alles in allem gesehen, Lord Beverley hoch anzurechnen war, daß er die Zeit erübrigt hatte, Topaz die letzte Ehre zu erweisen. Nachdem die gemieteten Träger den Sarg abgesetzt hatten, nahm man Aufstellung um das offene Grab, der Priester zur einen Seite, dicht neben ihm Marie, Tansy auf größtmöglichen Abstand zu ihr bedacht, neben ihr Jules und der Anwalt dazwischen. Lord Beverley, der sich zunächst etwas verloren umgesehen hatte, so als fragte er sich, wann das nächste Rennen gestartet würde, gesellte sich zu Tansy.

Ich wiegte mich bereits in der Hoffnung, daß die Zeremonie ohne offizielle Präsenz der Women's Social and Political Union über die Bühne gehen würde, als sich ächzend das Gittertor des Friedhofs öffnete und der größte Kranz, den ich je gesehen hatte, hereinschritt. So jedenfalls mein erster Eindruck, denn Bobbie und Rose dahinter blieben sozusagen unsichtbar. Die Umrandung des Kranzes bestand aus Lorbeer, das Innere aus dicht gesteckten weißen Blumen, mit einem Herzstück aus purpurnen Veilchen. Auf der Schleife, die drum herum geschlungen war, stand «Wahlrecht für Frauen.» Die Abordnung kam unweit von Tansy zum Stillstand, der, eingekesselt von dem Kranz einerseits und Marie und ihrem Flieder andererseits, die Zornesröte ins Gesicht schoß. Sie warf Rose einen vernichtenden Blick zu, schaute dann weg, und zum Glück hob der Geistliche mit der Verlesung seines Texts an.

Während der Zeremonie hatte ich das untrügliche Gefühl, beobachtet zu werden. Nicht von einem aus der Trauergemeinde, die das Grab umstand. Die konzentrierten sich viel zu sehr auf den Geistlichen oder die anderen hier Versammelten. Also sah ich mich, einer Eingebung folgend, um und entdeckte, keine zwanzig Meter von mir entfernt, einen gedrungenen, glattrasierten Mann in schwarzem Mantel und Hut, der in stocksteifer Haltung aufmerksam das Geschehen verfolgte. Er schien, wie ich, aus sicherer Entfernung an der Beisetzung teilzunehmen, um einen Kontakt mit den anderen Trauernden zu vermeiden. Aus der Art und Weise, wie er sich dicht an einen steinernen Engel drückte, hätte man sogar schließen können, er wolle sich verstecken. Tansys Herr Beschatter, kein Zweifel. Der Mann, der uns auf unserem Einkaufsbummel gefolgt war. Der Mann aus der Anwaltskanzlei, der Topaz' Papiere hatte durchsehen wollen. Nun, mochte Tansy das geglaubt haben, ich jedenfalls nicht. Für mich war dieser Mann eindeutig ein Geheimagent. Typisch für das Vorgehen der Polizei, Einzelheiten über Topaz' Vermächtnis noch vor uns in Erfahrung zu bringen und jemanden loszuschicken, damit er herumschnüffelte und nichts unversucht ließ, dazu beizutragen, uns zu diskreditieren.

Ich war zunächst derart verärgert, daß ich mir vornahm, ihn gleich nach der Beerdigung zur Rede zu stellen. Ich war ohne böse Absichten nach Frankreich gekommen und dementsprechend erbost, daß man mich wie eine Verbrecherin verfolgte. Als ich dann aber mitbekam, wie Bobbie hinter ihrem Kranz zu ihm hinüberschielte, wußte ich, daß es verkehrt wäre, ihn wegzujagen. Nichts war besser geeignet, die Pläne einer Mordlüsternen zu durchkreuzen, als wenn Scotland Yard oder deren französisches Pendant sich an sie hängte. Das einzige Problem bestand höchstens darin, die Aufmerksamkeit dieses Mannes von mir auf Bobbie zu lenken, aber wenn ich nicht völlig schieflag, würde sie schon sehr bald selbst dafür sorgen.

Am Grab fielen Jules und Marie in das Gebet des Priesters ein, derweil Tansy in ein großes weißes Taschentuch heulte, das ihr Jules zugesteckt hatte. Jetzt ließ der Geistliche eine Handvoll Erde in die Grube rieseln, und das Prasseln des Sandes auf dem Sarg schien für Marie das Stichwort zu sein, vorzutreten.

«Lebwohl», sagte sie, warf den Flieder auf den Sargdeckel, bekreuzigte sich und verharrte dann gesenkten Hauptes und unbeweglich wie eine Statue. Nur daß die Wirkung durch Bobbie beeinträchtigt wurde, die ihrerseits den Zeitpunkt für ihren Auftritt gekommen sah. Sie überließ den riesigen Kranz Rose, die unter dessen Gewicht schwankte, trat einen Schritt zurück und legte los.

«Wir sind hierhergekommen, unserer Schwester Topaz Brown die letzte Ehre zu erweisen.» Ihre schöne klare Altstimme schallte über den Friedhof, über den sich die Dämmerung senkte. Einem der Anwesenden entrang sich unter Keuchen ein Protestlaut.

«Ja, sie war unsere Schwester. Wie erniedrigend ihr Lebenswandel, wie verblendet in den Augen der Welt sie gewesen sein mag – in ihrem Herzen und in ihrem Geiste nährte unsere Schwester Topaz Brown eine große Hoffnung, die Hoffnung, daß die Frauen sich eines Tages erheben würden ...»

Stimmengewirr. Marie, die Statue, war aus ihrer Pose erwacht und hatte bei Bobbies Hinweis auf Topaz' angeblich erniedrigenden Lebenswandel empört aufgeschrien. Jules Estevan trat auf sie zu, überließ Tansy sich selbst, die, als Bobbie davon sprach, daß die Frauen sich eines Tages erheben würden, herausplatzte:

«Dummes Zeug!»

Jules eilte von Marie zurück zu Tansy, ohne daß es ihm gelang, weder die eine noch die andere zu beschwichtigen. Der Geistliche versuchte es mit *Psst-Psst!* an Maries Adresse und der Anwalt an die von Bobbie, beide ohne Erfolg. Bobbie, an weitaus ruppigere Störversuche gewöhnt, ließ sich nicht irremachen.

«... erheben würden, um ihre Rechte einzufordern. Leider war es Topaz Brown nicht vergönnt, diesen Anbruch einer neuen Zeit zu erleben. Sie starb als Opfer einer Weltenordnung, die die Männer den Frauen aufgezwungen haben. Wenn sie auch gewissermaßen selbst Hand an sich gelegt hat ...»

Marie erregte sich auf französisch. Der Priester erhob einhaltgebietend die Stimme. Der Anwalt griff nach Bobbies Arm, wurde jedoch abgewehrt. Und doch war all dies nichts im Vergleich zu dem, was Tansy tat. Kreischend ging sie auf Bobbie los: «Von wegen selbst Hand an sich gelegt. Ermordet worden ist sie, und der, der's getan hat, ist mitten unter uns!»

Das war mehr oder weniger das Ende von Topaz Browns Beerdigung. Bobbie fuhr zwar in ihrer Rede fort, aber die Versammlung löste sich bereits auf. Jules legte den Arm um die schluchzende Tansy – halb Stütze, halb Vorkehrung, sie zum

Schweigen zu bringen – und dirigierte sie zum Friedhofstor, gefolgt von dem Anwalt. Der Geistliche stieß Marie an, die zu ihrer Pose als trauernde Statue zurückgefunden hatte, und drängte sie ebenfalls zum Ausgang, zurückhaltender jedoch und erst nachdem Jules' Kutsche abgefahren war. Somit blieben nur noch drei Personen am Grab zurück: Bobbie, die noch immer den sich jagenden Wolken von den Ungerechtigkeiten sprach, denen Frauen ausgesetzt waren, Rose, die ihrer Schwester hinterherstarrte, und Lord Beverley, dessen Gesicht verriet, daß er das Geschehen weitaus interessanter fand als erwartet.

«Topaz Brown, wir werden dir ein ehrenvolles Andenken bewahren», schloß Bobbie.

Zusammen mit Rose legte sie den Kranz nieder.

«Nun denn», meinte Lord Beverley.

Bobbie nahm Roses Arm und zog mit ihr ab. Ich schaute zu dem steinernen Engel, wo der gedrungene Mann gestanden hatte, konnte ihn aber nirgendwo entdecken. Vielleicht hatte er sich bei dem allgemeinen Aufruhr klammheimlich getrollt.

Lord Beverley verharrte als einziger am Grab. Er fuhr zusammen, als ich auf ihn zukam und mich vorstellte.

«Ich habe von Ihnen gehört. Sie sind die Frau, die mit Ziegelsteinen und sonstigem um sich schmeißt.»

«Nur in bester Absicht.»

«Gewiß», sagte er. «Gewiß doch.»

Er war etwa sieben- oder achtundzwanzig Jahre alt, groß und blond, mit einer Adlernase und schön geschwungenen Lippen.

«Hab' persönlich eine Menge übrig für Sie», meinte er. «Äußerst couragierte Frauen.»

«Ich würde mich gern mit Ihnen unterhalten.»

«Bin leider nicht übermäßig an Politik interessiert», wich er aus.

«Nichts Politisches. Es handelt sich um Topaz Brown.»

Ich hatte die leise Befürchtung gehegt, daß er mich abblitzen lassen würde, aber er zeigte immerhin gemäßigtes Interesse.

«Darum geht's also? Wie wär's, wenn Sie mich in meinem Automobil in die Stadt zurückbegleiteten?»

Als wir den Friedhof verließen, erschienen die Arbeiter und fingen an, die aufgeworfene Erde wieder in die Grube zu schaufeln. Lord Beverley half mir auf den Beifahrersitz, ehe er die langwierige Prozedur in Angriff nahm, den Motor anzuwerfen. Dann, unvermittelt:

«Das ist doch ... Was geht denn dort vor?»

Er hatte den Blick zurück zum Grab gerichtet. Von unserem erhöhten Sitz aus konnten wir es gut sehen, auch die beiden Arbeiter, die sich auf ihre Schaufeln stützten. Aber da war noch etwas, und als ich das sah, hielt ich, von einem unheilvollen Gefühl gepackt, dem selbst der gesündeste Menschenverstand vor allem auf Friedhöfen nichts entgegenzusetzen hat, unwillkürlich die Luft an. Topaz Browns Grab war urplötzlich mit einer Statue bestückt, dem Standbild eines Pferdes aus derart weißem Marmor, daß es in der Dämmerung wie aus sich selbst heraus leuchtete, mit den dunklen Umrissen eines Reiters, den man schemenhaft auf seinem Rücken erkennen konnte. Lord Beverley ließ den Motor absterben, und wir starrten wie gebannt auf das marmorne Pferd, das sich jetzt bewegte, eine Vorderhand vorsetzte, um dann langsam den Kopf in tiefer Ehrerbietung und Trauer zu senken. In dieser Pose verharrte es eine Weile, minutenlang, wie mir schien, obwohl es nur ein paar Sekunden gewesen sein dürften, hob dann den Kopf und trat in gesammelter Haltung und wie jedes andere Pferd aus Fleisch und Blut, den Rückzug an, vorbei an den anderen Gräbern, bis es unseren Blicken entschwand.

«Nun denn», ließ sich Lord Beverley vernehmen. «Nun denn.»

Er startete erneut den Motor. Während der Rückfahrt war wegen des Krachs an eine Unterhaltung nicht zu denken. Als wir die Promenade erreichten, hielt er an. Wohltuende Stille umfing uns. Es war mittlerweile Nacht geworden, nur die bunten Lichtergirlanden flackerten, und vom Strand wehte das Geräusch der ausrollenden Wellen herüber.

«Wer war der Bursche auf dem Pferd?»

«Ich kenne ihn nicht. Sie etwa?»

«Wer immer er ist, sein Stall würde mich interessieren. Sie kam ja mit Gott und der Welt zusammen, mit ausländischen Königshäusern und dergleichen.»

Er hörte sich schon wieder recht munter an. Obwohl ihn der Zwischenfall mit dem Pferd bestimmt ebenso erschreckt hatte wie mich, war er nicht der Mann, der sich lange mit derlei Dingen aufhielt. Wenn überhaupt, schien die Vorstellung, ein exotischer Prinz habe Topaz hoch zu Roß ein letztes Lebewohl entboten, ganz nach seinem Geschmack zu sein. Zehn Jahre nach Eton oder Harrow haftete Lord Beverley noch immer ein Rest Schülermentalität an.

«Wissen Sie eigentlich, daß Topaz Brown unserer Bewegung eine beträchtliche Summe vermacht hat?» fragte ich ihn.

«Hübsche Überraschung, wie?»

«In der Tat. Stimmt es, daß Sie sich von Topaz getrennt und wieder der Frau zugewandt hatten, die man *La Pucelle* nennt?»

Er stieß ein überraschtes «Puhh» aus. Hätte ich um den Brei herumschleichen sollen? Nicht doch.

«Es war anders rum. Ich, äh, fing sozusagen mit Marie an und wechselte dann zu Topaz über.»

Jetzt, da er sich gefangen hatte, war er durchaus bereit, ganz offen darüber zu sprechen, selbstgefällig wohlgemerkt, denn welcher Mann würde sich nicht auf die eigene Schulter klopfen, wenn zwei der bekanntesten Kurtisanen Europas um seine Gunst buhlten?

«Marie nahm wohl an, Sie hätten es sich wieder anders überlegt. Sie sagte, Sie fänden Topaz *vulgaire*.»

«Hat sie das wirklich? Nun, wenn das bedeutet, daß sich Topaz gern amüsierte und sich nicht darum scherte, welches Aufsehen sie damit erregte, dann mag sie durchaus vulgär gewesen sein. Allerdings auf die bestmögliche Art, wenn Sie verstehen, was ich meine. Nach *La Pucelle* war sie geradezu Balsam für die Seele.»

«Marie ist launisch?»

«Marie liebt es, die Göttin zu spielen.»

«Und da Sie für ihre Ausgaben aufkamen, sahen Sie nicht ein, warum Sie auch noch die Anbetung übernehmen sollten?»

Er ließ einen Pfiff hören. «Sie nehmen wirklich kein Blatt vor den Mund, Miss Bray.»

Wie gut, daß ich ihm nicht ein paar Derbheiten Marke Holloway um seine aristokratischen Ohren geschlagen hatte.

«Um ehrlich zu sein», sagte er, «ich habe den Eindruck, daß Marie, na ja, mehr auf Frauen steht. Außerhalb ihrer Arbeitszeit sozusagen.»

Es war zu dunkel, um sein Gesicht zu sehen, aber ich glaube, er errötete.

«Lord Beverley, ist es richtig, daß dies alles mehr oder weniger Neuland für Sie ist?»

«Ach, von wegen. Vergessen Sie's. Als Mann macht man ja so seine Erfahrungen ...»

«Ich meine Frauen wie Marie und Topaz.»

«Sie fragen sich, wie ein Bursche wie ich damit zu Rande kommt, stimmt's? Haben Sie nicht von meiner Glückssträhne gehört?»

Ich sei noch nicht lange in Biarritz, erklärte ich.

«Auch in London wußten es alle. Daß ich an einem einzigen Nachmittag, auf dem Frühlingsfest in Cheltenham, zehntausend Pfund gewonnen habe. Prima, hab' ich mir gesagt, die hau' ich jetzt auf den Kopf. Wo ich doch nächsten Monat heirate und dann nicht mehr unbeschwert drauflosleben kann. Und jetzt ist bis auf einen Rest alles weg, Pech gehabt, und mein alter Herr ist angerauscht, um mir die Leviten zu lesen. *Les jeux sont faits*, wie man so sagt. Und Topaz ist auch tot.»

Er wirkte ehrlich bekümmert.

Wir lauschten eine Zeitlang den Wellen, dann sagte er: «Vermutlich war ich der letzte, der äh, mit ihr zusammen war.»

«Wann?»
«Am Abend vor ihrem Selbstmord. Dienstag abend.»
«Hatten Sie den Eindruck, daß sie unglücklich war?»
«Nicht doch. Munter wie eine Grille. Ein hinreißendes Rendezvous, aus meiner Sicht jedenfalls.»
«Es wurde nicht vereinbart, daß Sie Mittwoch abend wiederkommen?»
«Wir hatten geplant, mit dem Automobil die Küste langzufahren, aber daraus wurde nichts, weil mein alter Herr im Anmarsch war, der verlorene Sohn also pflichtschuldigst in Sack und Asche zur Verfügung stehen mußte.»
«Wann haben Sie den Ausflug abgesagt?»
«Mittwoch morgen. Ich hab ihr eine Nachricht ins Hotel geschickt.»
Topaz hatte demnach am Mittwoch abend unerwartet für sich allein gehabt. Wie immer sie ihn zu gestalten gedacht hatte, es mußte eine spontane Entscheidung gewesen sein.
«Miss Bray, darf ich Sie etwas fragen? Die Zofe, dieses Gezeter von wegen Topaz sei, ähem, ermordet worden, ist da was dran?»
«Tansy ist außer sich. Sie bildet sich ein, Marie habe Topaz vergiftet.»
«Aber warum denn, um Himmels willen?»
«Eifersucht. Ihretwegen.»
Er stöhnte auf.
«Wenn bloß mein alter Herr nicht Wind davon kriegt! Über die Stränge schlagen ist eine Sache, aber in so was verwickelt zu werden ... das wäre zuviel.»
«Halten Sie für möglich, daß Marie eifersüchtig war?»
«Ausgeschlossen. Sie sollten der Frau verbieten, derartige Gerüchte zu verbreiten.»
Ich versprach, mein Möglichstes zu tun. Schließlich brauchte ich ihn noch.
«Lord Beverley, ich wäre Ihnen dankbar, wenn Sie mir erzählen könnten, wie Ihre Besuche bei Topaz abliefen.»

«Großer Gott, Miss Bray ...»

Er schien drauf und dran, aus seinem Automobil zu springen und das Weite zu suchen.

«Zum Beispiel daß Sie ihren privaten Zugang abseits des offiziellen Hoteleingangs benutzten. Hatten Sie einen eigenen Schlüssel dafür?»

«O nein. Man mußte klingeln, und dann kam die Zofe runter und ließ einen rein. Daraufhin fuhr man im Lift hoch, während die Zofe unten blieb und erst später nachkam.»

«Haben Sie bei Ihren Besuchen jemals den Haupteingang benutzt?»

«Nein, Topaz wäre das nicht recht gewesen.»

Er hatte sich wieder einigermaßen gefangen, obwohl ihm sichtlich unwohl in seiner Haut war.

«Noch etwas. Als Sie Topaz die Nachricht schickten, Sie könnten am Mittwoch nicht kommen, haben Sie da etwas beigelegt?»

«Nein.»

«Haben Sie Ihr irgendwann einen Anhänger geschickt, einen Feueropal?»

«Nein. Ein Schmuckstück niemals. Hin und wieder eine Blume, aber ansonsten ließ sie einen sehr deutlich wissen, daß ihr bares Geld lieber war. Sparte viele überflüssige Ausgaben.»

«Als Sie Dienstag bei Topaz waren, erwähnte sie da etwas von einem Streich, den sie jemandem spielen wollte?»

«Nicht daß ich wüßte. Allerdings haben wir viel gelacht. Mit Topaz zusammen gab's immer was zu lachen.»

Er seufzte tief. Ich gemahnte ihn an seine Verabredung zum Abendessen.

«Ich kann nicht behaupten, daß ich besonders scharf darauf bin. Mein alter Herr wird mir wohl eine Gardinenpredigt halten, wie man sich als guter Ehemann und Vater benimmt. Lieber Himmel, Miss Bray, ihr Frauen beklagt euch ständig über die Ungleichheit der Chancen, dabei ist das Leben von uns Männern zeitweise nicht weniger erbärmlich.»

Das solle er bei Gelegenheit im House of Lords vortragen, meinte ich nur.

«Sie werden also dieser Zofe untersagen, einen derartigen Unsinn zu verbreiten, ja? Schon weil Marie sie am Mittwoch abend gar nicht umgebracht haben kann. Sie hat ein ... wie sagt man doch gleich ... ein Alibi.»

«Hat sie?»

«Sie hielt sich bis weit nach Mitternacht im Restaurant des Hotels auf. Ich weiß das so genau, weil ich ständig befürchtete, sie würde an den Tisch kommen, an dem ich mit meinem alten Herrn saß, aber zum Glück tat sie es nicht.»

«Mit wem war sie im Restaurant?»

«Mit einem dicken, kleinen Amerikaner. Angeblich einem Theaterproduzenten, der sie als Maria Stuart oder Kleopatra oder was weiß ich zur Bühne bringen will. Jedenfalls haben sie die Köpfe zusammengesteckt, womit feststeht, daß die Sache mit ihr und Topaz absolut Quatsch ist.»

Er half mir beim Aussteigen und donnerte über die Promenade davon, die eine Hand am Lenkrad, mit der anderen zum Abschied den Zylinder lüpfend.

Ich ging zu Fuß weiter und stieß schon bald auf das, was ich suchte. Die Plakate waren überall in der Stadt angeschlagen. Bis jetzt hatte ich sie nur flüchtig und ohne jeden Hintergedanken zur Kenntnis genommen, weil sich Zirkusplakate mehr oder weniger alle ähneln. Allerdings nur so lange, bis man eines davon im Lichtkegel aus einem Hotelfoyer genauer betrachtet und ein weißes Pferd erkennt, aufgebäumt auf der Hinterhand tänzelnd und im Sattel einen maskierten Reiter mit wehendem Umhang, der in der linken Hand einen federgeschmückten Hut schwenkt. El Cid und seine herrlichen weißen Pferde, wie das Plakat verkündete. Vorstellungen täglich um fünf Uhr nachmittags und acht Uhr abends. Als ich Lord Beverley gesagt hatte, ich wüßte nicht, wer dieser Schimmelreiter sei, hatte das der Wahrheit entsprochen. Wenngleich mir, im Gegensatz zu seiner romantischen Idee von einem

Lebewohl seitens eines Unbekannten aus königlichem Geblüt, etwas geschwant hatte.

El Cid würde sich dennoch bis morgen gedulden müssen. Die folgenden Stunden verbrachte ich in der Nische einer Ladentür, von wo aus ich die Fenster über einem Lebensmittelgeschäft in einer unbelebten Straße im Auge behielt, in dem Rose, wie sie mir erzählt hatte, zusammen mit Bobbie wohnte. Schon bald nachdem ich meinen Beobachtungsposten bezogen hatte, tauchte Rose auf, allein. Niedergeschlagen kam sie mir vor, wie sie da mit hängenden Schultern langsam auf das Haus zuging. Über eine Stunde später erschien Bobbie, ebenfalls allein und zielstrebig wie immer. Ich wartete, machte mich auf einen sportlich gekleideten jungen Mann gefaßt; bis Mitternacht indes ließ sich keine der beiden wieder blicken. Um diese Zeit, so meine Überlegung, dürfte David Chester bereits den sicheren Hort seines Betts erreicht haben, so daß ich getrost das meine aufsuchen durfte. Ob wohl Lord Beverly den Abend mit seinem Vater genossen hatte, und ob es wohl irgend jemanden gab, der so unschuldig war wie dieser junge Mann zu sein vorgab?

X

Andern morgens begab ich mich zum Champs de Pioche, einem weitläufigen Gelände etwa eine Meile außerhalb der Stadt, auf dem der Zirkus seine Zelte aufgeschlagen hatte. Dem Lärm und dem Gestank nach zu schließen, platzte ich genau ins Ausmisten der Stallungen. Niemand kümmerte sich um mich, als ich an dem hohen Mast vorbei die kleine Stadt aus Wohnwagen, Verschlägen und Käfigen betrat, das Zuhause all jener, die zum Zirkus gehörten. Bis ich schließlich einen rothaarigen jungen Mann in einem viel zu großen Arbeitskittel auf französisch fragte, wo ich El Cid fände. In den Ställen, beschied er mich in perfektem Liverpooler Dialekt, geradeaus, an den Lamas vorbei und dann bei den Kamelen links. Die Stallungen, wie sich herausstellte, waren für einen Wanderzirkus erstaunlich solide gebaut, vornehmlich aus Holz und das Dach aus Zeltbahnen. Die halbhohen Türen gaben den Blick frei auf eine Reihe geschmeidiger, samtiger Pferdehintern, und aus den Boxen schlug mir der frische Duft von Heu und das Kaugeräusch der Tiere entgegen. Einen Mann, der gerade Dung in einen Korb schaufelte, fragte ich erneut nach El Cid. Er grinste, und während er weiterschaufelte, rief er fröhlich:

«Sid, die Lady will zu dir.»

Das Gesicht, das aus der hintersten Box auftauchte, war so braun und gegerbt wie das eines Seemanns, mit funkelnden dunklen Augen unter einem Helm schwarzer Haare. Sid, wie er genannt wurde, verließ die Box und kam langsam auf mich zu, nicht ohne sich unterwegs die Hände an seinen Reithosen abzuwischen. Er war kleiner als ich, eher eine Jockey-Statur, hätten sich da nicht unter seinem grauen Pullover Schultern so breit wie die eines Preisboxers gewölbt. Seine Beine waren durchs Reiten krumm geworden. Gut und gern um die Vierzig mußte er sein, und sein Gang verriet gesundes Selbstbewußtsein. Ein Gockel auf dem Misthaufen par excellence. Lord Beverley und seine europäischen Adligen fielen mir ein, und unwillkürlich mußte ich lächeln. Der kleine Mann erwiderte das Lächeln, wie ein Kind, das ein anderes Kind an einem Spaß teilhaben läßt.

«Was kann ich für Sie tun, Lady?»

Die Stimme hätte von einem Straßenmarkt in London stammen können.

«Sie haben doch Topaz Brown gekannt», sagte ich.

Er nickte zustimmend.

«Mein Name ist Nell Bray. Dürfte ich Sie kurz stören?»

«Sidney Greenbow, zu Ihren Diensten, besser bekannt als El Cid. Bin grade dabei, Grandee zu striegeln. Wenn Sie vielleicht mit in seine Box kommen; wir können uns dort unterhalten.»

Der Mann mit der Mistschaufel hatte seine Arbeit unterbrochen und grinste mich an, neugierig, wie ich meine, ob ich der Einladung Folge leisten würde. Sid Greenbow stieß die halbhohe Tür auf, und ich betrat hinter ihm die in schummriges Licht getauchte Box, um sogleich bis fast zu den Knien in sauberem goldenem Stroh zu versinken. Ein prachtvoller Schimmel wandte sich von der Futterkrippe ab und mir zu, wieherte kurz auf. Ich strich ihm über das Maul, das seidenweich war wie das Fell einer Katze.

«War das Grandee, mit dem Sie gestern abend auf der Beerdigung von Topaz Brown erschienen?»

«Natürlich. Für Topaz immer nur das Beste.»

Das Pferd machte sich wieder über sein Futter her, und Sidney griff zu Bürste und Striegel und fing an, ihm mit langen, halbkreisförmigen Bewegungen über die Flanken zu streichen. Nach jedem dritten Mal fuhr er mit der Bürste über die metallenen Zacken des Striegels, was einen zischelnden, kratzenden Laut erzeugte, und dazu pfiff er unaufhörlich leise durch die

Zähne. Was ich von ihm wollte, schien ihn nicht im mindesten zu interessieren. Ein paar Minuten lang sah ich ihm einfach bei der Arbeit zu, wie betäubt durch das schummrige Licht und die leisen, regelmäßigen Geräusche.

Schließlich fragte ich: «Bestand Ihre Beziehung schon lange?»

Mittlerweile bearbeitete er den Bauch des Pferdes und sah weder hoch, noch unterbrach er den Rhythmus seiner Bewegungen.

«Zwölf Jahre, vielleicht länger. Als ich sie kennenlernte, trat sie im Varieté auf. Ich hatte meine eigene Nummer, ‹Cuthbert, das Rechengenie unter den Pferden›, ein gescheckter Schmerbauch, der wie ich leidenschaftlich gern Pfefferminzpastillen fraß, so daß ich häufig die doppelte Menge kaufen mußte.»

«Topaz arbeitete im Varieté? Was machte sie da?»

«Nicht viel. Sie war die eine der Chanson-Sisters, zwei Schlagersängerinnen, die alles andere als Schwestern waren. Die andere war vor allem fürs Singen zuständig und Topaz fürs gute Aussehen, nur hieß sie damals noch nicht Topaz. So nannte sie sich erst, als sie ihre jetzige Karriere anging, besser gesagt ihre zuletzt ausgeübte.»

Er schien geknickt, aber nicht gebrochen, zumal es schwer sein mag, gebrochen zu wirken, wenn man gerade mit viel Gefühl um die intimsten Stellen eines Pferdes herumbürstet. Das Tier reagierte nervös, beruhigte sich aber sofort wieder, als Sid ihm etwas zuflüsterte.

«Wie lange ist das her?»

«Etwa zehn Jahre. Eine Zeitlang fuhr sie zweigleisig und arbeitete noch ein bißchen im Varieté weiter, dann aber hatte sie so viel Erfolg mit dem andern, daß sie das Varieté aufgab.»

«Aber Sie blieben weiterhin zusammen.»

Aus einer soziologischen Studie zu diesem Thema wußte ich, daß die meisten Prostituierten einen Mann als eine Art Manager und Beschützer haben, der den Großteil ihrer Einnahmen kassiert. Sidney Greenbows Rolle bei Topaz?

«Nein, wir blieben nicht zusammen. Wir trafen uns nur gelegentlich auf ein Glas, und jeder erzählte dem andern, wie's ihm so ging und was er trieb. Das Umwerfende an Topaz war, daß sie bei all ihrer Berühmtheit niemals überspannt war. Ich seh sie noch vor mir, wie sie eines Nachts aus dem Empire kommt, am Arm irgend so eines feinen Pinkels, und ich hab' grad meinen Auftritt hinter mir, bin also noch als dummer August verkleidet. ‹Wie geht's denn so, Topaz?› brüll' ich ihr hinterher, ohne mir was dabei zu denken, und sie dreht sich um und lächelt und ruft ‹Nicht übel, Sid. Willst du mir die Zukunft weissagen?› Sie hätten das Gesicht ihres Galans sehen sollen, aber die Leute drum rum kreischten vor Vergnügen. Topaz tat alles, um für Stimmung zu sorgen, so war sie eben.»

«Und als sie anfing herumzureisen? Fuhren Sie mit ihr mit?»

«Keine Spur. Ich hatte doch mein Engagement. Ich hatte mich inzwischen mit einem Iren zusammengetan und mit ihm eine komische Kosaken-Nummer einstudiert, mit der wir auftraten. Aber es kam schon mal vor, daß ich irgendwo gastierte, wo sie auch war, und dann sahen wir uns wieder.»

Jetzt nahm er sich das Hinterteil des Pferdes vor. Ich war froh, daß er mir so bereitwillig Rede und Antwort stand, aber auch gespannt, wie er reagieren würde, wenn ich ihn auf die Art seiner Beziehung zu Topaz in jüngster Zeit ansprach. Jules' Worten nach zu schließen mußte sie um einiges intensiver gewesen sein als ein gelegentliches feuchtfröhliches Treffen.

«Wußten Sie, daß sie vorhatte, nach Biarritz zu gehen?»

«Freilich. Ich versuchte es so einzurichten, daß ich zur selben Zeit wie sie hiersein würde, damit sie die Dons bei der Arbeit erlebt; sie war doch Aktionärin.»

«Aktionärin? Wovon?»

«Von dem da.»

Er klopfte dem Pferd mit der Bürste sacht aufs Hinterteil. «Von Grandee und den anderen Dons. Sie gab mir das Geld dafür.»

«Für die Dons?»

«Die Pferde. Ich nenne sie Dons, weil sie spanische Vollblüter sind. Ich sagte zu Topaz: ‹Du und ich, wir stammen zwar aus der Gosse, aber dafür gehören uns sechs Pferde, die einen reinrassigeren Stammbaum vorzuweisen haben als die Hälfte der europäischen Königshäuser.› Das gefiel ihr.»

«War diese Anschaffung sehr kostspielig?»

Er stieß einen Pfiff aus.

«Kann man wohl sagen. Tausend für Grandee hier, den Hengst, fünfhundert für die beiden Wallache und weitere zweitausend für die drei Stuten. Ich zeig' sie Ihnen nachher. Sie sind auf der anderen Seite des Platzes untergestellt, wegen Grandee.»

Nach meiner Rechnung ein Betrag von insgesamt dreitausendfünfhundert Pfund für Pferdefleisch.

«Und sie hat alles bezahlt?»

«Bis auf ein paar hundert, die ich gespart hatte. Wie's dazu kam? Nun, ich hatte sie vor drei Jahren in Paris getroffen. Es ging mir nicht besonders gut, weil der Zirkus, mit dem ich rumzog, pleite gemacht hatte. Na ja, wir tranken was zusammen, wie sonst auch, und ich erzählte ihr von diesen Pferden, die, wie ich erfahren hatte, in Barcelona zum Kauf angeboten wurden. Der Besitzer war gestorben, und jeder, der was mit Zirkus zu tun hat, wußte, was für klasse Pferde das waren. Schön und gut, ich erzählte Topaz davon, ohne mir was dabei zu denken und sagte, was für eine tolle Nummer sich mit solchen Pferden einstudieren ließe. Dabei war mir klar, daß an sie ranzukommen für mich genauso unmöglich war wie den Erzengel Gabriel zu überreden, herabzusteigen und sich in einen Vogelkäfig zu hocken. Und sie daraufhin ganz lässig: ‹Warum kaufen wir sie dann nicht?›

Natürlich nahm ich ihr das zuerst nicht ab, aber sie sagte, sie hätte ein bißchen Geld übrig, und wenn sie's zeitlich einrichten könnte, würde sie liebend gern mit mir nach Barcelona fahren und den Kauf abschließen. Was wir dann auch taten.»

«Sie sagten, sie sei Aktionärin gewesen?»

«Ganz recht. Wir schlossen einen offiziellen Vertrag ab. Ich hatte das Recht, drei Jahre lang mit den Pferden zu arbeiten und die Nummer einzustudieren. Danach sollte ich mit den Rückzahlungsraten beginnen, so lange, bis die Summe des ursprüngliche Kaufpreises getilgt wäre, plus fünfhundert Zinsen, und dann sollten die Dons mir allein gehören.»

«Es dürfte eine Weile vergehen, um einen derartigen Betrag aufzubringen.»

«Nicht so lange, wie Sie vielleicht glauben. Wir haben viel Erfolg, ich und die Dons. Nach Biarritz ist Nizza an der Reihe, danach den Sommer über Paris und zu Weihnachten zurück nach London. Und wenn's anders wär', hätte das Topaz auch nichts ausgemacht. Sie hätte mir niemals die Pistole auf die Brust gesetzt, um wieder zu ihrem Geld zu kommen.»

«Und was wird jetzt, wo sie tot ist?»

Unvermittelt unterbrach er seine Arbeit und sah mich an.

«Was meinen Sie mit ‹was wird jetzt›?»

«Aus den Pferden.»

«Nun, sie gehören mir. Das war so abgemacht.»

Er bürstete das Sprunggelenk des Pferdes, wobei er den dicken Schweif behutsam zur Seite hielt. Hatte er wirklich keinen blassen Schimmer von den Tücken des Gesetzes? Und: Besaß er irgend etwas Schriftliches? Nach dem, was ich über Topaz in Erfahrung gebracht hatte, wohl kaum. Ich wagte einen Vorstoß auf nicht weniger heikles Terrain.

«Sie haben sich mit Topaz hier in Biarritz häufiger getroffen, ist das richtig?»

«Wer hat Ihnen denn das erzählt? Ich nehme an, Tansy.» Es klang eher belustigt als verärgert.

«Nein, nicht Tansy.»

«Dann weiß ich schon, wer.» Wieder keine Verärgerung. Er hatte sich die äußere Hinterhand des Pferdes vorgenommen, so daß ich jetzt sein Gesicht sehen konnte. «Wenn Sie wissen wollen, ob Topaz und ich miteinander gingen: ja, eine Zeitlang.»

Ich war verblüfft über dieses ‹miteinander gingen›, diesen hausbackenen, altmodischen Ausdruck, der eher zu einer ländlichen Brautwerbung paßte und hier so fehl am Platz wirkte.

«Während sie ihr Geld mit dem Baron verdiente?»

Er lachte. «Ja, und jetzt wird mir auch klar, mit wem Sie gesprochen haben.»

Er sah mich von unten an, so als würde ihm zum erstenmal bewußt, daß ich nicht aus purer Neugier hier war. Dennoch änderte sich sein Tonfall nicht.

«Ja, das war zwischendrin angesagt. Topaz war ein Mädchen, das sich austoben mußte, und nicht jeder Mann, der für ihre Gesellschaft einen Batzen Geld locker machte, wußte was damit anzufangen, wenn's soweit war. Nach Topaz eigenen Worten war der Baron ein netter Kavalier der alten Schule, und sie tat für ihn, was sie konnte, was bei Topaz hieß, daß sie bereit war, ihm für sein Geld das Entsprechende zu gewähren ... bloß daß bei ihm eben nicht mehr viel Dampf im Kessel war. Deshalb kam ich gelegentlich bei ihr vorbei, und dann ...»

Er pfiff vielsagend. «In ihr Hotel?»

«Ja. Deshalb dachte ich, Tansy hätte Ihnen von mir erzählt. Tansy kann mich nicht ausstehen. Einer vom Zirkus, der noch dazu nichts bezahlt! Wenn sie runterkam und mich reinließ, machte sie ein Gesicht, als würde sie mich am liebsten wieder davonjagen.»

«Sie besaßen keinen Schlüssel zu diesem Nebeneingang?»

«Nicht doch. Topaz verteilte keine Schlüssel. Ist doch auch verständlich. Stellen Sie sich vor, ich wäre da reinspaziert, während sich der Baron gerade abmüht ...»

Ich pries meine Veranlagung, nicht so leicht zu erröten. «Hat sich Topaz für Sie besonders gekleidet?» fragte ich.

Wie unschwer zu erraten, dachte ich dabei an die Flitterwochen-Unterwäsche der kleinen Verkäuferin und ob das nach Sids Geschmack sein mochte. Ich schaute zu ihm hinunter, erwartete Zorn oder Spott in seinem Gesicht zu lesen. Was ich nicht erwartet hatte, war der Ausdruck von Zärtlichkeit, ein

Ausdruck, der mich daran erinnerte, daß dieser kleine Mann auf einem wertvollen Pferd einen weiten Weg durch die Dämmerung geritten war, um an Topaz' Grab mit einer einzigen Geste seine Trauer zu bekunden.

«Sie kleidete sich immer besonders. Seide, so fein, daß die Haut durchschimmerte. Satin, von dem man meinte, er würde schnurren, wenn man darüberstrich. Dabei niemals aufgedonnert, niemals. Sie hatte Geschmack, einen erleseneren als viele Frauen, die es besser wissen sollten. Wenn ich ihre Schlafzimmertür öffnete, fragte sie mich vom Bett aus: ‹Wie findest du das hier, Sid?› Und ich sagte ihr, was ich davon hielt. Auf meine Weise sagte ich ihr das.»

Er hatte die Bürste beiseite gelegt und war, während er sprach, mit der Hand immer wieder über die seidig glänzende Kruppe des Pferdes gefahren. Das tat er auch jetzt noch, da er stumm vor sich hinstarrte.

«Sie tranken üblicherweise ein Glas Wein zusammen?» fragte ich.

«O ja.» Er lächelte. Ein trauriges Lächeln. «Sie versuchte mich zu erziehen. Sie ließ sich eine Flasche aus ihren Vorräten hochbringen und dazu eine Kleinigkeit aus der Küche, und ich mußte dann erraten, was für ein Wein das war und welcher Jahrgang. Sie sagte, wir wären uns und unserer Herkunft schuldig, das Beste zu genießen und uns dessen bewußt zu sein, wenn wir es bekämen.»

Wenn Sid die Wahrheit sagte, dann paßte nichts von all dem zu der billigen Unterwäsche und dem billigen Wein. Weil dies aber wiederum geradezu wie eine Parodie auf Sids Erzählung wirkte, war ich mir sicher, daß doch irgendwie ein Zusammenhang bestand.

«Hat sie sich Ihnen gegenüber jemals einen Scherz erlaubt? Sich beispielsweise als jemand anders verkleidet?»

«Nein, bei mir nicht. Ich hab' nur gelegentlich mitgemacht, wenn sie anderen einen Streich spielte.»

«Was waren das für Streiche?»

Er griff zur Bürste und fing wieder an zu arbeiten.

«Na ja, irgendwann voriges Jahr wollte sie auf Indianerprinzessin machen. Ich besorgte ihr die Ponys – schließlich sitze ich an der Quelle – und zwei oder drei Burschen in Kriegsbemalung und mit Federn geschmückt. Sie hätten die Gesichter sehen sollen, als sie gemeinsam um die Mittagszeit vor dem Hotel auftauchten und Büffelsteaks verlangten!»

«Hatte sie für letzte Woche irgendeinen Schabernack geplant?»

Er schüttelte den Kopf.

«Nicht, daß ich wüßte. Wenn sie was Größeres vorhatte, weihte sie mich normalerweise ein. Aber ich hatte sie seit gut einer Woche nicht mehr gesehen, weil sie ständig mit diesem jungen Schnösel zugange war, der so viel Geld in Cheltenham gewonnen hat.»

Er schien sauer auf Lord Beverley zu sein, vielleicht mit gutem Grund. Wenn es denn ein Streich war, den Topaz für Mittwoch abend geplant hatte, waren Zirkusponys und Kriegsbemalung jedenfalls nicht vonnöten gewesen.

«Wie setzte sie sich mit Ihnen in Verbindung, wenn sie Sie treffen wollte?»

«Sie schickte jemanden mit einem Brief her.»

«Hat sie Ihnen einen Brief geschickt, in dem sie Sie bat, Mittwoch abend um acht Uhr zu ihr zu kommen?»

«Nein. Sie ließ gar nichts von sich hören, und wenn sie mich zu sich bestellt hätte, wär's auch nicht für acht Uhr gewesen. Weil sie nämlich wußte, daß ich um acht Uhr in der Manege bin. Wenn ich zu ihr ging, dann immer später, nach der zweiten Vorstellung.» Daß er jetzt etwas gereizt wirkte, konnte ich ihm nicht verdenken. Verbissen striegelte er eine Weile weiter, dann: «Man nimmt also an, daß sie um acht Uhr umgebracht wurde, wie?»

«Umgebracht?»

«Ja. Darum geht's doch wohl?»

«Wissen Sie nicht, daß offiziell von Selbstmord die Rede ist?»

Er stieß einen Laut aus, daß das Pferd neugierig den Kopf wandte.

«Topaz hätte niemals Selbstmord begangen», sagte er im Brustton der Überzeugung.

«Wenn Sie davon ausgehen, daß es Mord war, warum haben Sie dann nichts unternommen?»

Er zuckte die Schultern. «Das hätte sie auch nicht wieder lebendig gemacht, stimmt's? Außerdem: Wenn man sich mit den Behörden anlegt, vergessen die das einem nie, egal, worum es geht.»

«Wer, glauben Sie, hat sie getötet?»

Wieder Achselzucken. «Könnte jeder gewesen sein. In ihrem Beruf lauern überall Gefahren. Das wußte sie.»

Jules und Tansy hatten mir den himmelweiten Unterschied zwischen Topaz und der Prostituierten an der Straßenecke deutlich gemacht. Sids letzte Bemerkung war deshalb um so schockierender.

«Wenn man Sie so reden hört, könnte man annehmen, sie hätte sich in den Seitenstraßen von Whitechapel herumgetrieben.»

«Macht keinen Unterschied, ob die Trapezstange aus echtem Gold ist oder nicht. Nur ein winziger Fehler, und schon ist man tot, so oder so.»

«Sie glauben, Topaz wurde von einem ihrer Freier umgebracht?»

Wenigstens einer, der sich nicht an dieser Bezeichnung stieß.

«Natürlich. Was denn sonst?»

«Und Sie haben mit niemandem darüber gesprochen, auch nicht die Polizei eingeschaltet?»

«Wozu denn? Die Freier, die sie hatte, würden doch nur alles vertuschen.»

«Wissen Sie, ob sie Feinde hatte?»

«Topaz hatte keine Feinde.»

Er hatte sich bis zum Kopf des Hengstes vorgearbeitet, bürstete ihn unendlich behutsam zwischen den großen braunen

Augen. Als er fertig war, fuhr er mit der Bürste ein letztes Mal über den Striegel, holte dann etwas aus der Tasche und gab es dem Tier.

«So, fertig. Jetzt können wir rüber zu den Stuten gehen.»

Mehrere Augenpaare sahen uns eher gleichgültig nach, als wir über das Gelände stapften. Eine Frau trainierte eine Gruppe pechschwarzer Windhunde. Vor einem grell bemalten Wohnwagen hängte ein kleines Mädchen bunte Trikots zum Trocknen auf. Die drei Schimmelstuten teilten sich ihre stabile Unterkunft mit mehreren Shetlandponys. Wir lehnten uns über die halbhohen Türen der Boxen, schauten hinein.

«Wozu wollen Sie das alles eigentlich wissen?» fragte Sid endlich. Dies zu erfahren hatte er durchaus ein Recht.

«Ich bin Mitglied der Women's Social and Political Union. Der Suffragetten, wenn Sie so wollen. Wie Sie vielleicht wissen, hat uns Topaz ihr gesamtes Geld vermacht.»

Er nickte.

«Hat Sie das überrascht?»

«Es ist ihr Geld.» Ohne erkennbaren Groll.

«Hatten Sie damit gerechnet, daß sie Ihnen etwas vermacht?»

«Warum sollte sie? Wir haben beide nicht ans Sterben gedacht. Wenn's passiert, passiert's eben.»

«Hat sie Ihnen erzählt, sie wolle sich noch dieses Jahr zur Ruhe setzen und einen Weinberg kaufen?»

«Nicht dieses Jahr, nein. Aber ich wußte, daß sie mit dem Gedanken spielte. Macht es denn einen Unterschied, an das Geld ranzukommen, wenn feststeht, wer sie ermordet hat?»

«Eigentlich nicht.»

Es lag mir fern, auf die Hindernisse einzugehen, die uns das Gesetz in den Weg stellte.

«Weshalb dann ...»

«Na ja ... ich finde es einfach nicht in Ordnung, Topaz' Geld anzunehmen, ohne zu versuchen ... ihr Gerechtigkeit widerfahren zu lassen.»

Meine eigenen Worte überraschten mich, und doch meinte ich genau das, was ich gesagt hatte. Sid grinste mich mit diesem ihm eigenen schrägen Lächeln an, wobei er gleichzeitig über eine über der Stalltür ausgebreiteten Decke strich. Offenbar brauchte er ständig etwas zum Streicheln.

«Und was hat sie davon?»

Eine ganze Weile lehnten wir an der Tür, so dicht aneinander, daß ich seinen gleichmäßigen Atem spüren konnte. Dann sagte er, ich müsse jetzt gehen, er werde mich zum Ausgang begleiten. Als wir fast dort waren, fragte er:

«Haben Sie sie eigentlich persönlich gekannt?»

«Nein.»

«Irgendwie sind Sie ihr ähnlich. Nein, nicht äußerlich. Eher darin, daß, wenn sie sich etwas vorgenommen hatte, sich ebenfalls nicht davon abbringen ließ, egal, was es war.»

Ich nahm es als Kompliment. Wenngleich mir auf dem Rückweg in die Stadt jener Satz aus Topaz' letzter Nachricht nicht aus dem Kopf ging. *Rückzahlung Darlehen für eine Karriere.* Ich war davon ausgegangen, daß sich das auf ihre eigene Karriere bezog. Wenn nun aber das Darlehen anders herum zu verstehen war? Sid hatte ja selbst gesagt, daß Topaz ihm unter die Arme gegriffen hatte, zu einer Zeit, da er der zweite Mann in einer komischen Kosaken-Nummer gewesen und einfach nicht hochgekommen war. Jetzt trat er als El Cid auf und nannte sechs der edelsten Pferde, die mir je zu Gesicht gekommen waren, sein eigen. Alle Welt sprach über die Großzügigkeit von Topaz, die auch sicher ihre Grenzen hatte. Vielleicht hatte sie für ihren Weinberg Geld gebraucht und deshalb auf Einlösung des Schuldscheins bestanden. Ich mußte daran denken, wie Sid die weiße Kruppe des Hengstes gestreichelt und dabei von Satin-Unterwäsche gesprochen hatte. Ich blieb neben einem der Zirkusplakate stehen, das El Cid, maskiert und mit wehendem Cape auf seinem hoch aufgerichteten schneeweißen Pferd zeigte. Vorstellungen um fünf und acht Uhr. «Weil sie doch wußte, daß ich um acht Uhr in der Manege bin.» Nur daß sich ein maskierter Mann mit wehendem Cape auf einem Pferderücken kaum von einem anderen unterschied, und Sidney Greenbow mit an Sicherheit grenzender Wahrscheinlichkeit nicht der einzige im Zirkus war, der sich aufs Reiten verstand. *Rückzahlung Darlehen für eine Karriere.*

XI

Es ging auf Mittag zu, als ich mich wieder am *Hôtel des Empereurs* einfand, vor Topaz' Privateingang. Obwohl mir die Temperatur zu schaffen machte, versuchte ich nachzudenken. Acht Uhr hatte die Nachricht besagt. Wenn der Gast pünktlich erschienen war und Topaz den vergifteten Wein mehr oder weniger sofort getrunken hatte, müßte sie gegen neun, spätestens neun Uhr dreißig, bereits tief geschlafen haben, ihr Koma dagegen, sofern die Vermutung des Arztes zutraf, wäre erst weit nach Mitternacht irreversibel geworden. Anzunehmen, daß der Mörder sich über die Wirkung von Laudanum schlau gemacht hatte und wußte, daß er, um sicherzugehen, nicht vor, sagen wir mal ein Uhr morgens das Hotel verlassen konnte. Wenn dagegen der Gast aufgebrochen war, sobald Topaz das Bewußtsein verloren hatte, hatte er oder sie irgendwann nach eins nochmals zurückkommen müssen, um sich zu vergewissern, daß alles nach Plan verlaufen war. Sicherer wäre auf alle Fälle gewesen auszuharren, ungeachtet der nervlichen Zerreißprobe, der man zwangsläufig ausgesetzt ist, wenn man an die vier Stunden lang eine schlafende Frau beim Hinübergleiten in den Tod beobachtet. (Bei dieser Vorstellung überlief mich trotz der Sonne ein kalter Schauer.) Aber wie auch immer, ausharren oder zurückkommen – irgendwann zwischen ein Uhr und Tagesanbruch mußte der Mörder aus Topaz' Suite verschwunden sein.

Ich starrte auf die Tür. Keine Beleuchtung darüber, und die nächste Straßenlaterne befand sich dreißig Meter weiter, an der Ecke. Selbst um die Mittagszeit war es hier fast menschenleer. Ein sicherer Fluchtweg, wie ihn sich kein Mörder besser wünschen konnte. Während ich so dastand und vor mich hingrübelte, nahm ich im Unterbewußtsein eine auf französisch schnatternde Stimme neben mir wahr. Ein Kind, dachte ich, und erschrak, als ich mich umdrehte und in das zerfurchte Gesicht eines Erwachsenen sah, der nicht größer als einssiebenunddreißig war und in grauen Flanellhosen und einem Tweedjackett steckte, das ihm bis zu den Knien hinunterhing. Das Schnattern war eine unmißverständliche, wenn auch verhaltene Bitte um ein paar Sous. Ich zog ein paar Münzen heraus und gab sie ihm, worauf er sich zu meinem Erstaunen mit wohlgesetzten Worten bedankte. Da er sich nicht sogleich entfernte, erkundigte ich mich nach seinem Namen.

«Demi-tasse.» Halbe Portion. «Für meine Freunde Demi.»

Sein Französisch war unüberhörbar baskisch gefärbt.

«Wo wohnen Sie, Demi?»

Er grinste und deutete zur Hinterseite des Hotels, wo sich die Zugänge zur Küche sowie die Mülltonnen befanden.

«Ich hab' gesehen, wie Sie die Katzen mit Fisch gefüttert haben. Heben Sie das nächste Mal die Reste für mich auf?»

Wer hatte mich denn noch bei diesem Einkaufsbummel beobachtet? Erst Mr. Beschatter, jetzt Demi-tasse. Dennoch kam er mir wie gerufen.

«Halten Sie sich immer in dieser Straße auf?»

«Früher ja.»

«Früher?»

Er warf einen Blick hinauf zu Topaz' Turm.

«Ja, wegen ihr.»

«Wegen der englischen Dame?»

«Ja, die, die tot ist.»

Mir kam der absurde Gedanken, dieser kleine Mann habe einer hoffnungslosen Leidenschaft für Topaz Brown gefrönt. Wie schlecht ich doch die Franzosen kannte!

«Die Männer waren immer spendabel, wenn sie von ihr kamen. Ich bat sie um ein paar Sous, und sie gaben mir reichlich, wenn nicht noch mehr.»

«Trotzdem sind Sie weiterhin hier?»

«Wahrscheinlich muß ich rüber auf die andre Seite wechseln. Leider.»

«Demi-tasse, darf ich Sie zum Essen einladen?»

Er strahlte. Ich nahm ihn mit in das Café an der Ecke des Platzes, das mir beim Einkaufsbummel mit Tansy aufgefallen war. Wir ernteten manch scheelen Blick, als ich *bœuf en daube* für zwei bestellte.

«Der Wein hier ist auch sehr gut», bemerkte er.

Seine Selbstsicherheit war beeindruckend, auch wenn er derart ungeniert auf die Speisen der anderen Gäste schielte, daß diese ihre Teller außer Sichtweite rückten. Etwas zögernd bestellte ich eine halbe Karaffe Rotwein; was nützte es mir, wenn er sich betrank? Ich wartete geduldig, bis er alles aufgegessen hatte, dann begann ich, ihm auf den Zahn zu fühlen.

«Sie haben also die Männer beobachtet, die durch Topaz' Privatausgang das Haus verließen?»

Er nickte.

«Erinnern Sie sich an jene letzte Nacht, die Nacht ehe sie tot aufgefunden wurde?»

«Klar.»

«Wo waren Sie damals?»

«Auf der Straße vor ihrer Tür.»

«Wann?»

«Wie üblich von dann an, wenn ich mit dem Kartoffelschälen in der Küche fertig bin. So ab sieben.»

«Sie besitzen eine Uhr?»

«Nein. Ich hör's, wenn die Uhr am Kirchturm schlägt.»

«Sie haben also die Tür von Topaz von kurz nach sieben Uhr an beobachtet. Haben Sie jemanden hineingehen sehen?»

«Nein. Aber rauskommen.»

«Wen?»

«Die andere Engländerin, ich glaub', ihr Dienstmädchen.»

«Haben Sie mit ihr gesprochen?»

«Nein. Die gibt mir nie was. Richtig kratzbürstig ist die.»

«Wann verließ sie das Haus?»

«Nach sieben, vor acht.»
«Und vor acht – ist da jemand hineingegangen?»
«Niemand.»
«Sind Sie sich dessen ganz sicher?»
«Niemand.»
«Was haben Sie danach gemacht?»
«Gewartet, wie immer. Dann mußte ich *pipi* machen und verzog mich um die Ecke. Deswegen hab' ich auch den Herrn verpaßt.»
Meine Hand zuckte, um ein Haar hätte ich den Wein verschüttet. «Was für einen Herrn?»
«Als ich wieder um die Ecke bog, stand ein Herr an der Tür.»
«Ging er hinein?»
«Nein, er kam raus. Er sperrte die Tür hinter sich zu. Ich hörte, wie der Schlüssel im Schloß rumgedreht wurde.»
Laut Tansy und auch Sid hatte Topaz niemals jemandem einen Schlüssel anvertraut.
«Wissen Sie bestimmt, daß, nachdem die Zofe fort war bis zu dem Zeitpunkt, da Sie diesen Herrn herauskommen sahen, niemand durch jene Tür hineingegangen ist?»
«Ganz bestimmt.»
«Wie spät war es, als Sie ihn sahen?»
«Nach neun. So etwa genau zwischen neun und zehn.»
«Haben Sie ihn erkannt?»
«Nein. Es war dunkel.»
«Und Sie sind ihm nicht nachgegangen und haben ihn um Geld gebeten?»
«Ich laufe keinem hinterher. Das tun nur Kinder.»
Ein verhaltener Tadel. Ich entschuldigte mich.
«Etwas sehr Wichtiges, Demi. Wohin ist dieser Herr gegangen?»
«Zum Meer.»
«Wie war er gekleidet? War er groß, klein, dick, dünn?»
«Soweit ich mitbekommen habe, war er angezogen wie ein Gentleman – schwarzer Mantel, Zylinder. Wegen des Man-

tels kann ich nicht sagen, ob er dick oder dünn war. Groß?» Er hob die Schultern. «Wie alle andern.»

Anzunehmen, daß Demi jeden anderen unweigerlich als groß einstufte.

Ich war's zufrieden und gleichzeitig verunsichert, so als hätte ich es mit Aladin und seiner Wunderlampe zu tun. Nach meinen Schlußfolgerungen mußte jemand Topaz kurz nach neun verlassen haben, aber damit, daß es diesen Jemand tatsächlich gab, hatte ich nicht unbedingt gerechnet. Und obwohl dieser Herr auch nur eine schemenhafte Gewißheit war und dick oder dünn und groß oder klein sein mochte, fröstelte mich erneut. Ich schenkte Wein nach, bestellte nochmals eine halbe Karaffe und zwei Portionen Camembert.

«Was haben Sie dann gemacht?»

«Gewartet.»

«Aber der Herr war doch längst weg.»

«Trotzdem. Was hätte ich denn sonst tun sollen?»

«Haben Sie noch jemanden gesehen?»

«Ja. Kurz nach zehn kam der andere Herr. Der nervöse Herr.»

«Trat er ein?»

«Nein. Deshalb heißt er ja bei mir der nervöse Herr. Er ging auf dem Pflaster vor ihrer Tür auf und ab, hin und her. Ich dachte, womöglich traut er sich nicht so recht, bei ihr zu läuten.»

«Haben Sie ihn angesprochen?»

«Nein. Ich rührte mich nicht vom Fleck. Wenn er mich gesehen hätte, wäre er vielleicht weggegangen.»

Die Erfahrung mochte ihn gelehrt haben, daß bei nervösen Freiern das Kleingeld nicht so locker sitzt.

«Derselbe Herr, der vorher rausgekommen war?»

Er schüttelte den Kopf, wandte seine Aufmerksamkeit dem Camembert-Stück zu, das eben aufgetragen wurde.

«Warum sind Sie sich dessen so sicher? Sie können den ersten doch gar nicht beschreiben.»

«Der zweite trug keine Abendgarderobe und ging auch anders. Der erste ging so.» Mit den Fingern klopfte er einen besonnenen, energischen Takt. «Und der andere so.» Jetzt war der Takt leichter und schneller. «Er ging auf und ab, blieb dann kurz stehen, lief wieder weiter. Eine ganze Weile lang.»
«Wie lange?»
«Es war Mitternacht, als er abzog.»
«Abzog wohin?»
«Zur Promenade, wie der andere auch.»
«Ohne das Haus zu betreten?»
«Ohne das Haus zu betreten. Er tat mir richtig leid.»
Mit der nächsten Frage zögerte ich noch, aber es mußte sein.
«Wie sah der zweite aus? Sie haben ihn geschlagene eineinhalb Stunden beobachtet. Etwas muß Ihnen doch aufgefallen sein.»
Er schnitt sich ein Eckchen von dem Camembert ab, ließ es sich genüßlich schmecken.
«An der Ecke zur Promenade, ein gutes Stück von ihrer Tür entfernt, steht doch eine Gaslaterne.»
«Ja, die ist mir auch aufgefallen.»
«Und beim Aufundabgehen kam er auch immer wieder in die Nähe dieser Laterne, und dann konnte ich ein bißchen mehr erkennen, aber nicht sehr viel, weil er doch dann so weit weg war.»
«Und wie sah er aus?»
Ich glaube nicht, daß mich Demi mit seiner Antwort absichtlich auf die Folter spannen wollte, aber die Wirkung war die gleiche. Er schluckte seinen Käse hinunter und sprach langsam und mit vom angestrengten Nachdenken verdrehten Augen.
«Keineswegs dick. Eigentlich sehr jung. Trug ein Jackett und Reithosen und eine Mütze. Einmal hat er die Mütze abgenommen. Dunkles Haar.
«Glatt oder gelockt?»
«Nicht unbedingt glatt. Schwer zu sagen.»

Ich wartete, aber es kam nichts mehr. Doch allein die Schritte, die Demis kurze Finger getrommelt hatten, waren ausreichend, um mich zu elektrisieren.

«Und dieser junge Mann lief von kurz nach zehn bis nach Mitternacht vor Topaz' Tür auf und ab?»

«So war's.»

«Kam er später noch mal zurück?»

«Nein. Weder er noch sonst jemand.»

«Sie waren die ganze Nacht auf Ihrem Posten?»

«Nein. Schließlich muß man sich auch mal zur Ruhe begeben.»

Er sagte das, als sei sein Lager ein Himmelbett und ein Diener stünde bereit, die Decken zurückzuschlagen.

«Wann sind Sie gegangen?»

«Als es zwei schlug, wie sonst auch. Um diese Zeit sind die Leute in der Küche mit dem Aufräumen fertig. Ein Souschef ist mein Freund. Wenn eine Scheibe Fleisch übriggeblieben ist oder ein Rest Wein, hebt er's für mich auf. Danach lege ich mich auf den Stufen bei den Heizungskesseln zum Schlafen nieder. Und morgens helfe ich dann mit, das Gemüse abzuladen. Dafür krieg' ich eine Schale Kaffee und Brot.»

«Die Heizkessel befinden sich hinten, neben den Mülltonnen?»

«So ist es.»

Nach zwei Uhr hatte er demnach weder etwas hören noch beobachten können. Er schaute mich an, weder feindselig noch arglos. Er hatte mich nicht gefragt, wozu ich das alles wissen wollte. Er überlebte, indem er einfach da war und sich nicht in anderer Leute Probleme einmischte. Nachdem wir den Käse aufgegessen und den Wein ausgetrunken hatten, schlenderten wir zusammen zum Hotel zurück, wo sich Demi formvollendet für die Einladung bedankte, ehe er mir in der Höhe von Topaz' Tür einen schönen Nachmittag wünschte.

«Falls Sie noch Fragen haben, wissen Sie ja, wo Sie mich finden. Entweder hier oder dort drüben.»

Derart nachdenklich ging ich weiter, auf die Promenade zu, daß ich, bei der nämlichen Straßenlaterne, über die Demi und ich gesprochen hatten, fast mit Jules Estevan zusammengeprallt wäre.

«Schönen guten Tag, Miss Bray. Na, war die Unterhaltung mit Demi angenehm?»

Mußte denn wirklich jeder meiner Schritte überwacht werden?!

«Sie kennen ihn?»

«Jeder kennt Demi. Er ist eine Institution.»

Ich hätte ihn gern gefragt, inwieweit man Demi trauen könne, nur hätte ich dann die gleiche Frage in bezug auf Jules Estevan selbst stellen müssen. Bestimmt wußte er weit besser über mich Bescheid als er vorgab.

«Ich suche Sie schon den ganzen Vormittag, Miss Bray. Wo haben Sie denn gesteckt?»

«Ich war im Zirkus.»

Sein Gesichtsausdruck veränderte sich nicht.

«Hat es Spaß gemacht?»

«Es war jedenfalls lehrreich. Ich habe mich eingehend mit El Cid unterhalten.»

Er lüpfte spöttisch den Hut.

«Ihr Jagdinstinkt ist phänomenal.»

«Von wegen. Warum haben Sie mir nicht gleich gesagt, wer Topaz' Liebhaber aus dem Zirkus war?»

«Ich hatte keine Ahnung, daß das für Ihre Nachforschungen von Bedeutung sein könnte. Hat El Cid dazu beigetragen, etwas Licht in Topaz' ... Selbstmord ...zu bringen?»

Das Wort ‹Selbstmord› wurde mit einer kaum wahrnehmbaren Verzögerung ausgesprochen.

«Er ist überzeugt, daß sie sich nicht das Leben genommen hat.»

Beinahe ohne es zu merken, waren wir um die Ecke gebogen und hatten uns der erlesenen Schar seeluftschnappender Nachmittagsspaziergänger angeschlossen.

«Tatsächlich?» meinte Jules nur, so als hätte ich erwähnt, es sehe nach Regen aus. Gab es überhaupt etwas, was seine zur Schau gestellte Ruhe aus dem Gleichgewicht bringen konnte?

«Weshalb wollten Sie mich denn sprechen?»

«Wegen Maries *Soirée Ancienne*. Sie haben doch gestern zugesagt mitzukommen.»

«Davon kann gar keine Rede sein.»

Ich hatte vor, den Abend nicht anders als den Abend zuvor zu verbringen, das heißt Bobbie im Auge zu behalten.

«Dürfte ganz interessant für Sie werden.»

«Ehrlich gesagt, bezweifle ich das. Zumal mir Marie bereits ein eindrucksvolles Beispiel ihrer schauspielerischen Begabung vorgeführt hat.»

«Immerhin werden Sie dort eine weitere Freundin aus Ihrem Kreis treffen.»

«Wen denn?»

«Miss Fieldfare.»

Ich blieb wie angewurzelt stehen; es hätte nicht viel gefehlt, daß es zu einer Karambolage mit dem Paar hinter uns gekommen wäre. «Bobbie besucht Maries Soirée?»

«Hat sie mir selbst heute morgen gesagt.»

Daß sich Bobbie auch nur an etwas halb so Frivolem beteiligen könnte, erstaunte mich. Es sei denn ...

«Entschuldigen Sie mich, Mr. Estevan, dort drüben ist jemand, den ich unbedingt sprechen muß.»

Wir waren auf der Höhe des Hotels angelangt, in dem David Chester mit Familie abgestiegen war, und ich sah, wie drei unverwechselbare Gestalten die Straße zum Strand überquerten: eine füllige Frau mit Sonnenschirm sowie zwei kleine Mädchen in Lackstiefelchen und rosa Rüschen; weiter hinten dann ein mit Taschen bepacktes Dienstmädchen. Jules warf erst ihnen, dann mir einen Blick zu und bekundete endlich einmal einen Hauch von Verblüffung.

«Der Kreis Ihrer Bekannten erstaunt mich. Ich hole Sie also heute abend um sieben Uhr dreißig in Ihrem Hotel ab.»

Ich stieß zu Mrs. Chester, als sie versuchte, das am wenigsten mit Krankheitskeimen infizierte Stückchen Strand ausfindig zu machen. Ihre Freude, mich wiederzusehen, war rührend und hätte mich in Anbetracht meines Doppelspiels beschämen sollen, wäre dies nicht in bester Absicht geschehen – sofern man den Schutz des Lebens von David Chester so bezeichnen konnte.

«Miss ... Ach, ich freue mich, Sie wiederzusehen. Ich hatte ein richtig schlechtes Gewissen, weil ich Ihnen noch gar nicht ausführlich dafür danken konnte, daß Sie sich gestern um Naomi gekümmert haben.»

Die Art und Weise, wie sie, die Gattin eines Parlamentsmitglieds, sich einer angeblichen Gouvernante gegenüber gab, war schon fast zu freundlich. Aber ich als Engländerin unter Fremden war zu einer ihrer Töchter nett gewesen, und das gab wohl für sie den Ausschlag. Ich suchte ein geschütztes Plätzchen für sie und half dem Dienstmädchen beim Auspacken der Kissen, Limonadenflaschen und des Sonnenschirms. Mrs. Chester ließ sich nieder, während ich stehen blieb und zusah, wie die beiden Mädchen gehorsam anfingen, mit Holzspaten auf dem Sand herumzukratzen.

«Sei vorsichtig, Louisa. Überanstreng dich nicht.»

Das Kind hatte kaum einen Muskel bewegt. Am liebsten hätte ich gesagt, eine halbe Stunde auf Teufel komm raus losbuddeln würde ihr bestens bekommen, aber ich hielt mich zurück.

«Ihr Mann geht nicht an den Strand?»

«Aber nein. Er hat sich eine Unmenge Arbeit mitgebracht.»

Gott sei Dank. Wenn er einer rachelüsternen Furie wie mir in Gesellschaft seiner Frau ansichtig geworden wäre, hätte er bestimmt die Polizei gerufen.

Seine Frau dagegen schöpfte keinerlei Verdacht, und zum erstenmal im Leben war ich dankbar, daß eine Frau nichts mit Politik im Sinn hatte.

«Nun, dafür gehen Sie wenigstens abends zusammen aus?»

An ihrer Stelle hätte ich diese Frage als unverschämt empfunden, aber ich durfte keine Zeit verlieren.

«Aber nein, da müssen wir uns um Louisa kümmern. Obwohl wir heute ausnahmsweise Gäste haben. Mr. und Mrs. Prendergast werden mit uns zu Abend speisen. Kennen Sie sie?»

Erleichtert verneinte ich.

«Sein Bruder ist Bischof. Wir wollen anschließend in unserer Suite Bridge spielen. Mrs. Prendergast war voriges Jahr Bridgemeisterin von Somerset.»

Ein Anflug von Resignation schwang in ihren Worten mit. Ich sah sie förmlich vor mir: eine hochmütig dreinblickende Mrs. Prendergast, die bedauernswerte Mrs. Chester in ihrer um Nachsicht heischenden Betulichkeit, das unbarmherzige post mortem des Göttergatten. Und im Nebenzimmer das verhätschelte Kind, hustend und mit nichts zufriedenzustellen. Die gesamte Palette einer erfüllten Ehe und Mutterschaft.

«Es wird sicher nett werden», meinte ich.

«Ja, sehr nett.» Sie seufzte. «Sie sind bestimmt nicht frei.»

«Was?!» Einen Augenblick lang fiel ich aus meiner Gouvernantenrolle.

«Nicht frei für die Saison, meine ich. Sie sind in einer Familie tätig?»

«Ja, das stimmt.»

Wieder ein Seufzer.

«Ich hatte gehofft ... Mein Mann möchte keine Ausländerin mehr, und seit die letzte fort ist, müssen wir uns fast pausenlos um Louisa kümmern. Bei seiner vielen Arbeit ist ihm das einfach nicht mehr zuzumuten ...»

Sie war drauf und dran, mir eine Stellung anzubieten.

«Sie fahren doch gewiß bald nach England zurück?»

«Am Dienstag. Nach meinem Gespräch gestern mit Ihnen sind mein Mann und ich übereingekommen, daß Biarritz für Louisa wohl nicht so zuträglich ist, wie wir das gehofft hatten. Weil wir aber schon bis zum Ende der Woche bezahlt haben und er sich weigert, an einem Sonntag zu reisen ...»

Ich ließ sie sich in Reisearrangements ergehen, während ich überlegte, daß mir noch vier lange Tage bevorstanden, in denen ich Bobbie von David Chester fernhalten mußte. Ein kleiner Trost, daß wenigstens für heute abend nichts zu befürchten war – sofern es Bobbie tatsächlich vorzog, Maries Fest zu besuchen.

Ich wünschte Mrs. Chester viel Glück beim Bridge und verabschiedete mich. Zwei Dinge galt es vor meiner Verabredung mit Jules zu erledigen, und das erste war etwas, was mir ganz und gar nicht behagte. Aber bei all dem Treibsand um mich herum mußte ich mir unbedingt Klarheit darüber verschaffen, daß zumindest ein Mensch die Wahrheit sagte. Ich begab mich zum Hafen, fragte mich in der noch von der Siesta gelähmten Atmosphäre bei irgendwelchen Beamten nach der Adresse einer Schottin namens Janet durch, der Ehefrau eines französischen Zöllners.

Wie sich herausstellte, bewohnte sie ein Haus, das gleich einem Nest von Mauerseglern an der äußeren Hafenbegrenzung klebte. Durch das offene Fenster drang das Lachen eines Kindes und eine schottische Stimme, die den Abzählreim ‹Dieses Schweinchen ging auf den Markt› vortrug. Als ich an die Tür klopfte, dauerte es ein Weilchen, bis eine dunkelhaarige, reichlich fahrige junge Frau mit einem Baby auf dem Arm öffnete.

«Mein Name ist Nell Bray. Ich bin eine Freundin von Tansy Mills.»

Sie schien überrascht und ein wenig mißtrauisch, war aber zu höflich, mir die Tür vor der Nase zuzuschlagen.

«Tansy weiß, daß ich zum Hafen gehen wollte. Ich habe ihr gesagt, daß ich bei dieser Gelegenheit bei Ihnen vorbeischauen würde, um zu fragen, ob es Ihrem Kind inzwischen besser geht.»

«Danielle? Ja, viel besser, danke. Möchten Sie nicht hereinkommen?»

Ihrem Akzent nach stammte sie aus den Highlands, ihr Gesicht war breit und liebenswert, mit energischen Brauen und klarem Blick. Sie führte mich in das sonnendurchflutete Wohnzimmer und forderte mich auf, Platz zu nehmen.

«Möchten Sie einen Kaffee? Wie geht es Tansy? Als ich von der Sache hörte, hatte ich eigentlich vor, sie aufzusuchen, ließ es dann aber sein, weil ich nicht wußte, ob ihr das recht war.»

Daß sie errötete, verriet, daß sie wußte, auf welche Weise sich Tansys Arbeitgeberin ihren Lebensunterhalt verdient hatte.

«Sie soll nicht glauben, ich wollte ihr aus dem Weg gehen, aber wegen der Kinder ...»

«Das meint sie bestimmt nicht. Wissen Sie, daß sie sie gefunden hat, als sie von Ihnen zurückkam?»

Sie warf einen raschen Blick auf die Kinder, die jedoch in ihr Spiel vertieft waren.

«Ja ... ja, so muß es wohl gewesen sein», murmelte sie. «Als ich es erfuhr, hab' ich mich gefragt, ob vielleicht, wenn Tansy früher gegangen wäre, wenn ich sie nicht überredet hätte, hier zu übernachten ...»

«Das hätte nichts daran geändert. Sie wäre auf jeden Fall die Nacht über nicht in der Wohnung gewesen. Topaz Brown hatte für sie ein Zimmer in einem anderen Teil des Hotels gebucht.»

«Ja, sie sprach davon. Sie war ganz unglücklich darüber.»

«Hat sie etwas von einem Besuch erwähnt, den Topaz Brown an jenem Abend erwartete?» versuchte ich es aufs Geratewohl.

«Nein. Darüber sprachen wir nicht.»

Worüber sie wohl dann gesprochen hatten? Über Ehemänner und Babys, Schwestern und Häuschen mit Enten? Was ich von Janet wissen wollte, hatte ich erfahren. Sie hatte unumwunden bestätigt, daß Tansy die Nacht bei ihr verbracht hatte, und als raffinierte Lügnerin konnte ich sie mir nicht vorstellen. Wir plauderten noch ein wenig über die Kinder und die Arbeit ihres Mannes, dann schützte ich eine Verabredung vor, sagte, ich müsse gehen. «Richten Sie Tansy doch bitte aus, daß sie jederzeit hier willkommen ist», bat sie mich noch, als sie mir die Tür aufhielt. «Und wenn ich irgend etwas für sie tun kann, soll sie mich's wissen lassen.»

Ich versprach es und ging. Meine Armbanduhr zeigte mir, daß, wenn ich mich beeilte, ich noch rechtzeitig die erste Vorstellung im Zirkus erreichen konnte.

Das große Zelt war bereits von Lärm und freudiger Erwartung erfüllt. Ich kaufte eine Karte der teuren Kategorie, weil ich unbedingt so nah wie möglich an der Manege sitzen wollte. Kaum hatte ich meinen Platz eingenommen, schmetterten die Trompeten los, und der Marsch für die große Parade erklang. Die Akteure traten aus dem Rundbogen unterhalb des Orchesters mir gegenüber, als erster der Zirkusdirektor, dann ein Maskierter in einem goldbestickten, wehenden Umhang und mit schwarzen Federn besetzten Hut nach Reiterart, auf einem so herrlichen Schimmel, daß selbst die Besucher dieser Nachmittagsvorstellung, Eltern und Kinder, den Atem anhielten. Als der Maskierte im Rundbogen erschien, vollführte er mit seinem Pferd eine Levante und ließ es in dieser Position verharren, während er gleichzeitig das Barrett schwenkte und sich tief über die Schulter des Pferdes verbeugte, um den Applaus entgegenzunehmen. Kaum zu fassen, daß der Hahn auf dem Misthaufen heute morgen sich zu einer derartigen Herrlichkeit gemausert hatte. Selbst das Pferd wirkte größer, schimmerte in silbrigem Weiß. Die anderen fünf Dons folgten unspektakulärer; sie wurden ebenfalls von eingehüllten Maskierten geritten, deren Capes jedoch weit weniger mit Federn und Stickerei verbrämt waren.

Ihr Antreten zur Parade war nur ein kurzer Akt zum Auftakt. Hunde mußte ich über mich ergehen lassen, Clowns, Kamele und Trapezkünstler, ehe sie wieder und als Höhepunkt des Programms durch die Manege galoppierten. Die Zuschauer tobten vor Begeisterung angesichts einer Schlachten-Nummer mit viel Schwertergeblitze und Bannerschwingen, die einstudiert worden war, um die Wendigkeit der sechs Pferde, vor allem die von Grandee unter El Cid zu demonstrieren. Eine rasche Abfolge von, soweit ich das beurteilen konnte, Figuren der Hohen Schule, ein Schauspiel, um die Menge zu ergötzen und gleichzeitig voller Respekt für die Würde der sechs weißen Pferde. Als El Cid und Grandee von einer Rampe durch das Fenster der Pappmaché-Kulisse einer Festung sprang, mit wehender weißer Mähne der eine und den Federhut schwingend der andere, mußte ich zugeben, daß Topaz ihr Geld klug angelegt hatte.

Die Nummer wurde mit einem Galopp um die Manege beschlossen, zu den triumphierenden Klängen der Kapelle und begleitet vom Applaus der Zuschauer. Als die Pferde auf mich zukamen, starrte ich den vordersten Reiter an. War es, ganz objektiv gesehen, möglich, in dieser Maskerade den einen vom andern zu unterscheiden? Jetzt verbeugte sich El Cid, und für den Bruchteil einer Sekunde trafen sich unsere Blicke. Zweifelsohne hatte er mich erkannt, schon weil er unmittelbar vor mir Grandee dazu brachte, kurz auszuscheren und sich zu dieser hinreißenden Pose wie zu Beginn der Vorstellung aufzubäumen – so schnell, daß die anderen Zuschauer es vermutlich gar nicht mitbekamen, obwohl ihnen kaum entgangen sein dürfte, daß die Verbeugung in meine Richtung um einiges tiefer ausfiel. Und noch ehe man sich versah, hatten Grandee und die Stuten die Manege verlassen, trieben die Clowns schon wieder zur Belustigung des Publikums ihre Späßchen.

Eine höfliche Geste von El Cid? Eine spöttische Geste von Sidney Greenbow? Oder mehr als das? Dieses Hand in Hand von Macht und Unheil, die der Schimmel und die Gestalt mit der schwarzen Maske verkörpert hatten, konnte ebensogut eine Warnung gewesen sein. So meine Überlegung, als ich zum Ausgang drängte, neben der Frage, die mich hierher geführt hatte und die noch immer nicht restlos beantwortet war. Der Mann, der die Rolle des Cid übernahm, mußte ein hervorragender Reiter sein, und ich zweifelte daran, daß auch nur einer an das Original heranreichte. Obwohl sich in Sidneys Team immerhin fünf gute Reiter befanden, die in dem entsprechenden Kostüm ihrem Anführer wie zum Verwechseln ähnlich sehen dürften. Die Zuschauer achteten sowieso mehr auf die Pferde. Mein Experiment hatte demnach zu keinem eindeutigen Resultat geführt. Für den Gegenwert einer Eintrittskarte war mir nur eins klar geworden – daß ein Mann, der Pferde liebt, eher alles mögliche anstellt als sich von sechs derartigen Prachtexemplaren zu trennen.

Erhitzt und verschwitzt erreichte ich meine Pension; es blieb mir kaum genug Zeit zum Waschen und Umziehen, bis Jules mich abholen kam. Deshalb war ich wohl nicht allzu freundlich, als die Besitzerin mich auf halber Treppe abfing.

«Die Engländerin ist wieder gegangen. Sie hat gewartet, aber als Sie nicht kamen, hat sie's aufgegeben.»

«Was für eine Engländerin?»

«Klein war sie und ziemlich ungnädig.»

Tansy.

Sie mußte, während ich im Zirkus war, von meinem Besuch bei Janet Wind bekommen haben. Mich aber jetzt damit aufzuhalten, dazu war ich zu sehr in Eile; also setzte ich Tansys Ingrimm mit auf die Liste der Dinge, die ich morgen in Angriff zu nehmen gedachte, und hastete nach oben.

XII

Bei meinem überstürzten Einpacken in London hatte ich zwar an ein französisches Wörterbuch mit speziell juristischen Begriffen sowie an jede Menge Notizbücher gedacht, nicht aber an eine Kostümierung für einen Abend in illustrer Gesellschaft. Das Eleganteste, was ich vorzuweisen hatte, war mein Seidenkleid mit dem Farnmuster, ein brandneues Paar weißer Seidenstrümpfe, die sich ganz unten in meinem Koffer fanden, und mein mit einem grünen Band besetzter Strohhut. Als ich hinunterkam, musterte mich die Besitzerin mit einem abschätzigen Blick und sagte, der Herr warte draußen. Jules, in einer weißen Tunika unter einem purpurnen Umhang und einem Lorbeerkranz im Haar, saß auf dem Kutschersitz eines schmucken Einspänners, vor den eine nervös tänzelnde Stute gespannt war.

«Das Auto lehne ich entschieden ab. Eine Kutsche wäre zwar bequemer, aber es muß auch so gehen.»

Wir bogen in die Avenue du Bois de Boulogne ein, die in südlicher Richtung aus der Stadt führt, parallel zu den endlosen Klippen entlang des zweiten Badestrands, der Plage des Basques. Jules, der sich in der Rolle eines Wagenlenkers aus der Antike gefiel, kutschierte stehend, und die Stute trabte mit raumgreifenden Schritten. Es war ein zauberhafter Abend, die Sonne versank hinter glutroten Wolkenfetzen im Atlantik, und vom Land her wehte der Duft von Thymian.

Ich genoß die Fahrt mehr als mir zustand. Was Emmeline wohl dazu sagen würde, wenn sie ihre Abgesandte sah, die da mit hoffnungslos zerzaustem Haar zusammen mit einem der bestaussehenden Männer von Biarritz, dessen purpurnes Cape im warmen Wind wehte wie das von Lord Byron auf einem Gemälde, durch die Gegend jagte? Jules deutete mein Lachen als Ansporn, noch schneller zu fahren. Mühelos überholten wir andere Kutschen, die ebenfalls unterwegs waren, selbst das eine oder andere Automobil, und jedesmal schickte man uns unflätige Worte in allen möglichen Sprachen hinterher. Ein offener Brougham hatte einen römischen Legionär mit Helm und Federbüschen geladen sowie drei Mädchen in Ballettkostümen, wahrscheinlich Dryaden. Ein Automobil war am Straßenrand stehengeblieben; der Chauffeur untersuchte die Eingeweide, während eine voluminöse Frau mit roter Perücke und goldener Robe vom Beifahrersitz aus ihn auf französisch zur Eile antrieb. Nach etwa einer Meile bogen wir auf einen Nebenweg ab, der so kurvenreich war, daß selbst Jules das Tempo zurücknehmen mußte.

«Mr. Estevan», faßte ich mir jetzt ein Herz zu fragen, «ist Ihnen bekannt, daß in der Nacht, in der Topaz starb, ein Mann zwischen neun und zehn Uhr ihre Wohnung verlassen hat?»

«Nein, wußte ich nicht. Haben Sie das von Demi?»

«Nicht nur von ihm.»

Ich wollte den kleinen Kerl nicht in Schwierigkeiten bringen.

«Kennen Sie diesen Mann?»

«Nein. Ich weiß nur, daß sie jemanden für acht Uhr zu sich eingeladen hatte.»

Er wandte sich kurz zu mir um, runzelte die Stirn.

«Acht Uhr. Das war ja auch die Zeitangabe auf dem Billet.»

«Auf dem Billet, mit dem Topaz ihren ... Selbstmord ankündigte, wollten Sie sagen?» Vor dem Wort ‹Selbstmord› hatte ich kurz gezögert, genauso wie seinerzeit er. «Oder glauben Sie, daß sie ermordet wurde?»

Diesmal blieb sein Blick nach vorn gerichtet, so als unterhielte er sich mit der Stute.

«Ihnen muß doch auch schon der Verdacht gekommen sein.»

Er machte Anstalten, sich erneut umzudrehen. Wir fuhren jetzt so langsam, daß sich die Fahrzeuge hinter uns stauten. Erst als wir zum Ende einer Schlange vor uns aufschlossen, die darauf wartete, das Tor zu Maries Villa zu passieren, drehte er sich, die Zügel in der Beuge seines Ellbogens, zu mir um.

«Also, Miss Bray?»

«Was also, Mr. Estevan?»

«Wollen Sie mich nicht fragen, was ich letzten Mittwoch abend zwischen acht und zehn Uhr gemacht habe?»

«Das würde ich gern eine Reihe von Leuten fragen.»

«Wen zum Beispiel?»

Sidney Greenbow zum Beispiel. Und Lord Beverley. Marie de la Tourelle. Bobbie Fieldfare und Rose Mills. Und, gewiß, Jules Estevan auch.

«Also gut, zum Beispiel Sie.»

«Mal ganz was Neues. Aufgefordert zu werden, ein Alibi beizubringen. Nur daß ich es für reichlich banal halte.»

«Banal?»

«Mit so wenig Interessantem dienen zu können.» Er hob die rechte Hand.

«Ich, Jules Estevan, schwöre hiermit feierlich, daß ich vergangenen Mittwoch die Stunden zwischen sieben Uhr und Mitternacht damit zugebracht habe, einen Freund wegen seiner Gedichte zu verunglimpfen und zuviel Absinth zu trinken.»

«Eine sehr ausdauernde Verunglimpfung, Mr. Estevan.»

«Es waren unglaublich schlechte Gedichte, Miss Bray.»

Da wir schon mal beim Thema waren, ließ ich nicht locker.

«Ich nehme an, Ihr Freund kann das bestätigen.»

«Das bezweifle ich. Mit seinem Erinnerungsvermögen hapert es sowieso meistens, außerdem hat er um einiges mehr getrunken als ich. Sie hätten mich vorwarnen sollen – dann hätte ich mir ein interessanteres Alibi zusammengebastelt.»

Ich hätte ihn vielmehr nach dem Namen und der Adresse des Freundes fragen sollen, auch wenn ich wußte, daß das nichts brachte. Ein betrunkener Dichter konnte wohl kaum für ein überzeugendes Alibi herangezogen werden, und Jules hatte gar nicht die Absicht, es dazu kommen zu lassen. Die Kutsche vor uns zog wieder an, und endlich passierten wir das Tor zur *Villa des Lilas*.

Bislang hatte ich Marie nur unter ihrer beruflichen Adresse erlebt, und wenn ich besagtes *Hôtel des Empereurs* bereits als luxuriös erachtet hatte, war es doch nichts im Vergleich zu der Villa. Wobei das Wort Villa irreführend ist, steht es doch nach meinem Verständnis eher für ein hübsches kleines Anwesen an der Küste. Diese Villa hier war ein dreistöckiges Haus oben auf der Klippe, mit Säulenportal und einer Terrasse mit Blick aufs Meer und reihenweise Statuen, in Kübeln eingepflanzten Orangenbäumen und Beeten weißer Lilien, die wohl bis zur Entfaltung ihrer Blüten in Treibhäusern umhegt worden waren und jetzt Schwärme von Nachtfaltern anlockten. Der gesamte Komplex war von lodernden Fackeln erhellt, die in Abständen um die Terrasse herum angebracht waren, und neben jeder Fackel kauerte ein Knabe mit Turban, in Lendenschurz und Bolero, bereit, sie auszuwechseln, sobald sie heruntergebrannt war. Weitere Fackeln zu beiden Seiten des Portals erhellten den breiten Kiesstreifen, auf dem die Gäste vorfuhren – in Kostümen, die erkennen ließen, daß die Creme von Biarritz einer großzügigen Interpretation der Antike huldigte. Der Lärm und die Musik aus dem Haus zeigten an, daß das Fest bereits begonnen hatte. Ein als Gallier verkleideter Stallknecht nahm sich unseres Einspänners an. Was habe ich hier eigentlich verloren? ging es mir durch den Kopf, als Jules mich zur Eingangstreppe geleitete und, kaum daß wir in der Halle standen, ein griechischer Sklave auf uns zutrat und uns etwas, das sich als hervorragender Champagner entpuppte, anbot und wir, ohne daß uns jemand begrüßt oder vorgestellt hätte, in den allgemeinen Trubel eintauchten.

An meinem Champagner nippend, sah ich mich um. Zu meiner Rechten plauderte ein Pharao mit einem beleibten Mann, in dem ich einen führenden französischen Staatsmann erkannte, der sich einigermaßen phantasielos mit Toga und Lorbeerkranz ausstaffiert hatte. Zu meiner Linken stritt sich eine

Vestalin, die sich eine ganze Flasche Champagner geschnappt hatte, auf spanisch mit einem Mann herum, der nur Nero sein konnte. Wie mindestens sechs weitere, die ich im Raum erspähte und von denen sich einige mit Violinen bewaffnet hatten. Ich wies Jules auf diese Ballung von Neros hin.

«Das ist ja das Schöne am klassischen Altertum», meinte er. «Es gibt genügend Vorbilder für dicke, häßliche Männer, wohingegen die Frauen allesamt gut aussehen. Ganz nach Maries Geschmack.»

Der Gedanke daran, was sich hinter dieser Zurschaustellung von Pracht verbarg, rüttelte mich auf. Trotz Topaz' Vermögen hatte ich mir nie vor Augen geführt, wie einträglich ein solches Leben war.

«Das alles hier gehört Marie?»

Er nickte. «Als Gegenleistung, wie es heißt, für eine Nacht mit ihr, von einem Mann aus Chicago, der sein Vermögen mit Schweinepasteten erworben hat.»

Mein Blick streifte die Marmorsäulen, die Seidentapeten, die Bilder an der Wand.

«Für nur eine Nacht?»

«So heißt es.»

«Ist denn eine Nacht mit Marie so grundlegend verschieden von einer Nacht mit einer anderen Frau?»

Ganz arglos hatte ich das gefragt. Jules lachte ausnahmsweise einmal laut auf, so daß sich mehrere Köpfe nach uns umdrehten.

«Also wirklich, Miss Bray! Gotteslästerung im Tempel! Was glauben Sie, wohin das führt, wenn Sie noch mehr solcher Fragen stellen!»

«Sie meinen, dann verschwindet alles, wie ein Schloß in einem Märchen?»

«So etwas in der Art. Begreifen Sie nicht, daß jeder, der mit Marie ins Bett geht, diese Geschichte im Hinterkopf hat? Sobald er hört, daß ein anderer derart viel bezahlt hat, dann muß logischerweise das, wofür er sein Geld hingelegt hat, begehrenswert sein. Und mit jedem Vermögen, das einer für sie ausgibt, wird sie noch begehrenswerter.»

«Ich muß zugeben, daß es mit meinen betriebswirtschaftlichen Studien nicht zum besten bestellt ist.»

«Um so mehr freut es mich, Ihnen auf die Sprünge helfen zu können.»

Mittlerweile genoß ich nicht länger seine ungeteilte Aufmerksamkeit; er spähte hinüber zu anderen gutaussehenden jungen Männern, die ähnlich wie Jules in Tuniken und Capes in leuchtenden Farben gewandet waren und kniehoch geschnürte Sandalen trugen. Einer von ihnen fing Jules' Blick auf und lächelte.

«Ich möchte Sie nicht länger in Beschlag nehmen», sagte ich. «Sie wollen bestimmt ein wenig mit Ihren Freunden plaudern. Ich werde inzwischen nach Mademoiselle de la Tourelle Ausschau halten, um mich für die Einladung zu bedanken.»

Heute weiß ich, daß das ausschließlich Londoner Gepflogenheiten entspricht und so gar nicht zu einem Fest wie diesem paßte.

Jules grinste. «Sie ist da drüben.»

In der einen Ecke des Raums befand sich eine kleine, von Blumen umstandene Estrade, zu der hinauf flache Stufen führten. Auf der Estrade thronte ein elfenbeinfarbener Divan, drum herum lagen verstreut pompöse elfenbein- und goldfarbene Sitzkissen, und auf dem Divan hielt Marie Hof, in bestem klassischem Stil und umgeben von bevorzugten Gäste, die auf den Kissen kauerten. Je näher ich auf die Gruppe zuging, desto hingerissener war ich einmal mehr von der makellosen Schönheit dieser Frau. Im Gegensatz zum vorherrschenden Farbenrausch trug sie ein betont schlichtes, hochtailliertes Gewand, keinerlei Schmuck, das lange Haar zu einem Knoten aufgesteckt. Sie war barfuß, sprach nur wenig, lauschte den Leuten auf den Sitzkissen, lächelte gelegentlich. Da ich es für unschicklich hielt, zu ihr hinaufzusteigen, blieb ich unten an den Stufen stehen und tauschte mit einer Göttin Athene die eine oder andere höfliche Floskel. Sollte ich mich etwa auf einem der Sitzkissen niederlassen und Marie fragen, was sie Mittwoch nacht zwischen acht und ein Uhr getrieben hatte? Von Lord Beverley wußte ich immerhin, daß sie mit ihrem Agenten zu Abend gespeist hatte, aber ein Abendessen zieht sich nicht bis in die späte Nacht hinein. Oder etwa doch? Wenn ich an den Ritter der Schweinepasteten dachte ...

Ich war heilfroh, daß keiner der sie ehrfürchtig Umlagernden meine Gedanken lesen konnte. Der Innenarchitekt Poiret befand sich unter ihnen sowie ein italienischer Tenor und überraschenderweise ebenso viele Frauen wie Männer. Ein blutjunges Mädchen mit verschmitztem Gesicht und widerspenstigen braunen Locken erzählte gestenreich und immer wieder auflachend auf französisch eine Geschichte. Unter den Zuhörern fiel mir ein junger Mann in einer safrangelben Tunika und einem Stirnreif auf, der Marie unverwandt anstarrte und jede ihrer Reaktionen genau registrierte. Und wenn sie lachte, lachte er ebenfalls.

Jetzt fragte ihn Marie auf französisch, ob er glaube, ihr Auftritt in London würde ein Erfolg für sie werden. Er errötete und stammelte etwas, worauf sie mit einer entschuldigenden Geste die Frage auf englisch wiederholte. Die Stimme, die ihr antwortete, bestätigte meine Vermutung.

«Engländer haben alles andere als eine eigene Meinung. Erst wenn etwas überall sonst begeistert aufgenommen worden ist ...»

Sie konnte es nicht lassen, jede sich bietende Gelegenheit zum Anlaß für eine öffentliche Rede zu machen: Bobbie Fieldfare.

Daß sie auf dem Fest erscheinen würde, wußte ich zwar, aber daß sie bereits zu Maries innerem Kreis gehörte, verblüffte mich. Mehr noch: Ich war entsetzt, weil ich unwillkürlich daran denken mußte, was Lord Beverly über Maries private Neigungen erwähnt hatte. Mochten Bobbies überspitzte Ansichten auch der Frauenbewegung hinderlich sein, so hatte ich ihr immerhin zugute gehalten, daß sie sich ihr mit Haut und Haaren verschrieben hatte. Jetzt kam mir der Verdacht, daß sie nichts weiter als auf Sensationen aus war und jede Möglichkeit wahrnahm, sich in Szene zu setzen. Wie enttäuschend und zugleich beunruhigend, denn obwohl mich das Privatleben von Bobbie Fieldfare nichts anging, war ich es ihrer Mutter schuldig, sie aus unnötigen Skandalen herauszuhalten. Andererseits vereinfachte das meine Arbeit. Eine Bobbie, die von Maries kleinem Kreis in Anspruch genommen wurde, würde weniger Zeit und Energie darauf verwenden, mit der familieneigenen Pistole um David Chester herumzuschleichen.

Noch ehe Marie oder Bobbie von mir Notiz nahmen, verzog ich mich auf die Terrasse, an die frische Luft. Auf meinem Weg dorthin bemerkte ich unter den Gästen zum erstenmal den Mann, der mir als ausgebeulter Satyr in Erinnerung blieb.

Wäre zu erwähnen, daß auf dem Fest genügend Satyrn anwesend waren, um mit ihnen einen größeren Wald zu bevölkern, durch die Bank drahtige junge Männer mit Gesichtsmasken und eng anliegenden Strumpfhosen, ein Ziegenfell um die Brust gegürtet. Mein Satyr wirkte alles andere als drahtig; das Gesicht unter der Halbmaske war erhitzt und schwammig, der Nacken gerötet. Seine Beine steckten in zottigen Hosen, die vom Unterteil eines Bärenkostüms stammen mochten, und darüber bauschte sich eine Art Russenkasack. Ich hielt ihn zunächst für eine Witzfigur; möglicherweise hatte sich ja einer der Geladenen dazu verstiegen, als altersmäßig fortgeschrittene Ausgabe dieser Spezies Waldgeister zu erscheinen.

Auf der Terrasse war es kühl und so ruhig, daß man hören konnte, wie sich tief unter uns, an der Plage des Basques, die Wellen brachen. Abgesehen von den Knaben für die Fackeln und einem kichernden Pärchen, das jetzt in die Dunkelheit abtauchte, war ich allein. Ich setzte mich auf die steinerne Bank unter einem Orangenbaum und versank ins Grübeln.

«Miss Bray. Miss Bray, dürfte ich Sie kurz stören?»

Erschreckt fuhr ich hoch. Das Flüstern war aus dem Dunkel unterhalb der Terrasse gekommen.

«Wer ist da?»

«Rose Mills.»

Ich streckte die Hand aus, um ihr beim Hochklettern zu helfen. Als der Schein der Fackeln auf sie fiel, atmete ich auf: zumindest Rose trug normale Kleidung – Bluse, Jacke, Rock.

«Was ist denn hier los? Ist Bobbie auch da?»

Ihr Atem flog als Folge ihrer Kletterpartie und auch vor Nervosität.

«Im Augenblick mimt sie den Alkibiades und plaudert inniglich mit *La Pucelle*.»

Es war gemein, meinen Ärger an Rose auszulassen. Das merkte ich, als ich sah, wie sie das Gesicht verzog.

«Uuh», sagte sie, so als hätte ich sie an einem wunden Punkt getroffen. Dann, unsicher: «Ist wohl ein ganz besonderes Fest, wie?»

«Kann man wohl sagen. Hier, setz dich. Du bist ja völlig erschöpft.»

Ihr Rock wies Schmutzspuren auf, die Kappen ihrer Stiefel waren abgestoßen.

«Bist du den ganzen Weg zu Fuß gekommen?»

«Ja.»

Sie ließ sich neben mich auf die Bank fallen. Daß sie sich völlig verausgabt hatte und verängstigt war, gedachte ich Bobbie ebenfalls unter die Nase zu reiben, wenn sich die Gelegenheit bot, der jungen Dame einmal ganz unverblümt meine Meinung zu sagen.

«Möchtest du Bobbie sprechen?»

«Ja. Ich wußte, daß sie hier eingeladen ist, dann aber dachte ich …»

Sie brach ab.

«Du dachtest, sie würde es vielleicht abermals bei David Chester versuchen?» Rose nickte. «Nun, um den brauchst du dir keine Sorgen zu machen. Er ist in seinem Hotel und spielt Bridge.»

«Warum ist Bobbie dann hier?»

«Das würde ich auch gern wissen. Hör zu, warum fahren wir beide nicht zurück in die Stadt? Ich setze dich vor deiner Unterkunft ab, und morgen früh kannst du dann mit ihr reden.»

Wenn es sein mußte, würde ich eben den Kutscher von Jules' Einspänner spielen. Aber Rose schüttelte den Kopf.

«Na gut, dann werde ich eben versuchen, Bobbie herzuholen.»

Die Vorstellung, daß Rose mit ihren abgewetzten Stiefeln in dieser schillernden Menge Jagd auf Bobbie machte, war einfach unmöglich. Wir schwiegen eine Weile, umschwirrt von Nachtfaltern und wie betäubt vom Duft der Lilien.

«Rose», fing ich wieder an. «Diese Verfügung, die Topaz Brown zu unseren Gunsten getroffen hat ... Bobbie scheint deswegen ein Telegramm an Emmeline Pankhurst geschickt zu haben.»

«Hat sie auch. Bobbie wußte, daß das wichtig war. Sie sagte, daß müsse geregelt werden, ehe die Angehörigen aufkreuzen.»

«Sehr vernünftig. Aber wie hat Bobbie davon erfahren?»

«Wußten das nicht alle?» fragte sie erstaunt.

«Wann hat Bobbie zum erstenmal mit dir über dieses Legat gesprochen?»

«Gleich nachdem sie erfahren hatte, daß Topaz Brown tot war.»

«Nachdem sie tot war? Bist du dir da ganz sicher?»

«Natürlich.»

«Könnte es nicht sein, daß Bobbie bereits davon gewußt hat, als Topaz noch lebte?»

«Woher denn?»

Da Rose keinen Zugang zu Biarritz' feiner Gesellschaft besaß, die sich, Jules zufolge, über das Testament bereits ereifert hatte, kaum daß die Tinte auf dem Dokument getrocknet war, mußte ich mich wohl oder übel mit dieser Antwort begnügen. Lady Fieldfares Tochter dagegen ging in diesen Kreisen nach Belieben ein und aus.

«Du und Bobbie, ihr beide habt doch zusammen ein Zimmer. Schläft sie in letzter Zeit schlecht?»

Es war förmlich zu spüren, wie Rose innerlich auf Abstand ging.

«Wieso?»

«Ich habe mit einem gewissen Dr. Campbell gesprochen. Wie er beiläufig erwähnte, hat Bobbie ihn aufgesucht und über Schlaflosigkeit geklagt.»

«Kann ich nicht glauben.»

«Daß sie Schlafstörungen hat, meinst du?»

«Ich ... ich weiß nicht. Sie ist häufig nachts unterwegs.»

«Ohne dich?»

«Ja.»

«In Männerkleidung?»

Rose sagte nichts, biß sich auf die behandschuhten Knöchel.

«Ich weiß, daß es so ist», sagte ich. «Ich habe sie gesehen.»

«Sie ... sagt, als Frau kann man nicht überall hingehen.»

«Zweifellos richtig. Erzählt sie dir jemals, wo sie gewesen ist?»

«Ich frage nicht. Sie sammelt Informationen.»

«Wozu?»

Sie preßte die Lippen zusammen, antwortete nicht.

«Rose, ich weiß doch, was sie vorhat. Und sie weiß, wie ich dazu stehe.»

«Warum fragen Sie dann mich?» stöhnte sie voller Verzweiflung, in der aufgestaute Wut mitschwang. Sollte ich ihr erzählen, daß Bobbie beobachtet worden war, wie sie in der Nacht, als Topaz starb, vor deren Tür auf und abging? Nein.

«Rose, trenn dich von ihr. Bleib bei Tansy. Sie braucht dich. Fahr mit ihr nach England zurück. Ich werde mich um Bobbie kümmern.»

Auf die eine oder andere Weise, ergänzte ich für mich.

«Nein.»

Ich merke genau, wenn sich jemand etwas in den Kopf gesetzt hat und nicht davon abzubringen ist, ganz gleich, wohin das führt. In dieser Beziehung stand sie ihrer Schwester in nichts nach.

«Auf deine Verantwortung.»

Eine Fackel flackerte auf und verlosch. Ein Knabe steckte eine neue auf. Und als hätte der Großteil unserer Unterhaltung gar nicht stattgefunden, sagte Rose: «Würden Sie ihr also bitte ausrichten, daß ich hier bin?»

Ich seufzte. «Wenn ich sie erwische. Du solltest aber lieber woanders warten. Da unten vielleicht. Sieht wie eine Laube aus.»

Als ich mit ihr die Stufen zum dunklen Garten hinunter stieg, blieb sie unvermittelt, wie ein scheuendes Pferd, stehen.

«Was war das?»

«Wo?»

«In den Sträuchern.»

Sie deutete in eine Richtung, und ich sah gerade noch, wie sich eine Gestalt mit Gesichtsmaske aus dem Gebüsch schälte und in den Lichtkreis einer Fackel trat. Dort hielt sie kurz inne, schaute sich um und hastete, als sie uns sah und sich selbst entdeckt wußte, die Stufen hinauf und davon.

«Was zum Kuckuck war das?»

«Nur ein Satyr. Davon gibt es hier eine ganze Menge.»

Aber nicht viele mit unförmigen Hosen und bauschigem Kasack und schon gar nicht derart schwerfällige.

«Ein wirklich sehr sonderbares Fest», meinte Rose.

Nachdem ich sie in die Gartenlaube gebracht hatte, kehrte ich über die Terrasse zu diesem wirklich sehr sonderbaren Fest zurück.

XIII

Ich fand die Estrade verwaist vor; Maries Bewunderer drängten sich inzwischen in einem innenliegenden Raum, einem mit Säulen bestückten Salon mit Reihen vergoldeter Stühle vor einer Bühne, über die ein goldener Vorhang herabgelassen war. Jules kam auf mich zu, nahm meinen Arm.

«Ich habe ganz vorn zwei Plätze für uns reserviert.»

«Wo ist Bobbie Fieldfare?»

«Zieht sich vermutlich um.»

«Zieht sich um?»

«Sie spielt doch mit.»

Ich dachte an die arme Rose, die da draußen in der Dunkelheit wartete. Da ich aber Bobbie nicht gut aus den Kulissen hervorzerren konnte, blieb mir nichts übrig als zu warten.

«Wann fängt die Vorstellung an?»

«Gleich.»

Hinter dem Vorhang vernahm man das Herumrücken von Requisiten. Die Zuschauer unterhielten sich weiterhin angeregt, der Champagner kreiste.

«Was hat Marie mit Bobbie vor?» fragte ich.

«Ich dachte, das könnten Sie mir beantworten. Außerdem: Geht es nicht eher darum, was Miss Fieldfare mit Marie vorhat?»

«Um diese Frage zu klären, haben Sie mich wohl mitgenommen?»

«Mir ist der Gedanke gekommen, daß sie es darauf angelegt haben könnte, Marie für Ihre Bewegung zu gewinnen. Dürfte eine Goldgrube für Sie sein, wenn sich in ganz Europa *les grandes horizontales* von ihrem Lager erheben und auf Stimmenfang gehen.»

Ehe ich darauf antworten konnte, verstummten die Zuschauer, und ein ernster, stattlicher Mann trat vor den Vorhang. Maries amerikanischer Impresario.

«Meine Damen und Herren, es ist uns eine Ehre, Ihnen Marie de la Tourelle in verschiedenen klassischen Rollen präsentieren zu dürfen.»

Das wiederholte er auf französisch; vereinzelt wurde applaudiert, und eine Gruppe Musikanten mit Flöten und spanischen Gitarren spielte auf. Der Vorhang hob sich, und da war Marie, in silbern glitzerndem Gewand, mit einem Gesichtsausdruck, der auf eine beginnende Migräne schließen ließ. Einer der Turbanknaben rannte herbei, hockte sich neben die Bühne, bewaffnet mit einer Tafel, auf der hilfreicherweise ‹Antigone› stand.

Wer jemals ein Wochenende auf dem Land mit Scharaden-Einlagen hat über sich ergehen lassen, wäre für die nächste Stunde mit allzu Vertrautem bedient worden, nur daß er, wie sonst bei Scharaden üblich, nicht lachen durfte. Über Maries klassische Szenen senkte sich ungeachtet der Kostümierung und des reichlich konsumierten Champagners eine Stille, die deutlich machte, daß es sich hier um hehre Kunst handelte. Jedenfalls neigen die Franzosen dazu, das Pantomimenspiel überaus ernst zu nehmen. Nachdem Antigone in stummem Wehklagen über den Leichen ihrer Brüder verharrt hatte und genauso stumm Kreon – dargestellt von einem importierten Berufsschauspieler – zur Rede gestellt hatte, entschwand sie in dramatischer Verzweiflung – die silbern bestäubten Lider über riesige schwarze Augen niederschlagend, Handrücken an die Schläfe gepreßt, Handfläche nach außen gekehrt (die gleiche Pose, von der sie mir eine Kostprobe gegeben hatte, als sie den Tod von Topaz betrauerte) –, um sich hinter der Bühne zu erhängen. Der Vorhang senkte sich, damit weiteres Mobiliar arrangiert werden konnte. Attische Sklaven schenkten die Gläser wieder voll, die Unterhaltung kam erneut in Gang.

«Wie gefällt es Ihnen?» fragte Jules.

«Sofern es den Zuschauern an klassischer Bildung mangelt und sie nicht merken, wie lächerlich so eine Szene wirkt, hat sie durchaus Chancen, nicht gelyncht zu werden.»

«Meine Liebe, das wird ihr ein weiteres Vermögen einbringen.»

«Das glaube ich kaum.»

«In Paris wird man sie sich schon allein deswegen ansehen, weil sie Marie ist. Selbst wenn sie nichts weiter täte als über die Bühne zu stolzieren. Und was in Paris ein Erfolg war, wird dann in St. Petersburg automatisch stürmisch gefeiert. In New York und Chicago wird man in Scharen herbeiströmen, um die skandalumwitterte Französin zu sehen, die dem russischen Zaren den Kopf verdreht hat ...»

«Ob das nun zutrifft oder nicht?»

«Nicht anzunehmen, daß der Zar das abstreiten wird. Und sollte sie nach London gehen, braucht sie nur das Gerücht auszustreuen, ihr Auftritt würde aller Voraussicht nach von Lord Chamberlain unterbunden werden – und der Erfolg wäre ihr von vornherein sicher.»

Die nächste Szene war die Ermordung von Julius Cäsar, die, wie man meinen konnte, in dieser Interpretation von Brutus' Gemahlin Portia ausgeheckt und angezettelt worden war. Die Portia wurde von Marie gespielt, in einem schneeweißen Seidengewand, das ihre Brüste umschmiegte und dessen Rockteil je nach Bewegung aufsprang und einen kurzen Blick auf lange weiße Schenkel und mit goldenen Sandalenriemen umschnürte Waden freigab. Das Publikum stöhnte verhalten, für mich ein Grund, meine Zweifel hinsichtlich Maries geschäftlichen Erfolgs zu revidieren. Der Berufsschauspieler in der Rolle des Cäsar wurde pflichtschuldigst gemeuchelt, nachdem er mit stoischer Ruhe abgewartet hatte, bis Portia dolchschwingend in einer Abfolge von Posen ihre nackten Arme vorteilhaft zur Geltung gebracht hatte. Eine Gruppe untergeordneter Mörder, die sich im Hintergrund herumgetrieben hatte, stürzte herbei, um ein bißchen mitzumischen.

«Großer Gott.»

Vorwurfsvolle Blicke von mehreren Zuschauern, aber ich konnte mich nicht länger beherrschen. Der Anblick von Bobbie Fieldfare in Toga und Lorbeerkranz als einer der Mörder war zuviel. Die Szene endete, und Jules lachte, als er mein Gesicht sah.

«Ihre junge Freundin scheint für diese Art Tätigkeit prädestiniert zu sein. Sehr überzeugend, wie sie ihn umgebracht hat.»

«Sie macht sich nur lächerlich. Ich wünschte, ich könnte sie überreden, mit mir zu verschwinden.»

«Warten Sie den Auftritt von Kleopatra ab.»

Die nächste Szene drehte sich augenscheinlich erst einmal um Roxane und Alexander den Großen, wobei entscheidend war, daß sich Marie barfüßig und mit Pluderhosen samt juwelenbesetztem Bolero zeigen konnte. Um recht viel mehr mitzubekommen, war ich zu nervös – und um so erleichterter, als Jules mir in der sich anschließenden längeren Pause zuraunte, jetzt folge Kleopatra und damit das Finale.

Begeisterter Applaus, angeheizt von Bewunderung und Champagner, empfing Marie. Vor einem Hintergrund aus Pyramiden und Palmen trieb sie, auf eine goldene Barke gebettet, auf dem Nil, ihr zur Seite zwei mit Fächern aus Pfauenfedern herumwedelnde kleine Inder sowie ein weißer Windhund mit einem Halsband aus Smaragden und Rubinen. Was Marie trug, war hauptsächlich kostbarer Schmuck, auf einem Hauch von Gewand. Wenn es Leute gab, die dafür bezahlten, Marie de la Tourelle auf der Bühne zu erleben, dann kamen sie hier auf ihre Kosten. Der Schauspieler, der den Kreon und Cäsar und auch den Alexander dargestellt hatte, verkörperte diesmal den Mark Anton und stach nach längerem Lebewohl-Mimen in See. Marie erging sich abermals in ihrer Gestik der Verzweiflung, vermutlich wegen der sinnlosen Zeitverschwendung, und dann erschien, in gestreiftem Kaftan und rotem Fez, Bobbie Fieldfare, mit einem Korb, in dem sich eine Schlange befand.

Trotz meiner bruchstückhaften Kenntnisse der ägyptischen Geschichte bin ich mir so gut wie sicher, daß Kleopatra nicht Selbstmord beging, indem sie sich einer skelettierten kleinen Python bediente. Aber selbst in Biarritz dürfte es schwierig sein, eine Natter aufzutreiben, und die Zuschauer waren weit davon entfernt, sich an diesem kleinen Schönheitsfehler zu stören. Sie hielten vielmehr den Atem an, als Marie die Schlange aus dem Korb holte und sie sich, ohne den Griff am Kopfende des Reptils zu lockern, um den Hals drapierte. Selbst Jules schluckte hörbar, aber nicht wegen der Schlange.

«Dieser Opal an ihrem Handgelenk!»

Entweder war er wirklich überrascht oder der beste Schauspieler, den ich je erlebt hatte.

«An welchem Handgelenk?»

Sie war über und über mit Geschmeide beladen, eines so hinreißend wie das andere.

«An dem am Kopf der Schlange.»

«Was ist damit?»

«Sag ich Ihnen nachher.»

Wie gebannt saß er auf der Kante seines Stuhls. Gebannt von Maries Darbietung, hätte ein Beobachter gedacht. Jetzt sah auch ich das Schmuckstück, das er meinte – einen Feueropal in einer ziemlich aufwendigen Fassung –, verstand aber noch immer nicht, was daran so besonders war. Geradezu hypnotisiert verfolgte das Publikum, wie sich Marie den Kopf der Python an die Brust drückte, zusammenzuckte, sich aufbäumte, den Kopf zurückwarf und anmutig auf ihr Sofa sank. Der Vorhang schloß sich, die Zuschauer applaudierten wie wild, brachen in Hochrufe aus.

«Haben Sie ihn bemerkt?» wandte sich Jules an mich.

«Gewiß, nur ...»

«Ich habe ihn vor zehn Tagen schon einmal gesehen. Sie wissen, wo.»

Marie, *sans* Python, verbeugte sich. Ovationen brandeten auf, Kußhände flogen in Richtung Bühne.

«Es ist derselbe, den mir Topaz gezeigt hat.»

Verständnislos starrte ich ihn an.

«Unmöglich. Er mag vielleicht ähnlich ausgesehen haben.»

«Das glaube ich nicht. Ich habe ihn mir damals ganz genau betrachtet, weil Topaz nicht verraten wollte, von wem er stammte.»

Hatte mir nicht auch Tansy etwas von einem Anhänger erzählt, den Topaz mit der Post erhalten hatte?

«Ist er sehr wertvoll?»

«Nein, das ist ja das Merkwürdige daran. Nach den Maßstäben von Topaz oder auch Marie kaum mehr als ein Kinkerlitzchen, noch dazu in einer altmodischen Fassung.»

«Vielleicht hat Topaz ihn an Marie weiterverschenkt.»

«Topaz hätte Marie nicht einmal die Spitze eines Fingernagels geschenkt. Und Marie hätte niemals ein Geschenk von Topaz angenommen.»

Allmählich fand man sich wieder zu zwanglosen kleinen Gruppen zusammen, und das Fest nahm seinen weiteren Verlauf.

Marie hatte die Bühne verlassen und war in den Salon gekommen, wo man sie mit Gratulationen überschüttete. Aus dem Menschenknäuel stach Bobbies roter Fez heraus.

Jules schien förmlich darauf zu lauern, was nun passieren würde. Wenn ich daran dachte, wie sehr er sich darauf versteift hatte, ich müsse unbedingt mitkommen, rechtfertigte das meine Skepsis, inwieweit ich ihm trauen konnte.

«Warum sollte denn Marie ...?»

Warum sollte denn Marie, die teuren Schmuck in Überfluß besaß, ihrer Rivalin ein derartiges Kinkerlitzchen abluchsen?

Jules verstand sich aufs Gedankenlesen. «Wenn es von großer Bedeutung ist, wer ihn geschickt hat.»

«Ich würde das gute Stück gern mal aus der Nähe begutachten.»

Ich wußte nicht, was für ein Spiel Jules spielte, aber wenn ich mir genau einprägte, wie das Schmuckstück aussah, konnte ich Tansy fragen, ob es dasselbe war, von dem sie mir berichtet hatte. Gefolgt von Jules, arbeitete ich mich Schritt für Schritt zu Marie vor.

«Wir haben uns vor einigen Tagen unter weniger glücklichen Umständen kennengelernt. Darf ich zum Ausdruck bringen, daß Ihre Darbietung heute abend das Ungewöhnlichste war, dem ich jemals beiwohnen durfte.»

Ich sprach französisch, weil mir Heuchelei in einer Fremdsprache leichter über die Lippen kommt und weil ich den kalten Blick von Bobbie, die hinter Marie stand, spürte. Marie streckte mir huldvoll die Hand entgegen, neigte den Kopf, dankte. Schicklicherweise hätte ich jetzt meinen Platz für den nächsten räumen müssen, entschied mich aber, für meine schlechten Manieren englische Exzentrik geltend zu machen. Ich hielt Maries Hand etwas länger fest als nötig und tat so, als sähe ich den Opal zum erstenmal.

«Was für ein seltsamer und schöner Stein. Wie geschaffen für Kleopatra.»

Dies war schier unverzeihlich, entsprach eine derartige Bemerkung doch eher dem Verhalten eines Schleimers denn eines Gastes. Maries sah sich suchend um, wie um zu erkunden, wer mich wohl mitgebracht hatte, um sich letzten Endes mit einem amüsierten Lächeln zu begnügen.

«Er gefällt Ihnen? Ist nur eine Kleinigkeit.»

Sie streifte die Kette von ihrem Handgelenk und ließ den Anhänger in meine Hand gleiten.

«Sehen Sie selbst.»

Jemand kicherte. Bobbies Augen waren kalt, aber ich ließ es mir nicht nehmen, das Schmuckstück von allen Seiten zu betrachten und mir jede Einzelheit einzuprägen. Als ich es Marie zurückgab, schüttelte sie lächelnd den Kopf.

«Nein. Behalten Sie es zur Erinnerung an diesen Abend.»

Lautes Gelächter ob dieser großmütigen Geste. Schon morgen würde die ganze Stadt wissen, daß Marie einer verschrobenen Engländerin zur Erinnerung ein Schmuckstück im Wert von einigen hundert Pfund geschenkt hatte. Ich war drauf und dran abzulehnen, fand dann aber meine Skrupel alles andere als berechtigt und bedankte mich. Wie um Bobbie an dem Spaß teilhaben zu lassen, schaute sich Marie kurz nach ihr um. Bobbie jedoch wirkte alles andere als begeistert. Du meine Güte, sah sie etwa in mir eine Rivalin um Maries Gunst? Ich trat den Rückzug an, gesellte mich wieder zu Jules.

Wir gingen in die Halle zurück, in der nur noch müde Kellner und leere Flaschen herumstanden.

«Wenn es wirklich der Anhänger von Topaz ist, wie kommt dann Marie in seinen Besitz?»

«Der Detektiv bin nicht ich, Miss Bray.»

«Trotzdem haben Sie mich darauf aufmerksam gemacht.»

«Ich war überrascht.»

«Einfach unvorstellbar ...»

« ... daß Marie wegen dieses Schmuckstücks Topaz vergiftet haben könnte?»

«Ja. Zumal sie weiß, daß zwischen Topaz und mir eine Verbindung besteht. Sie hat mich in ihrer Wohnung gesehen und bei der Beerdigung. Entweder steckt nichts dahinter oder ...»

«Oder was?»

«Oder Marie ist eine außergewöhnlich kalte und berechnende Frau.»

Ich dachte an den überaus geschickten Griff hinter den Kopf der Python.

«Das ist sie zweifellos», sagte Jules.

Vor dem Portal, an einem Pfeiler hinter einem Kübel mit Lilien, lümmelte der ausgebeulte Satyr. Als er uns sah, richtete er sich auf, tat aber so, als beachtete er uns nicht.

«Ob der es auf uns abgesehen hat?» tuschelte ich Jules zu.

Jules bemerkte ihn offenbar zum erstenmal.

«Nicht doch. Halten Sie ihn etwa für das Maskottchen von jemandem?»

«Spürhund träfe eher zu.»

«Sie haben doch etwas für Tiere übrig, ja? Warum freunden Sie sich nicht mit ihm an, und ich hole inzwischen den Einspänner?»

In diesem Augenblick fiel mir wieder ein, daß Rose vermutlich noch immer in der Laube ausharrte.

«Mr. Estevan, so leid es mir tut, aber ich muß mich vorher noch um jemanden kümmern. Wenn Sie so nett wären und sich etwa zehn Minuten geduldeten? Da ist jemand, der, wie ich meine, gern mitfahren würde.»

«Selbstverständlich, Miss Bray.»

«Sollte ich in zehn Minuten nicht zurück sein, dann fahren Sie bitte ohne mich. Ich komme schon allein nach Hause.»

Ich hatte vor, Rose zu überreden, nicht länger auf Bobbie zu warten und uns zu begleiten, mußte aber damit rechnen, daß sie stur blieb.

«Und wenn Sie für die Dauer meiner Abwesenheit diesen Satyr ablenken könnten, wäre ich Ihnen äußerst dankbar.»

«Wie kompliziert Ihr Leben doch ist! Ich werde mich also bemühen, diese Kreatur in ein Gespräch zu verwickeln, das heißt, wenn sie der Sprache mächtig ist.»

«Es dürfte sich herausstellen, daß sie Englisch spricht.»

Ich eilte über die Terrasse und die Stufen hinunter in den Garten. In der mondlosen Nacht brauchte ich eine Weile, um die Gartenlaube wiederzufinden.

«Rose?»

Ein Geräusch, dann trat eine dunkle Gestalt aus der Laube. Als ich Rose am Arm berührte, spürte ich die Anspannung in ihrem Körper. Kälte oder Angst.

«Was ist los? Wo bleibt Bobbie?»

«Sie ist da drin und ziemlich beschäftigt. Warum fährst du nicht mit mir in die Stadt? Das mit Bobbie kann doch bis morgen warten.»

«Nein, es muß noch heute sein.»

«Kann ich ihr etwas ausrichten?»

Die Freundschaft zwischen Marie und Bobbie, ganz abgesehen von der Sache mit dem Anhänger, ließ es geboten erscheinen, Rose unter allen Umständen von den beiden fernzuhalten.

«Nein.»

Die Verweigerung war eindeutig ruppig.

«Rose, was immer ihr vorhabt – tut es nicht hier. Der Mann im Gebüsch, der mit dieser komischen Maskerade ... ich habe Grund zu der Annahme, daß er ein Geheimpolizist ist.»

Sie schrak hoch. «Wo ist er?»

«Vor wenigen Minuten hielt er sich am Eingang auf. Du gelangst nicht ins Haus, ohne an ihm vorbei zu müssen, und sie kann nicht rauskommen.»

Sie stand so dicht vor mir, daß ich spüren konnte, wie erregt und mißtrauisch sie war.

«Es muß doch eine Hintertür geben.»

«Und überall Personal.» Wieder faßte ich sie am Arm, um sie behutsam zur Terrasse zu dirigieren. «Jules bringt uns in die Stadt zurück. Und gleich morgen früh suchen wir Bobbie auf.»

«Nein!»

Sie riß sich los und rannte im Dunkeln auf die Längsseite des Hauses zu. Ich wollte hinterher, als ich ein Poltern hörte und das Knacken von Zweigen, gefolgt von schwereren Schritten, die sich in die Richtung entfernten, die Rose eingeschlagen hatte. Das dumme Gänschen hatte es geschafft, den ausgebeulten Satyr auf sich zu lenken. Ich reagierte rein instinktiv. Wenn eine Mitstreiterin von einem Polizisten in welcher Aufmachung und aus welchem Grund auch immer verfolgt wird, tut man eben alles, um ihn davon abzuhalten.

«Hier!» schrie ich und lief so lärmend ich konnte im rechten Winkel zu Rose davon, weg vom Haus und auf die Klippen zu. Meine Schritte auf dem Kiesweg waren nicht zu überhören, und ich bekam mit, daß der Satyr prompt innehielt, wohl um zu überlegen, welcher von uns beiden er auf den Fersen bleiben sollte. Ich schrie nochmals, um mich bemerkbar zu machen, und jetzt knirschten seine Schritte hinter mir. Da die Verfolgungsjagd so lange dauern mußte, bis Rose dort war, wo sie hinwollte, schlug ich einen Haken, schlängelte mich an den Blumenbeeten vorbei, stürzte zwischendurch in eine Duftwolke von Lavendelbüschen, raffte mich wieder auf und rannte weiter. Möglicherweise übertrieb ich es mit meinen Haken und Richtungsänderungen, denn der Verfolger kam zwar langsamer, aber auf kürzerem Weg quer über die Blumenbeete näher. Als ich seinen keuchenden Atem und die schweren Schritte hörte, wußte ich, daß es brenzlig wurde.

Wenn Nymphen von Satyrn gescheucht werden, retten sie sich, indem sie sich in Bäume verwandeln. Ich tat das nächstbeste und erklomm einen ausladenden Magnolienbaum, der in voller Blüte stand, kurz bevor mein Verfolger in meine Nähe kam. Eine rustikale Bank, die den Baum umgab, bot sich als Trittbrett an, um das Geäst zu erreichen, und dort hockte ich nun, von den Blüten verborgen, während das verdutzte Untier in den Blumenbeeten herumschnüffelte, schwer atmend und murrend und, wie ich annahm, lustlos. Nach einer Weile trottete es davon, während ich, zumal ich es auf meinem Ast ganz gemütlich fand, beschloß, noch etwa eine halbe Stunde abzuwarten und dann irgendwie zu versuchen, in die Stadt zurückzukommen, um Tansy den Opalanhänger zu präsentieren, den ich mir bei meiner Magnolienbaumbesteigung der Einfachheit halber um den Hals gehängt hatte. Damit mir die Zeit nicht zu lang wurde, entwarf ich in Gedanken den Brief, den an Mrs. Pankhurst abzusenden ich niemals übers Herz bringen würde:

Liebe Emmeline,

eingedenk Deiner Weisungen, Aufsehen tunlichst zu vermeiden, sollte ich erwähnen, daß ich soeben von einem Satyr durch einen Garten gejagt wurde, der einer wohlhabenden Kurtisa-

ne gehört, die sich allem Anschein nach zu einer der jüngeren Verfechterinnen unserer Sache hingezogen fühlt. Im Hinblick auf den reibungslosen Transfer des Legats von Topaz Brown konnte ich bisher nichts erreichen; dafür habe ich mir einen Anhänger mit einem großem Opal zugelegt, eine Garnitur Unterwäsche mit Spitzen und Bändchen sowie eine Riesenportion Fisch, die ich allerdings weitergegeben habe. Heute nachmittag war ich im Zirkus. Jetzt ist Mitternacht, und ich sitze in einem Magnolienbaum. In der Hoffnung, dies erreicht Dich, wie es mich verläßt, bin ich

Deine

Nell Bray

XIV

Eine knappe halbe Stunde war verstrichen, und ich auf meinem Baum fing bereits an zu frieren, als ich Schritte auf dem Kies hörte. Für die des Satyrs deuchten sie mir nicht schwer genug; gut möglich also, daß es Rose war, die mich suchte. Ich wollte mich schon bemerkbar machen, aber ein Lichtstrahl und eine mir vertraute Stimme, die leise und eindringlich auf jemanden einsprach, hielten mich davon ab.

«Wird man sich nicht fragen, wo du steckst?»

Die Antwort konnte ich nicht verstehen. Sie gehörte einer zweiten Frau, die ebenfalls nicht Rose war. Das Licht näherte sich, und ich sah, daß es von einer der Fackeln auf der Terrasse stammte, das jetzt, obwohl fast heruntergebrannt, Bobbies Gesicht sowie das ihrer Begleiterin beleuchtete: Marie, in einem schwarzen Zobel-Cape, das im Schein der Fackel glänzte und dessen hochgestellter ausladender Kragen ihr blasses Gesicht einrahmte. Auch Bobbie hatte sich in ein schwarzes, wenn auch nicht Pelz, Cape gehüllt und Gott sei Dank diesen albernen Fez abgenommen. Gemächlich kamen sie näher.

«Ja, eine Magnolie. Mit einer Bank drum herum. Warum setzen wir uns nicht?»

Sie nahmen direkt unter mir Platz. Bobbie bohrte die Fackel in die Erde. Hätte sie sie zu den Ästen hochgehalten, wäre ich unweigerlich entdeckt worden und hätte meine liebe Not gehabt, meinen luftigen Aufenthalt zu rechtfertigen. Zum Glück kam es nicht dazu.

«Du bist also fest entschlossen?» Maries Stimme.

«Unbedingt. Du auch?»

«Ich habe dir mein Wort gegeben.»

«Im Ernst? Nicht gespielt? Keine Schau?»

«Glaubst du, ich bin immer nur auf Schau aus?»
«Meiner Meinung nach handelst du viel zu impulsiv.» Das, ausgerechnet, aus Bobbies Mund.
«Warum nicht? Wenn der Impuls richtig ist?»
«Ist er.»
«Also dann.»
Schweigen. Die Fackel glühte nur noch, so daß nicht mehr als die Umrisse der beiden zu erkennen war. Reichlich verkrampft hockte ich auf meinem Ast, wagte aber nicht, auch nur einen Muskel zu bewegen. Dann wieder Bobbies Stimme:
«Es hängt unwahrscheinlich viel davon ab, daß du im letzten Augenblick keinen Rückzieher machst. Daß ich dich eingeweiht habe, bedeutet für mich ein großes Risiko.»
«Denkst du etwa, du hättest das ohne mein Wissen durchführen können?»
«Ohne vorherige Absprache? Gewiß. Aber so ist es einfacher.»
«Und besser?»
«Das hoffe ich.»
Ich war nahe daran, meinem Ärger und meiner Enttäuschung Luft zu machen. Ich hatte damit gerechnet, daß das plötzliche Interesse an Marie Bobbie davon abhalten würde, Mordpläne zu schmieden. Das Gegenteil schien der Fall zu sein, und zu allem Übel hatte Bobbie Marie eingeweiht, obwohl sie bestimmt ahnte, welch zweifelhafte Verbündete Marie abgab.
«Keine leichte Aufgabe für dich», meinte Marie.
«Ich habe zu Hause geübt.»
Mußte sie wohl, nach dem, was sie Rose im Zusammenhang mit der Pistole anvertraut hatte.
«Man braucht Erfahrung.»
«Nicht unbedingt, wenn man die richtige Position wählt und über eine ruhige Hand verfügt. Einen Fachmann hätte ich wohl schlecht anheuern können.»
«Stimmt.»

«Wir müssen vorher die Entfernung genau festlegen. Und dann hängt es von dir ab, daß er im entscheidenden Augenblick stillhält.»

«Es gibt Momente, in denen ein Mann stillhält», sagte Marie.

Wieder trat Stille ein. Bis Marie trotz ihres Zobels erklärte, ihr sei kalt.

«Möchtest du ins Haus zurück?»

«Ja. Die meisten werden sowieso inzwischen gegangen sein.»

«Ich muß auch bald los.»

Sie standen auf. Bobbie griff nach dem Stumpf der Fackel, die die beiden sich entfernenden Gestalten mit einem rötlichen Schimmer umgab.

«Warum mußtest du Nell Bray unbedingt diesen Anhänger schenken?» hörte ich Bobbie noch fragen.

«Eine plötzliche Laune. Stört dich das?»

«Mir wär's lieber, du hättest es nicht getan. Aber es ist nun mal geschehen.»

«Sie ist eine wichtige Frau in eurer Organisation, hab' ich recht? Weiß sie eigentlich, was du vorhast?»

«Sie ist dagegen.»

Sie waren bereits zu weit weg, als daß ich hätte hören können, ob Marie etwas darauf antwortete. Ich mußte mich beherrschen, nicht vom Baum zu springen und ihnen hinterherzulaufen, um zu versuchen, sie zur Vernunft zu bringen. Es wäre vergebliche Liebesmüh gewesen. Wie und wann hatte es Bobbie bloß geschafft, Marie für unsere Sache zu gewinnen? Sah Marie hier vielleicht nur ein weiteres Podium für ihre Schauspielerei, für einen heldenhaften Mord, auf den nichts Schlimmeres folgte, als daß sich der Vorhang senkte und Stürme der Begeisterung aufbrandeten? Wahrscheinlich würde sie Poiret beauftragen, für sie ein Kleid zu entwerfen, das sie auf dem Weg zur Guillotine zu tragen gedachte. Ich räumte ihnen einen Vorsprung von einer Viertelstunde ein, ehe ich meinen Baum verließ und mich zunächst einmal nach Rose umsah. Auf der Klippe nach ihr zu suchen, hielt ich für unsinnig; also suchte ich die Kieswege zwischen dem Magnolienbaum und der Terrasse ab. Kein Zeichen von ihr oder sonst jemandem; wahrscheinlich hatte sie ihr Vorhaben, Bobbie aufzustöbern, aufgegeben und sich auf den Rückweg nach Biarritz gemacht. Höchste Zeit für mich, das gleiche zu tun. Da sämtliche Automobile und Kutschen längst abgefahren waren, blieb mir nichts übrig als zu Fuß zu gehen.

Der Weg über die einsame Straße, begleitet nur vom Rauschen des Meeres, kam mir unendlich friedlich vor. Wie geschaffen dafür, meine Gedanken zu ordnen. Nur mußte ich feststellen, daß das schlichtweg unmöglich war. Jules zufolge hatten alle, auf die es in Biarritz ankam, innerhalb kürzester Zeit von Topaz' Testament Wind bekommen. Bobbie mit ihren weitreichenden Beziehungen selbstredend auch. Rose, als Tansys Schwester, war ebenfalls bestens geeignet, Einzelheiten über Topaz' Privatleben in Erfahrung zu bringen. Allerdings schien sich Bobbie, seit Topaz tot war, von Rose distanziert zu haben, und Rose war vor Angst halb von Sinnen. All das verschmolz zu einem Bild, das erkennbar zu machen mein Verstand sich vehement sträubte.

Als meine Hand unwillkürlich zu dem Anhänger an meinem Hals griff, brachte mich das zu einer weiteren Überlegung. Wie konnte ein derart unbedeutendes Schmuckstück zunächst bei Topaz landen und dann am Handgelenk ihrer größten Rivalin auftauchen? Ausgeschlossen, daß jemand Topaz umgebracht hatte, nur um sich in den Besitz dieses Anhängers zu bringen. Was erneut die Frage nach dem Absender aufwarf. Ich dachte an Marie, die ich eben noch pelzbehängt unter der Magnolie hatte sitzen sehen und die sich so gelassen über den Tod eines Mannes unterhalten hatte, als handelte es sich um eine Bühneninszenierung. Dann kam mir wieder Topaz' Einladung zu Fisch und Wein in Erinnerung und der Einkauf der billigen Unterwäsche. Daß Bobbie oder Marie irgendwie ihre Hand dabei im Spiel gehabt haben könnten, war undenkbar. Vielleicht eher eine Anspielung auf Topaz' Anfängerjahre, auf ihre Tingeltangel-Vergangenheit, auf Sidney Greenbow und seine Pferde? Oder auf Jules Estevan, ihren Verbündeten, wenn es darum ging, jemandem einen Streich zu spielen? Jules war erpicht darauf gewesen, mich zu Maries Soiree mitzunehmen, und ich wußte noch immer nicht, warum.

Gegen zwei Uhr morgens war ich wieder in der Stadt, die sich als menschenleere Kulisse präsentierte, zu früh für den frühesten Arbeiter, zu spät für den ausgekochtesten Nachtbummler. Nur hie und da in einem am Meer gelegenen Hotel ein erleuchtetes Fenster. Unwillkürlich regt ein helles Viereck, das sich von einem ansonsten dunklen Gebäude abhebt, die Phantasie an. Ich stellte mir über ihre Karten gebeugte Spieler vor, Verliebte, die keinen Schlaf fanden und statt dessen Briefe schrieben, Krankenschwestern am Bett ihrer Patienten. Hinter einem der Fenster wachte höchstwahrscheinlich eine vom Bridge-Spiel erschöpfte Mrs. Chester über den Schlaf ihrer Tochter.

In drei Stunden würde bereits der neue Tag anbrechen. Ich war körperlich müde, aber meine Gedanken ließen mich nicht zur Ruhe kommen. Also ging ich weiter, bis ich, an der Straßenlampe an der Ecke vorbei, in die Nebenstraße von Topaz' Hotel, vor ihren im Dunkel liegenden privaten Eingang gelangte. Niemand, der mich beobachten konnte; selbst Demi lag um diese Zeit zusammengerollt auf den Stufen zum Heizungsraum, ein halbes Ohr offen, um die Gemüsekarren, die vom Land her in die Stadt rumpelten, nicht zu verpassen. Ich schlenderte zum Haupteingang des Hotels zurück, schaute aus purer Gewohnheit hinauf zu Topaz' Turm. Zu meiner Überraschung drang dort, wo sich meiner Einschätzung nach der Salon befand, Licht durch die Vorhänge. Und erst jetzt fiel mir wieder ein, daß Tansy in meinem Hotel vorgesprochen hatte. Wenn sie noch auf war, warum dann nicht hinaufgehen und ihr Gelegenheit geben, ihren Unmut an mir auszulassen? Die Hoteltüren waren verschlossen, aber kaum daß ich geklingelt hatte, erschien der Nachtportier. Es bedurfte einiger Überredung sowie eines ansehnlichen Trinkgelds, um ihn zu überzeugen, daß meine Freundin Tansy geradezu entzückt wäre, mich um diese frühe Morgenstunde zu empfangen. Als ich auf den Fahrstuhl zuging, spürte ich, wie seine Blicke meinen Rücken durchbohrten. Ich drehte mich um.

«Um welche Uhrzeit sperren Sie nachts zu?»

«Um eins, gnädige Frau, bis sechs Uhr morgens.»

Wenn alle Nachtportiers so wachsam waren wie dieser, konnte eigentlich niemand zwischen ein Uhr nachts und sechs Uhr morgens unbemerkt durch das Hotelfoyer zu Topaz hinauf gegangen oder von ihr heruntergekommen sein.

Ich fuhr nach oben und betrat den mit Teppich ausgelegten schummrigen Flur, der zu Topaz' Suite führte. Möglicherweise würde ich Rose hier antreffen, die sich aus Kummer über Bobbies Verhalten und aus Angst vor dem Satyr aus alter Gewohnheit zu ihrer Schwester geflüchtet hatte; möglicherweise war das auch der Grund, weshalb noch Licht brannte. Ich klopfte verhalten an die Tür.

«Wer ist da?» Tansys Stimme, scharf und aggressiv.

«Nell Bray. Darf ich eintreten?»

«Warten Sie.»

Ich hörte, wie drinnen Möbel über den Teppich geschoben wurden. Endlich öffnete sich die Tür, nur einen Spalt breit, und Tansys Gesicht, bleich und übermüdet, tauchte auf.

«Tut mir leid, daß Sie warten mußten, aber es ging nicht anders, nicht nach dem, was hier los war.»

Sie war vollständig angekleidet, in ihrer schwarzen Uniform. Eine Kommode, die offenbar vor die Tür geschoben worden war, war nur so weit weggerückt worden, daß ich mich durch die Öffnung quetschen konnte. An der Wand lehnte, völlig fehl am Platze, ein zusammengerollter Sonnenschirm mit Elfenbeinknauf.

«Was macht der denn da, Tansy?»

«War die erstbeste Waffe, die ich finden konnte.»

«Waffe? Ist Rose bei Ihnen?»

Sie schüttelte den Kopf.

«Wofür brauchen Sie denn eine Waffe?»

«Nach dem, was heut nachmittag passiert ist. Ich bin gleich zu Ihnen in die Pension, aber Sie waren nicht da, und dieses französische Weib hat kein Wort verstanden. Ich wußte nicht mehr, was ich tun soll.»

Ich faßte sie behutsam am Arm und führte sie zu einem Stuhl.

«Tansy, jetzt atmen Sie erst einmal tief durch, und dann erzählen Sie, was los war.»

Die ineinander verschlungenen Hände in ihrem Schoß und ihr auf mich gerichteter starrer Blick verrieten eher Furcht denn Feindseligkeit.

«Was war denn nun heute nachmittag?»

«Jemand ist mit dem Lift hochgekommen.»

Ihre Stimme war ein krächzendes Flüstern, und ihre Augen versuchten mich dahingehend zu hypnotisieren, daß ich ihre Angst teilte. Warum nur? Wir befanden uns in einem Hotel, in dem ein ständiges Kommen und Gehen an der Tagesordnung war. Dann ging mir ein Licht auf.

«Sie meinen, mit dem privaten Lift?»

«Genau mit dem.» Tansy nickte ruckartig, befriedigt.

«Es gibt nur einen Zugang zu dem Lift, richtig?»

«Richtig. Die Seitentür. Und die war abgeschlossen.»

Ich wollte mich ihren Ängsten nicht kampflos ausliefern.

«Sind Sie sich dessen ganz sicher, Tansy? Vielleicht haben Sie vergessen abzuschließen.»

«Nein. Sie war zugesperrt, und damit Sie's gleich wissen: mein Schlüssel war die ganze Zeit über in meiner Tasche.»

«Wie kann dann jemand den Lift benutzt haben?»

«Der, der den Schlüssel hat, konnte es.»

«Und wer ist das?»

«Der, der ihn an sich genommen hat, nachdem er sie umgebracht hat.»

«Unsinn, Tansy. Selbst wenn jemand sie umgebracht und den Schlüssel an sich genommen hat – warum sollte er riskieren, nach mehr als einer Woche nochmals hier aufzukreuzen?»

«Wenn Sie das für Unsinn halten, dann verraten Sie mir mal, wer das im Lift war und wie er da reingekommen ist.»

Ein Anflug grimmigen Triumphes war nicht zu verkennen. Ich bat sie, mir genau zu schildern, was vorgefallen war.

«Es war kurz nach zwei. Ich hab' mich in diesem Zimmer aufgehalten, ihre Hüte eingepackt.»

«Allein?»

«Natürlich war ich allein. Ich stand ungefähr dort, wo Sie grade sitzen, als ich es hörte, dieses Knirschen, wenn der Lift hochfährt. Er hielt wie immer am Treppenabsatz, und jemand öffnete das Gitter.»

«Was taten Sie?»

«Ich hab einen Mordsschrecken gekriegt und war wie gelähmt. Dann dachte ich mir ... na ja, Sie wissen schon, auf was für verrückte Gedanken man kommen kann, wenn einer ...» Sie senkte den Blick.

«Sie dachten, Topaz Brown sei zurückgekommen?»

Sie nickte verschämt. «Dann überlegte ich – was genauso absurd ist –, nein, sie kann's ja nicht sein, sie hätt' mir doch vorher Bescheid gesagt. Und dann hab' ich noch mal scharf nachgedacht, und mir wurde klar, daß nicht sie es war, sondern jemand anders.»

«Jemand anders?»

«Der mit dem Schlüssel. Der sie umgebracht hat.»

Ohne Zweifel meinte sie einmal mehr Marie, hütete sich jedoch, einen Namen zu nennen und dadurch eine weitere Auseinandersetzung heraufzubeschwören. Ich fragte sie, was sie als nächstes getan habe.

«Ich wußte, daß ich diese Tür hier von innen abgesperrt hatte. Also stellte ich mich davor und sagte: ‹Wer ist da?› Ich konnte draußen jemand atmen hören, aber Antwort kam keine. Ich sagte nochmals, ziemlich ungnädig: ‹Wer ist da?› Darauf hörte ich Schritte auf dem Teppich draußen und dann fuhr der Lift wieder runter. Ich rannte ihm über die Treppe nach, aber bis ich unten war, war der Betreffende längst fort und die Tür wieder verschlossen. Ich schloß also mit meinem eigenen Schlüssel auf und sah auf die Straße hinaus, konnte aber keine Menschenseele entdecken.»

Ich stellte mir vor, wie Tansy mit ihren schätzungsweise fünfundvierzig Kilo die Treppe hinuntergestürmt war, bereit, es mit einem Mörder aufzunehmen. Sofern man ihrer Geschichte Glauben schenken durfte. Daß etwas vorgefallen war, daran zumindest gab es keinen Zweifel. Umsonst hätte sich Tansy nicht verbarrikadiert.

«Weil ich's Ihnen gleich erzählen wollt', bin ich in Ihre Pension und hab' gewartet, aber Sie kamen ja nicht.»

«Das tut mir leid. Haben Sie sonst noch jemanden informiert – die Polizei, die Hoteldirektion?»

Sie schüttelte den Kopf. «Was können die schon ausrichten?»

Eine Weile saß sie schweigend da und starrte ins Leere, um mich dann zu fragen, ob ich eine Tasse Tee wollte. Keine schlechte Idee, wenn sie sich mit etwas beschäftigen konnte, und was mich anbelangte, so hatten mich Champagner und Müdigkeit durstig gemacht. Während sie mit Kessel und Spirituskocher herumwerkelte, versuchte ich, diese neuesten Neuigkeiten in das bruchstückhafte Bild einzupassen. Vergeblich. Wenn sich unter den Sachen von Topaz etwas irgendwie Verräterisches befand – warum hatte dann der Mörder nicht schon vor einer Woche danach gesucht, sondern gewartet, bis die Polizei und sonstige Interessenten die Räume durchgekämmt hatten? Der Anhänger an meinem Hals machte alles nur noch komplizierter. Unwahrscheinlich, daß Bobbie einen Einbruch riskiert hatte, um das Tüpfelchen auf dem i für Maries Kleopatra-Kostüm beizusteuern.

Nach der ersten Tasse Tee angelte ich nach dem Opal unter meinem Kragen und zeigte ihn Tansy.

«Kommt Ihnen der bekannt vor?»

Mit offenem Mund starrte sie mich an, so als hätte ich sie geschlagen.

«Das ist er. Der Anhänger, der mit der Post kam. Ich hab Ihnen doch davon erzählt. Topaz hat ihn mir gezeigt, aber nicht verraten, von wem er stammt.»

Ich gab ihr den Anhänger. Zunächst zögerte sie, ihn zu berühren.

«Sind Sie sicher, daß es derselbe ist?»

«Aber ja doch. Dieser Flammenstreifen hier und dieser Kratzer dicht an der Fassung. Einfach nicht zu begreifen, warum sie deswegen derart aus dem Häuschen war. Die Steine auf dem Rücken ihrer Haarbürste sind besser.»

«Sie hat sich gefreut?»

«Genaugenommen war sie eher überrascht.»

«Freudig überrascht?»

«Ja doch.»

Tansy besah sich den Anhänger ganz genau, musterte mich dann scharf.

«Wieso ist der plötzlich bei Ihnen gelandet?»

«Das kann ich Ihnen nicht verraten, Tansy.»

Wenn ich ihr erzählt hätte, er habe Maries Handgelenk geschmückt, wäre Tansy auf der Stelle zu ihr hinübergelaufen und hätte sie mit bloßen Händen gewürgt.

«Wieso nicht? Warum verheimlichen Sie mir was?»

«Im Augenblick geht es nicht anders. Alles zu seiner Zeit.»

«Er gehört Ihnen nicht. Er bleibt hier, bei ihren Sachen.»

Fragte sich allerdings, ob er mir gehörte oder nicht.

«Er dient als Beweisstück, Tansy. Ich pass' gut darauf auf, Ehrenwort.»

«Beweisstück wofür?»

«Ich bin mir noch nicht sicher.»

Ich griff vorsichtig nach ihm. Sie ließ es geschehen, und gleichzeitig verzog sich ihr Gesicht, und sie fing an zu weinen.

«Die hübschen Sachen. All ihre hübschen Sachen nimmt man weg, und ich kann's nicht verhindern.»

Ich kauerte mich neben sie, legte ihr den Arm um die steifen Schultern. Allein auf sich gestellte, hilflose Tansy. Und irgendwo trieb sich Rose herum, ebenfalls allein gelassen und hilflos, wenn nicht schlimmer. Niemals hatten die beiden Schwestern einander dringender bedurft – und scheuten sich doch, einander zu begegnen. Ich redete Tansy gut zu, nicht den Kopf hängen zu lassen, Rose würde vielleicht ihren Beistand benötigen. Sie schüttelte den Kopf.

«Die hat ihre eigenen Freunde. Sie braucht mich nicht mehr.»

«Es könnte sich erweisen, daß diese Freunde nicht der richtige Umgang für sie sind.»

«Daß sie das nicht sind, weiß ich längst. Und Sie, Sie haben sie da reingezogen.»

«Tansy, wir werden uns doch deswegen nicht streiten. Versprechen Sie mir nur, daß Sie Rose, wenn sie Sie um Hilfe bittet, nicht wegschicken.»

«Sie kommt sowieso nicht.»

Sie war in ihrem Kummer genauso verstockt wie in allem anderen. Ich versuchte, sie zu beschwichtigen, bereitete eine weitere Kanne Tee. Ich schlug ihr vor, sie solle für ein paar Tage zu ihrer Freundin Janet zu ziehen, falls sie aufgrund der letzten Vorkommnisse Angst habe, allein zu bleiben. Sie lehnte rundweg ab. Als Hüterin von Topaz' Habseligkeiten war sie, gleich einem Hund am Grabe seines Herrn, nicht dazu zu bewegen, auch nur einen Schritt zu weichen.

Es wurde bereits hell, als ich mich von ihr verabschiedete und in meine Pension zurückkehrte. Die Besitzerin war längst auf und bedachte mich mit einem vorwurfsvollen Blick, als sie mich um diese Uhrzeit in festlicher Garderobe nach Hause kommen sah. Ich schlief ein paar Stunden, erfrischte mich dann in der Sitzbadewanne mit kaltem Wasser, ließ mir eine Kanne brühheißen Kaffee und Croissants munden und schmiedete Pläne für mein weiteres Vorgehen. Einen Tag wollte ich mir noch zugestehen; sollten sich bis zum Abend die Gewitterwolken um Bobbie weiter zusammenbrauen, mußte ich handeln.

Gegen neun Uhr fand ich mich erneut bei Jules Estevan ein. Ich war froh, daß er so früh auf war, sagte ihm das auch.

«Ich bin gar nicht erst zu Bett gegangen. Schlaf ist doch nur ein weiteres Laster.»

Er sah blaß aus, wie eigentlich immer. Auch diesmal trug er seinen schwarzen Morgenmantel. Der Porzellankopf der Schneiderpuppe hatte seit meinem ersten Besuch einen Lorbeerkranz hinzugewonnen.

«Sind Sie gut nach Hause gekommen, Miss Bray? Ich habe auf Sie gewartet, mir dann aber gedacht, Sie hätten es sich anders überlegt.»

«Mr. Estevan, warum haben Sie mich auf dieses Fest geschleppt?»

«So sehr hat es Ihnen mißfallen? Ich glaubte, es würde Ihnen Spaß machen.»

«Darum geht es nicht. Sie wollten mir etwas vor Augen führen, richtig? Bobbie zusammen mit Marie oder Marie mit dem Anhänger von Topaz?»

«Ich versichere Ihnen, daß ich über diesen Anhänger ebenso überrascht war wie Sie. Haben Sie ihn Tansy gezeigt?»

«Ja. Sie hat ihn wiedererkannt. Wenn es also nicht der Anhänger war, dann wollten Sie mich von der Beziehung zwischen Bobbie und Marie überzeugen. Wissen Sie, was die beiden aushecken?»

Er lehnte sich auf der weißen Couch zurück, blies den Rauch einer langen schwarzen Zigarette aus.

«Wissen Sie denn, was die beiden aushecken, Miss Bray?»

«Leider ja. Ich weiß, was Bobbie im Schilde führt. Letzte Nacht wurde ich Zeuge, wie sie sich im Garten mit Marie unterhalten hat.»

«Wie unvorsichtig von den beiden. Und was halten Sie von dem Plan?»

«Ich bin ganz und gar dagegen. Ich kann den Mann zwar auch nicht ausstehen, aber politisch gesehen wäre das für uns eine Katastrophe. Das habe ich Bobbie auch gesagt. Die Frage ist nur: Wie kann ich es verhindern, ohne daß man sie festnimmt?»

«Tragen Sie sich mit dem Gedanken, den Betreffenden zu warnen?»

«Das versuche ich bereits, indirekt, auch wenn ich meine Zweifel habe, ob ich es zeitlich noch schaffe. Jede direktere Warnung würde einen Verdacht auf Bobbie werfen. Sie wissen doch, daß die Geheimpolizei hinter uns her ist?»

«Ihr Waldschrat von gestern abend vermutlich.»

Er sah mich nachdenklich an. Ob er wohl ahnte, daß ich inzwischen weitaus Schlimmeres für Bobbie befürchtete? Wenn ja, dann hoffte ich, er würde diskreterweise kein Wort darüber verlieren.

«Was ich einfach nicht begreife», meinte ich, «ist, wie sich Marie auf etwas derart Hirnverbranntes einlassen kann. Bobbie stammt ja aus einer hitzköpfigen Familie, und zumindest ist sie ehrlich überzeugt von dem, was sie tut, auch wenn diese Überzeugung in die falsche Richtung geht. Aber wie um alles in der Welt kann eine Frau wie Marie sich in so etwas hineinziehen lassen?»

«Ich schätze, das kommt ihrer Legende zugute.»

«Legende!»

«Sie hat etwas für große Posen übrig. Davon haben Sie sich ja selbst ein Bild machen können.»

Ohne mir dessen bewußt zu werden, war ich während der Unterhaltung auf dem spiegelblanken Fußboden auf und ab gegangen. Ich merkte es erst, als ich seinen fragenden Gesichtsausdruck wahrnahm.

«Ein Ritual, Miss Bray?»

«Ritual?»

«Zehn Schritte hin, zehn Schritt her.»

«Ach so. Wohl eher eine dumme Angewohnheit.»

«Eine Angewohnheit aus der Gefängniszelle?»

Ich nickte.

«Haben Sie sich in den letzten Tagen Gedanken über Gefängnisse gemacht? Über Gefängnisse und Gerichtssäle?»

Ich ließ mich auf den Stuhl ihm gegenüber fallen.

«Wie kommen Sie darauf?»

«Ganz offensichtlich hat sich etwas ereignet. Anfangs glaubten Sie, Topaz habe Selbstmord begangen. Dann zogen Sie in Erwägung, sie könne ermordet worden sein. Jetzt, wie mir scheint, sind Sie sogar davon überzeugt.»

Ich schwieg, beobachtete ihn. Als ich nicht nach dem Köder schnappte, sagte er:

«Fragt sich nur, ob Sie zu wissen glauben, wer sie ermordet hat.»

«Wissen oder zu wissen glauben?»

Ich hatte das Gefühl, daß er mich in die Zange nahm, daß er, wie auch ich, Rückschlüsse aus Bobbies sonstigen Aktivitäten gezogen hatte. Das beunruhigte mich; schließlich wollte ich nicht, daß Jules Estevan die Initiative übernahm. Ich versuchte, ihn auf eine andere Fährte zu locken.

«Topaz hatte für den besagten Abend jemanden eingeladen. Für acht Uhr. Eine Stunde vorher verließ sie ihre Wohnung – allein – und besorgte die Unterwäsche, den Wein und etwas Fisch.»

«Wobei Sie davon ausgehen, daß der Brief, den wir fanden, die Einladung war. Wenn ich es mir recht überlege, wären da allerdings zwei Einwände anzumelden.»

«Und die wären?»

«Erstens: Was hatte der Brief unter ihrem Kopfkissen verloren? Der betreffende Gast brauchte ihn doch nicht eigens mitzubringen.»

«Das habe ich mich auch schon gefragt. Vielleicht sah er ihn als den Schuldschein an und wollte ihn zurückgeben.»

«Aber wer schuldete wem was? Sie jemandem für ihre Karriere oder jemand ihr für seine?»

«Anfangs hielt ich sie für die Schuldnerin. Inzwischen bin ich mir da nicht mehr so sicher.»

«Mir geht es nicht anders. Wäre dann noch ein weiterer, gewichtigerer Einwand. Haben Sie zufällig diesen Brief bei sich?»

Er befand sich noch immer in meiner Tasche. Ich reichte ihn ihm.

Er las: «‹Zu spät. Acht Uhr abends. Rückzahlung Darlehen für eine Karriere.› Wie scharfsinnig von Ihnen, das als Einladung anzusehen – aber warum das ‹Zu spät›? Schreibt man dergleichen auf eine Einladung?»

Diese beiden ersten Worte hatte ich zwar keineswegs vergessen, wohl aber mehr oder weniger verdrängt. Ohne sie war meine Kalkulation so viel stimmiger.

«Nein. Wie würden Sie sie denn deuten?»

Er zuckte die Schultern. «Unsere erste Theorie. Selbstmord.»

«Und die Unterwäsche? Der Fisch?»

«Selbstmörder haben ihre Marotten.»

Er gab mir den Brief zurück.

«Für mich war es kein Selbstmord», sagte ich und kam mir allmählich ebenso stur vor wie Tansy.

«Dann wiederhole ich meine Frage. Wer war es, Miss Bray?»

Das wisse ich nicht, sagte ich, und jetzt hätte ich ihn lange genug aufgehalten. Höflich wie immer begleitete er mich hinaus, und dennoch hatte ich seit den Ereignissen der vergangenen Nacht zunehmend das Gefühl, irgendwie bedroht zu werden, möglicherweise auch von ihm. Er wußte ebensoviel wie ich, vielleicht sogar mehr.

Ich hatte mich derart auf den geheimnisvollen, wahrscheinlich männlichen Acht-Uhr-Besuch versteift, daß ich darüber etwas Wesentliches völlig außer acht gelassen hatte. Daß mich jetzt Jules daran erinnert hatte, schmeckte mir nicht. ‹Zu spät.› Nicht zu spät indes, darüber nachzudenken. Angenommen, diese beiden Wörter spielten gar nicht auf Selbstmord an und man nahm sie wortwörtlich – wofür war es dann zu spät gewesen? Konnten sie nicht einfach eine Antwort auf einen anderen Brief sein? Daß der Unbekannte von sich aus eine bestimmte Uhrzeit für ein Treffen vorgeschlagen hatte, die für Topaz zu spät gewesen war, weshalb sie eine ihr passendere genannt hatte? Das machte den Brief durchaus plausibel. Nur mußte dann ein zweiter Brief existiert haben, eine Bitte des unbekannten Besuchers, sie zu einer sehr späten Stunde aufsuchen zu dürfen. Wenn es eine solche Anfrage gab, befand sie sich möglicherweise auch jetzt noch irgendwo in dem Wust von Papierkram in Topaz' Hotelsuite. Unter diesem Aspekt gewann Tansys Geschichte von dem Unbekannten, der versucht hatte, sich Zutritt zu verschaffen, an zusätzlicher Bedeutung. Wäre es möglich gewesen, ich hätte sie stehenden Fußes aufgesucht und mich ohne Rücksicht auf etwaige Unmutsbekundungen ihrerseits gründlich umgesehen. Aber erst einmal galt es, eine Verabredung einzuhalten. Mehr einen Höflichkeitsbesuch, wie ich meinte. Doch was sich dort abspielte, ließ mich den hypothetischen Brief vergessen. Zu spät.

XV

Gleich nach meiner Ankunft wenige Tage zuvor, als meine Gedanken noch ausschließlich um Geschäftliches und damit um den eigentlichen Anlaß meiner Reise nach Biarritz kreisten, hatte ich für diesen Vormittag einen weiteren Termin bei Topaz' Anwalt vereinbart. Und obwohl ich inzwischen ernsthafte Bedenken hatte, daß es uns gelingen würde, unseren Anspruch auf das Vermächtnis der Toten geltend zu machen, erschien ich zu der Verabredung und tat, als hätte sich nichts geändert. Ob der Anwalt die Antwort auf einen von mir telegraphisch an unser Londoner Büro übermittelten Bericht erhalten habe?

«In der Tat, Miss Bray. Heute morgen ging uns ein Schreiben vom Rechtsbeistand Ihrer Organisation zu. Ich habe bereits einen Brief aufgesetzt, des Inhalts, daß bis zur Klärung der Vermögensangelegenheiten von Miss Brown noch eine Weile verstreichen dürfte. Ganz unter uns kann ich ihnen verraten, daß die Familie das Testament anficht.»

«Der Bruder?»

«Ganz recht. Seiner Meinung nach kann Miss Brown zum Zeitpunkt der Abfassung ihres Testaments in Anbetracht der ... hm, Exzentrik des Vermächtnisses zugunsten Ihrer Organisation sowie ihres darauffolgenden Selbstmords nicht zurechnungsfähig gewesen sein.»

Er war freundlich, wenngleich – verständlicherweise – zurückhaltend. Wenn es, wie vorauszusehen, zum Prozeß kommen würde, hing viel von seiner Beurteilung von Topaz' Geisteszustand ab.

Ich wagte mich auf das dünne Eis vor. «Der Untersuchungsrichter bezweifelt doch wohl nicht, daß es Selbstmord war?»

«Dazu besteht eigentlich kein Grund, obwohl kein Abschiedsbrief gefunden wurde.»

Topaz' Brief in meiner Tasche. Ich hatte einmal die Absicht gehabt, ihn ihm auszuhändigen, aber das schien lange her zu sein.

«Haben Sie», fragte ich, «einen Tag, nachdem man Topaz Brown tot aufgefunden hatte, einen Ihrer Leute in ihre Suite geschickt, mit dem Auftrag, ihre Papiere zu sichten?»

«Nein. Bislang wurden noch keine derartigen Schritte unternommen. Warum fragen Sie?»

«Weil ein Mann bei Miss Mills vorsprach und behauptete, die Kanzlei habe ihn geschickt. Mittleres Alter, untersetzt, schwarzer Mantel, schwarzer Hut.»

Er runzelte die Stirn. «Diese Beschreibung trifft auf keinen meiner Mitarbeiter zu.»

Vermutlich hätte er gern mehr darüber erfahren, aber in diesem Augenblick erschien sein Sekretär.

«Sie sollen ins Konsulat kommen, Mr. Smith. Ein Engländer ist ertrunken. Einzelheiten sind nicht bekannt.»

Der Anwalt fuhr angesichts des Mangels jeglicher Förmlichkeit seines Sekretärs zusammen.

«Ich bin in einer Besprechung. Außerdem glaube ich nicht, mehr tun zu können als der Konsul. Richten Sie ihm aus, ich käme später runter.»

Der junge Mann ließ sich nicht abwimmeln. «Sie lassen fragen, ob Sie was von irgendwelchen Engländern wissen, die letzte Nacht ein Kostümfest gegeben haben.»

Ich spürte, wie die Luft aus meinen Lungen entwich.

«Kostümfest?»

Beide starrten mich an. Der Sekretär schien meine Anwesenheit überhaupt zum erstenmal zu registrieren.

«Nun, Miss Bray?» forschte der Anwalt. «Wissen Sie etwas davon?»

Stockend und meinen vorlauten Einwurf bedauernd, sagte ich: «Ich war gestern abend zu einem Kostümfest eingeladen, außerhalb der Stadt. Allerdings war der Gastgeber kein Engländer. Aber was sollte das mit dem Ertrunkenen zu tun haben?»

«Offenbar war er verkleidet», sagte der Sekretär.

Der Anwalt sah mich von der Seite her an.

«Wo fand Ihr Fest statt, Miss Bray?»

«In der *Villa des Lilas*.»

Der Sekretär stieß einen Pfiff aus. «Im Haus von *La Pucelle*.»

Er erntete einen strafenden Anwaltsblick, und gleichzeitig schienen sich beide zu fragen, was ich dort zu suchen gehabt hätte. Ich nahm es ihnen nicht übel.

«Ich gehe zwar nicht davon aus», meinte der Anwalt, «daß hier ein Zusammenhang besteht, aber dennoch hielte ich es für angebracht, wenn Sie kurz unten im Konsulat vorsprechen würden – das heißt, sofern es Ihre Zeit erlaubt.»

Ich konnte nicht gut ablehnen. Wir gingen also hinunter, betraten über einen Gang einen großen Raum, in dem mehrere Schreibtische standen. Als ich dem Konsul vorgestellt wurde, wölbte der die Brauen, und ich machte mich auf eine Bemerkung mehr in Sachen Ziegelsteine gefaßt. Aber er beherrschte sich und hörte sich an, was der Anwalt als Grund für meine Anwesenheit vortrug.

«Das Fest, das Sie, Miss Bray, besuchten, stand das unter einem bestimmten Motto?»

«Ja. Die Klassik. Also hauptsächlich Togas und griechische Gewänder und dergleichen mehr.»

Er lächelte und beugte sich lässig über ein Papier auf seinem Schreibtisch. «In diesem Fall scheinen wir Ihre Zeit unnötig in Anspruch zu nehmen. Es sieht so aus, als hätte der Tote ein anderes Fest besucht.»

«Warum?»

«Er war als eine Art Tier verkleidet.»

Die Erleichterung, die ich verspürt hatte, war mit einem Mal wie weggeblasen.

«Was für eine Art Tier?»

«Schwer zu sagen, vielleicht ein Bär.»

«Nein!»

Ich hörte den Konsul nach Brandy rufen. Müdigkeit und Schreck dürften der Auslöser dafür gewesen sein, daß meine Knie einknickten und ich mich setzen mußte. Anstelle des Brandys bat ich um ein Glas Wasser und versuchte Zeit zu gewinnen.

«Wissen Sie denn von jemanden, der sich als Bär verkleidet hatte?» fragte der Konsul betont väterlich.

Denk nach, sagte ich mir, denk ganz scharf nach. Sag ihnen nicht mehr als unbedingt nötig. Unendlich langsam und darauf bauend, man würde das als Folge des Schocks werten, sagte ich also:

«Mir ist ein solcher Mann aufgefallen. Gesprochen habe ich nicht mit ihm, deswegen weiß ich nicht, ob er Engländer war. Ich hielt ihn für einen Satyr, aber er trug ausgebeulte Hosen, die aussahen wie die Beine eines Bären.»

Der Konsul warf erneut einen Blick auf das Papier.

«Und sein Gesicht?»

«Von einer Halbmaske verdeckt und deshalb nicht zu erkennen. Er war ziemlich stämmig, den Bewegungen nach keinesfalls ein junger Mann. Fleischiger roter Nacken.»

Der Konsul, die Ellbogen auf dem Schreibtisch und den Kopf in die Handflächen gestützt, sah mich an.

«Wären Sie bereit, mich aufs Polizeirevier zu begleiten? Ihre Aussage könnte dazu beitragen, ihn zu identifizieren.»

Obwohl das das letzte war, woran mir lag, blieb mir keine andere Wahl. Genausowenig wie, im Anschluß an die Unterredung auf dem Polizeirevier in Gegenwart des Konsuls, der höflich vorgetragenen Bitte zu entsprechen, mich ins Leichenschauhaus zu begeben. In dem geschlossenen Wagen auf dem Weg dorthin fragte ich den Konsul:

«Warum nimmt man an, er sei Engländer?»

«In seiner Weste war ein entsprechendes Etikett eingenäht.»

Das Leichenschauhaus war ein grauer Kasten am Stadtrand, von den großen Hotels eine Meile und eine Welt entfernt. Vor zehn Tagen hatte man die Leiche von Topaz aus dem *Hôtel des Empereurs* hierher gebracht. Ein schauerliches Gefühl, so als wäre ich wieder im Gefängnis, überkam mich, als ich zwischen Konsul und Anwalt einem *agent de police* über den gefliesten Gang folgte. Die Leiche war in einen abgetrennten Nebenraum verbracht worden. Als der *agent de police* das Laken zurückschlug, nahm ich den Geruch von Desinfektionsmitteln und Meerwasser wahr, einen aufgerissenen Mund und runde offene Augen. Er trug keine Maske mehr; sein schwammiges Gesicht sah nicht anders aus als damals auf der Beerdigung von Topaz, als ich den Mann neben dem steinernen Engel entdeckt hatte. Den Russenkittel hatte man ihm angelassen; wie es um die Bärenhosen stand, konnte ich wegen des Tuchs, das seine untere Körperpartie bedeckte, nicht feststellen.

«Auf dem Fest trug er eine Halbmaske, außerdem hielt ich mich nicht in unmittelbarer Nähe von ihm auf. Trotzdem würde ich sagen, es ist derselbe Mann.»

Der Tod hat seine eigenen Gesetze. So gern ich mich all dem hier entzogen hätte, mußte ich nochmals aufs Revier, wo ein ausführliches Protokoll aufgenommen wurde, das nichts weiter besagte, als daß ich den Mann in Abständen auf dem Fest gesehen hätte, zum letzten Mal kurz vor Mitternacht im Garten der *Villa des Lilas*. Von der Verfolgungsjagd erwähnte ich kein Wort, und ebenso schwieg ich mich darüber aus, daß er mir bereits bei anderer Gelegenheit aufgefallen war. Wahrheitsgemäß erklärte ich, daß ich niemals mit ihm gesprochen hätte und weder wisse, wie er heiße noch woher er stamme. Da sich diese Prozedur bis zum späten Nachmittag hinzog, bestand der Konsul darauf, mich anschließend in meine Pension zurückzubringen. Mit sorgenvoller Miene saß er mir in der Kutsche gegenüber.

«Scotland Yard wird Sie bestimmt bei der Identifizierung der Leiche unterstützen», versuchte ich ihn aufzumuntern.

«Ja. Die französische Polizei wird umgehend eine Personenbeschreibung durchgeben, und in London kann man dann anhand der Liste der vermißten Personen ...»

«Das dürfte sich erübrigen. Meiner Meinung nach war er für Scotland Yard tätig.»

«Was?!»

«Ich habe Grund zu der Annahme, daß der Mann mich beschattete. Scotland Yard weiß von meinen politischen Aktivitäten und könnte deshalb meine Observierung angeordnet haben.»

Ein kleines Ablenkungsmanöver, um Bobbie und Rose gar nicht erst in die Schußlinie geraten zu lassen.

Der Konsul rutschte unbehaglich auf seinem Sitz herum. «Miss Bray, das sind nicht die Methoden unserer Polizei. Spione gibt es da nicht.»

Ich überließ es ihm, mir die Antwort vom Gesicht abzulesen.

«Wenn man Sie oder sonstwen illegaler Aktivitäten auf fremdem Boden verdächtigte, würde man vorsorglich die Behörden des betreffenden Landes unterrichten, aber doch wohl kaum einen Mann abstellen, der Ihnen quer durch Europa folgt. Über eine Institution ähnlich der zaristischen Geheimpolizei verfügt England nicht.»

Darüber zu streiten war müßig. Es war seine Pflicht, dergleichen vorzubringen, so viel Überwindung ihn das auch kosten mochte.

«Jedenfalls rate ich Ihnen, Ihre Beschreibung des Toten so bald wie möglich an Scotland Yard zu schicken. Schon seiner Familie wegen. Hatte er nichts bei sich, das Auskunft über ihn geben könnte?»

«Nein. Auf ein Kostümfest nimmt man ja nicht unbedingt seine Ausweispapiere mit.»

«Vielleicht sind sie bei dem Unfall abhanden gekommen.»

Die französische Polizei hatte bei dem Toten einen Schädelbasisbruch konstatiert und daraus gefolgert, daß er auf einen

Felsen gestürzt und das Bewußtsein verloren haben mußte, wenngleich als eigentliche Todesursache Ertrinken feststand. Fischer an der Plage des Basques, auf halbem Weg zwischen der *Villa des Lilas* und der Stadt, hatten ihn gefunden.

Unsere Kutsche zockelte langsam dahin, eingekeilt zwischen anderen Kutschen und Automobilen, die die Gäste in ihre Hotels zurückbrachten.

«Miss Bray ...» Sein Gesicht glühte.

«Ja?»

«Wenn Sie ... schon annehmen, der Mann habe Ihnen, für so abwegig ich das auch halte, nachgestellt, wäre es dann nicht denkbar, daß Sie ihn eventuell ...»

«Eventuell was?»

Ich wußte genau, was jetzt kommen würde.

«Daß Sie ihn eventuell herausgefordert haben ... sich mit Ihnen anzulegen?»

«Sie meinen, daß ich ihm einen Ziegelstein (bei diesem Wort zuckte er zusammen) an den Kopf geworfen und ihn ins Meer gestoßen haben könnte? Das wäre durchaus denkbar, aber ich versichere Ihnen, daß ich nichts dergleichen getan habe. Ich habe mich derart bemüht, jeder Auseinandersetzung aus dem Weg zu gehen, daß ich sogar auf einen Baum geklettert bin, um ein Zusammentreffen mit ihm zu vermeiden.»

Gequält schloß er die Augen.

«Das hätten wir der französischen Polizei nicht verschweigen sollen.»

«Sie sollten sich erst einmal mit Scotland Yard besprechen. Oder ist Ihnen daran gelegen, sich mit einem diplomatischen Zwischenfall herumzuschlagen?»

Es war ihm anzusehen, daß ich diesen Punkt für mich verbuchen konnte. Sichtlich erleichtert setzte er mich vor meiner Pension ab, wo mir gleich darauf die Inhaberin einen Umschlag aushändigte, der unverkennbar Bobbies Handschrift trug und folgende kurze Nachricht enthielt:

Muß Dich unbedingt sprechen. Können wir uns um acht Uhr abends an derselben Stelle wie neulich treffen?

Noch vor der vereinbarten Zeit war ich bei den Hummerkästen am Kai, sah den Fischern zu, wie sie in der Dämmerung ihre Boote für die Ausfahrt am Morgen fertigmachten. Es wurde acht, es wurde halb neun. Es wurde dunkel, die Fischer zogen ab, und noch immer kein Zeichen von Bobbie.

Um Viertel vor neun sprang ich auf. Was war ich doch für ein Idiot! Ich rannte so schnell ich konnte zur Hauptstraße, wo ich ohne viel Federlesens einen Mietwagen mit Beschlag belegte und den Fahrer anwies, mich auf schnellstem Wege ins *Hôtel d'Angleterre* zu bringen. Dort angekommen, warf ich ihm ein paar Münzen hin, verzichtete auf das Wechselgeld und hastete die Stufen zum Foyer hoch, in banger Erwartung, jede Menge Polizei und Krankenträger vorzufinden. Aber nichts dergleichen; aus dem Salon drangen Walzerklänge, für den Abend herausgeputzte Gäste kamen und gingen, Pagen lungerten an den Türen herum. Derart friedlich wäre es bei einem Mordanschlag mit Sicherheit nicht zugegangen.

Ich begab mich zur Rezeption und fragte nach Mr. Chester. Nach Rücksprache mit einem Kollegen beschied man mich, daß Mr. Chester mit seiner Gattin im Speisesaal sei. Ob ich ihm eine Nachricht zukommen lassen wolle? Ich sagte, ich müsse Mrs. Chester sprechen, dringend. Ich war inzwischen derart in Sorge, daß ich auch vor einer Konfrontation mit Chester persönlich nicht zurückgeschreckt wäre, aber ich hoffte noch immer, Mrs. Chester eine Warnung übermitteln zu können, die keine Rückschlüsse auf Bobbie zuließ. Ein Page setzte sich mit der Nachricht, die ich auf einen Briefbogen des Hotels gekritzelt hatte, in Bewegung. Und während ich wartete und der Mann an der Rezeption mich neugierig beäugte, musterte ich mit Röntgenblick jeden jungen Mann in Abendgarderobe, ob er nicht eine verkleidete Bobbie sein könnte.

«Speist Mademoiselle de la Tourelle heute abend hier?» fragte ich, einer plötzlichen Eingebung folgend, den Mann vom Empfang, der mit Bedauern verneinte und mich jetzt um so neugieriger musterte.

Eine unförmige Gestalt in olivgrüner Seide kam aus dem Speisesaal auf mich zu, so eilig, daß sie Mühe hatte, nicht auf dem Marmorfußboden auszurutschen und der Länge nach hinzufallen.

«Ach, Sie sind es, wie schön. Ich wollte sowieso mit Ihnen sprechen, aber ich vergaß, Sie nochmals nach Ihrem Namen zu fragen, deshalb ...»

«Mein Name tut nichts zur Sache. Es geht um Ihren Mann. Er ist in Gefahr, in großer Gefahr. Sie müssen darauf dringen, daß er sofort abreist.»

«Ich weiß, ich weiß. Ein schrecklicher Ort. Sie hatten ja so recht. Ach, wären wir doch nie hergekommen! Louisa geht es nicht die Spur besser, und jetzt das. Ich bin völlig durcheinander.»

«Sie wissen davon?»

Ich war völlig perplex über das Chaos ihrer Gedankengänge, daß sie in einem Atemzug über eine Morddrohung und die Wehwehchen eines Kindes sprechen konnte.

«Ja. Ich habe den Brief gelesen. Aber wie haben Sie davon erfahren?»

Ihre Verwirrung war direkt ansteckend. Ich schlug vor, uns irgendwo hinzusetzen, und dirigierte sie zu einem Sofa neben einem Palmkübel. Walzermusik umwehte uns.

«Wo ist Ihr Mann?»

«Im Speisesaal.»

«Sie sprachen von einem Brief. Von welchem Brief?»

«Von dem dieser gräßlichen Person. Ich weiß ja, daß es solche Frauen gibt, aber nicht, daß man sie hier duldet. Sonst wäre ich doch nie hergekommen. Sie hat an David geschrieben, wirklich und wahrhaftig geschrieben. Kaum zu glauben, wie man derart unverschämt sein kann.»

Wenn Bobbie David Chester geschrieben und ihn von ihrer Absicht, ihn umzubringen, unterrichtet hatte, war unverschämt geradezu milde ausgedrückt.

«Hat sie unterschrieben?»

«Ganz unverblümt. Marie de la Tourelle. So als wäre sie eine durch und durch anständige Frau.»

«Marie ... Ihr Mann hat einen Brief von Marie de la Tourelle erhalten?»

Sie nickte mit tränenumflortem Blick.

«Und Sie haben den Brief gelesen?»

«Ich dachte, es sei eine Nachricht vom Arzt wegen der Medikamente für Louisa. Deswegen habe ich den Umschlag geöffnet, und ... großer Gott ...»

«Was stand denn drin?»

«Das kann ich unmöglich wiederholen. Lesen Sie selbst.» Sie förderte aus ihrem Korsett einen kleinen Umschlag zutage, dem etwas von dem Duft anhing, an den ich mich von der Soiree her erinnerte. Typisch für Marie, eine parfümierte Morddrohung zu verschicken. Ein graziles Schriftbild, schräggestellte Buchstaben.

Verehrter Mr. Chester
Ich bin eine Bewunderin von Ihnen und würde Sie gern näher kennenlernen. Es wäre reizend, wenn Sie mich morgen abend bei mir zu Hause in der Villa des Lilas besuchen könnten.
Marie de la Tourelle

Ich starrte abwechselnd Mrs. Chester und die Nachricht an und fragte mich, wer von uns beiden drauf und dran war, den Verstand zu verlieren.

«Aber das hier ist doch lediglich eine Einladung.»

«Jeder weiß, was eine Einladung von einer solchen Person bedeutet. Sie so einfach an meinen Mann zu schicken, ausgerechnet noch für einen Sonntagabend! Wenn er das zu Gesicht bekommen hätte, wäre er fuchsteufelswild geworden.»

«Wenn ... Heißt das, er hat das Schreiben gar nicht gesehen?»

«Würden Sie Ihrem Mann so etwas aushändigen? Empört wäre er, entsetzt.»

Vor Erleichterung hätte ich beinahe laut aufgelacht. Ob Mrs. Chester ihren Seelenfrieden wiederfinden würde, wenn ich ihr erklärte, der Brief bedrohe lediglich das Leben ihres Mannes, nicht aber seine Tugendhaftigkeit? Über noch etwas hätte ich gern gelacht: über das einfache Strickmuster des Plans. Marie – zweifelsohne bestens vorbereitet auf ihre Rolle als Delila – sollte das Opfer in ihren duftenden Garten locken und Bobbie dann, die familieneigene Pistole im Anschlag, aus dem Oleandergebüsch auftauchen und den Rest besorgen. Dennoch alles andere als komisch; meine Wut auf Bobbie gewann wieder die Oberhand. Ein Trost nur die Gewißheit, daß David Chester zumindest heute abend nichts zu befürchten hatte.

«Ich würde den Brief gern an mich nehmen», sagte ich.

Sie hatte ihn nicht aus den Augen gelassen. Als übte er eine magische Anziehungskraft auf sie aus.

«Um ihn an maßgeblicher Stelle vorzuweisen. Man dürfte alles andere als erbaut sein, daß hochrangige Gäste sich derartiges bieten lassen müssen.»

Da derartiges genau das war, weshalb hochrangige Gäste nach Biarritz kamen, war nicht auszuschließen, daß selbst Mrs. Chester eine faustdicke Lüge wie diese nicht schlucken würde.

«Ich möchte nicht, daß sein Name publik wird», sagte sie peinlich berührt. «Man könnte sonst annehmen ...»

«Keine Sorge. Aber Sie stimmen doch zu, daß dieser Frau das Handwerk gelegt werden sollte?»

Sie stimmte zu.

«Ihrem Mann gegenüber würde ich an Ihrer Stelle lieber nichts davon erwähnen. Schon weil er, wie Sie selbst sagen, wütend werden könnte.»

Sie schüttelte den Kopf und betupfte die Augen mit einem Taschentuch, dem, wiewohl mit Spitzen eingefaßt, großen Allzwecktaschentuch der besorgten Mutter.

«Wird er fragen, weshalb Sie die Tafel verlassen haben?»
«Ich werde ihm sagen, es sei der Bote mit Louisas Medizin gewesen.»
Sie klapperte in den Speisesaal zurück. Ich verstaute den Brief in meiner Tasche, konnte es kaum fassen, durch welch glücklichen Zufall ich Bobbies und Maries Vorhaben aufgedeckt hatte. Ich begab mich zu meiner Pension, vor deren Tür sich mir jemand in den Weg stellte.
«Nell Bray, ich muß mit dir reden.»
«Bobbie, was machst du denn hier? Ich habe unten am Hafen auf dich gewartet.»
Diesmal trug sie immerhin Frauenkleider. Sie sah älter aus, blaß und erschöpft.
«Ich weiß nicht, wo Rose ist. Deswegen wollte ich dich sprechen. Sie ist seit gestern nacht verschwunden.»
«Du meinst, seit gestern nacht in der Villa?»
«Nein. Rose war nicht in der Villa.»
«Doch. Sie war im Garten und hat dich gesucht. Ich habe mich mit ihr unterhalten.»
«Sie sollte doch nicht hingehen. Was hat sie denn dort zu suchen gehabt?»
Noch nie hatte ich eine derart bestürzte Bobbie erlebt.
«Sie wollte dir etwas geben. Sie war enttäuscht, verstört. Kein Wunder, wenn man sich mit jemandem zusammentut, der einen dann fallenläßt.»
«Ich habe Rose nicht fallenlassen. Das weiß sie genau.»
«Vergangene Nacht schien sie es nicht zu wissen.»
«Wo ist sie hingegangen? Du hast sie doch wohl nicht einfach sich selbst überlassen?»
Ich holte tief Atem. «Das letzte, was ich von Rose sah, war, daß sie von einem als Satyr verkleideten Geheimpolizisten verfolgt wurde. Es gelang mir, ihn abzulenken, aber was danach aus ihr geworden ist, entzieht sich meiner Kenntnis.»
Bobbie stöhnte auf. Sie sah noch müder aus als ich mich fühlte, aber ich kannte kein Pardon.

«Was danach aus Rose geworden ist, weiß ich, wie gesagt, nicht, dafür kann ich dir sagen, was aus dem Geheimpolizisten geworden ist. Man hat ihn mit eingeschlagenem Schädel aus dem Wasser gefischt. Ich habe die aufgebahrte Leiche gesehen.»

Ich drängelte mich an ihr vorbei in die Pension, ließ die ausnahmsweise einmal völlig sprachlose Bobbie einfach stehen.

XVI

Beherrscht von meiner Sorge um den Verbleib von Rose erwachte ich bei Tagesanbruch. Daß sie nicht die Absicht gehabt haben konnte, den ausgebeulten Satyr zur Strecke zu bringen, stand für mich außer Frage. Er mußte ihr durch den Garten bis zur Klippe hinauf gefolgt sein oder sie irgendwie dorthin getrieben haben, um sie über Bobbie oder mich auszuquetschen. Wieviel Angst mußte sie ausgestanden haben, wie wütend mußte sie gewesen sein, als sie ihn in ihrer Not von sich stieß, wie entsetzt, als er die Klippe hinunterstürzte. Wer immer die Schuld dafür trug – die arme Rose jedenfalls nicht, und es ging nicht an, daß sie sich deswegen verkroch.

Ich zog mich rasch an, verließ die Pension und grübelte auf meinem Weg am Ufer entlang darüber nach, wo ein unbedarftes, verängstigtes junges Mädchen in einer eleganten Sommerfrische wie Biarritz Unterschlupf gefunden haben mochte. Keine Menschenseele weit und breit, abgesehen von einem Obdachlosen, der schnarchend in einem Verschlag am Wasser lag, ein verwaister Sandstrand, nur dort, wo die Wellen ausrollten, zwei Fischer, die unter einem perlfarbenen Himmel Köder ausgruben. Es war Sonntag; jetzt läuteten die Glocken die Frühmesse ein, und in feiertägliches Schwarz gewandete Männer und Frauen verließen ihre Fischerhäuser am Hafen. Um Hotelgästen zu begegnen, war es noch zu früh. Ich wandte mich stadteinwärts, bummelte durch die Straßen und an dem Platz vorbei, an dem Tansy und ich eingekauft hatten. Im Café herrschte bereits Hochbetrieb, gegerbte Arbeitergesichter beugten sich über Schalen mit Milchkaffee, der erste *marc* wurde gekippt, aber von Rose keine Spur.

Meinen Frühstückskaffee trank ich am Bahnhofsbuffet, sah dem abfahrenden Zug nach, ehe ich mich an Schaffner und

Gepäckträger wandte und ihnen eine Beschreibung von Rose gab. Ob sie sich erinnern könnten, daß dieses Mädchen gestern den Frühzug genommen hatte? Der erste Zug nach Paris ging um sechs Uhr zweiundfünfzig, und ich baute darauf, daß sie so vernünftig gewesen war, schnurstracks nach England zurückzukehren. Nein, niemand hatte sie gesehen, nicht in der Früh und auch nicht später. Bestimmt hatte es ihr an den vier Pfund für die Fahrkarte gemangelt. Ich hielt Ausschau nach Bobbie, die möglicherweise den gleichen Gedanken wie ich gehabt hatte, und war froh, sie nicht zu entdecken. Die Auseinandersetzung mit ihr sollte erst abends über die Bühne gehen, und ich wollte Rose finden, bevor sie es tat.

Kurz nach zehn verließ ich unverrichteterdinge den Bahnhof und betrat bald darauf das *Hôtel des Empereurs*. Das Personal erkannte mich, der Empfangschef wünschte mir einen guten Morgen und wies mit einer Kopfbewegung zum Fahrstuhl im Foyer. Als ich an Topaz' Tür anklopfte, rief Tansy schneidender als je zuvor von drinnen: «Wer ist da?»

«Ich bin's nur. Nell Bray.»

«Was wollen Sie denn schon wieder?!»

Ihr Verhalten mir gegenüber wurde zusehens ungnädiger. Nicht einmal die Tür machte sie auf.

«Darf ich Sie einen Augenblick sprechen?»

«Weswegen?»

«Tansy, seien Sie vernünftig. Es ist doch nichts dabei, wenn Sie mich einlassen.»

Widerwillig wurde geöffnet. Tansys Augen waren gerötet, und wie es aussah, hatte sie in ihrem schwarzen Kleid geschlafen.

«Tansy, haben Sie Rose gesehen?»

Sie ließ sich auf einen Stuhl fallen, preßte die Lippen zusammen und schüttelte den Kopf.

«Sie ist in Schwierigkeiten, wie?» Es klang mehr wie eine Feststellung, so als hätte sie immer gewußt, daß es so kommen würde. Ich antwortete nicht.

«Das ist allein Ihre Schuld. Sie waren es doch, die ihr diese Flausen in den Kopf gesetzt hat. Ist's nicht damit getan, wenn Sie sich Topaz' Geld unter den Nagel reißen? Aber nein, obendrein haben Sie's auch noch auf Rose abgesehen.»

«Wenn sie herkommt», sagte ich so freundlich ich konnte, «würden Sie mir dann Bescheid geben? Es ist wichtig.»

«Warum sollte sie herkommen? Wo Sie sie doch gegen mich aufgehetzt haben.»

Ich versuchte erst gar nicht, darauf zu antworten. Ich stand an der Tür, und sie auf ihrem Stuhl machte keine Anstalten, eine Spur von Höflichkeit zu bezeugen, wartete vielmehr darauf, daß ich wieder verschwand. Minutenlang verharrte sie schweigend und ohne sich zu rühren, um schließlich zu sagen: «Was woll'n Sie denn noch?»

«Sie haben doch vorgestern jemanden mit dem Lift hochkommen gehört.»

«Ja.»

«Könnte es sein, daß davor schon mal jemand hier drin war? Sie erinnern sich doch noch, daß die Balkontür offen war, als wir von Einkaufen zurückkamen.»

«Hab' wohl vergessen, daß ich sie vorher aufgemacht hatte.»

«Damals haben Sie anders reagiert.»

«Hören Sie endlich auf, auf mir rumzuhacken!» explodierte sie jetzt. «Was soll ich denn sonst noch für Sie tun? Statt mir zu helfen, quälen Sie mich ständig mit tausend Fragen. Ich kann und will nichts mehr davon hören. Und jetzt raus mit Ihnen!»

«Tansy ...»

Ich ging auf sie zu, legte ihr in der Absicht, sie zu beruhigen, die Hand auf die Schulter.

Sie schüttelte sie ab. Hochrot und mit funkelnden Augen baute sie sich in ihrer vollen Größe von einem Meter fünfundfünfzig vor mir auf.

«Raus jetzt! Wer hat Ihnen erlaubt, herzukommen und mir Fragen zu stellen? Gehn Sie endlich! Los doch! Raus!»

Sie versuchte tatsächlich, mich in Richtung Tür zu drängen. Wie ein wütendes Zwerghuhn, das einen Reiher verscheuchen will. Da alle Versuche, sie zur Vernunft zu bringen, scheiterten, wandte ich mich schließlich zum Gehen, ließ sie zeternd mitten im Zimmer stehen. Als ich die Tür hinter mir zuzog, hörte ich sie noch keifen: «Und unterstehn Sie sich, noch mal wiederzukommen!»

Bis zum frühen Nachmittag hatte ich Rose noch immer nicht aufgespürt, weshalb ich mich wohl oder übel aufraffte, nochmals den Konsul aufzusuchen. Vielleicht saß Rose bereits hinter Schloß und Riegel.

Direkt danach fragen konnte ich den Konsul schlecht, aber wenn es zu einer Verhaftung gekommen war, würde er mir das bestimmt verraten.

An einem Sonntag kann man zwar nicht erwarten, jemanden an seinem Schreibtisch anzutreffen, aber das Glück war mir hold: Mit Hut und Stock verließ der Konsul just in dem Augenblick, da ich erschien, seine Amtsräume, um einen Spaziergang zu unternehmen. Er forderte mich auf, ihn zu begleiten.

«Ich hatte sowieso vor, mich morgen mit Ihnen in Verbindung zu setzen, Miss Bray. Scotland Yard hat uns gestern abend einen ausführlichen Bericht über Ihren Mann durchtelegraphiert.»

«Er ist nicht mein Mann. Ist er bei Scotland Yard bekannt?»

«Nichts dergleichen. Hoffentlich verletzt es Ihr Selbstbewußtsein nicht allzusehr, wenn ich Ihnen sage, daß er nicht hinter Ihnen her war.»

«Da bin ich ganz anderer Meinung.»

«Jedenfalls nicht auf Veranlassung von Scotland Yard. Dem Bericht nach befindet sich gegenwärtig keiner ihrer Leute in Frankreich, und was Sie tun und treiben, ist denen in London herzlich egal, solange Sie sich von den Fenstern des Premierministers fernhalten. Der Commissioner bringt vielmehr die Hoffnung zum Ausdruck, daß Sie Ihren Urlaub genießen.»

Wenngleich diese als Scherz verbrämte hochtrabende Art genau das war, was mich zur Weißglut brachte, so konnte ich es mir nicht leisten, meiner Empörung Luft zu machen.

«Scotland Yard konnte mit der Beschreibung, die Sie durchgegeben haben, nichts anfangen?»

«Nichts. Sie trifft auf keinen ihrer Mitarbeiter zu, auch auf niemanden der als vermißt gemeldeten Personen. Unterstützung können wir demnach nicht erwarten.»

Dennoch wirkte er im Gegensatz zu gestern durchaus zufrieden. Hatte das mit Rose zu tun?

«Und die französische Polizei? Hat die nichts in Erfahrung gebracht?»

Er lächelte. «Ein bißchen schon. Und dieser Spur geht sie jetzt nach.»

«Was denn für einer Spur?» fragte ich so unbefangen wie möglich.

«Sie hat inzwischen in Erfahrung gebracht, woher das Kostüm stammt. Das heißt, ein Teil davon. Sie erinnern sich, daß er diese ausgebeulten Hosen trug, die wie die Beine eines Bären aussahen? Nachdem sie getrocknet waren, entdeckte die Polizei ein eingenähtes Namensschild, mit wasserfester Tinte beschriftet.»

«Mit seinem Namen?»

«Nein, mit dem des Zirkus.»

«Des Zirkus?» stammelte ich.

«Ja. Der zur Zeit außerhalb der Stadt gastiert. Die Hosen dürften einem Clown gehört haben. Jedenfalls kam der Polizeichef heute morgen zu mir und fragte, ob ich von irgendwelchen Engländern wisse, die beim Zirkus arbeiten.»

«Und?»

Ich heuchelte weiterhin rein höfliches Interesse, überlegte aber gleichzeitig fieberhaft, inwieweit Sidney Greenbow die Hand im Spiel haben könnte.

«Ich erklärte ihm, daß Zirkusleute nicht unbedingt zu denen gehörten, die sich im Konsulat melden. Immerhin steht inzwischen so gut wie fest, weshalb der Tote auf dem Fest von Mademoiselle Marie auftauchte.»

«Ach ja?»

«Der armselige Schlucker wollte sich wohl unter die Gäste mischen und das eine oder andere mitgehen lassen. Nur scheint er sich dabei so ungeschickt angestellt zu haben, daß Sie daraus den Schluß zogen, er würde Sie verfolgen.»

«Haben Sie sich beim Zirkus umgehört, ob er dort bekannt war?»

«Das ist Sache der Polizei. Meine Aufgabe beschränkt sich darauf, in absehbarer Zeit seine sterblichen Überreste nach Hause überführen zu lassen, das heißt sofern da jemand ist, der den bedauernswerten Tropf haben möchte.»

Eingedenk dessen, weshalb ich hergekommen war, brachte ich zum Ausdruck, welch hohe Anforderungen sein Posten an ihn stelle und wie beschäftigt er sein müsse.

«In letzter Zeit war es, ehrlich gesagt, relativ ruhig. Der unglückselige bärbeinige Kerl ist das Aufregendste seit Wochen.»

Das hätte er bestimmt nicht in aller Unschuld dahingesagt, wenn die Polizei eine junge Engländerin unter Mordverdacht festhielte.

«War die Polizei in der Lage, den Tathergang genauer zu rekonstruieren?»

«Ist mir nicht bekannt. Aber abgesehen von der Schwierigkeit der Identifizierung dürfte es sich ziemlich eindeutig um einen tödlichen Unfall handeln. Vielleicht hatte er ein oder zwei Glas Champagner erwischt und stand unsicher auf seinen Hufen oder Pranken oder was auch immer. Muß ja auch, soweit zu erfahren ist, genug zu trinken gegeben haben.»

Es hörte sich an, als bedauerte er, nicht eingeladen gewesen zu sein. Und daß er von dem, was mich interessierte, nichts wußte. Also verabschiedete ich mich und schlug die Richtung zum Champ de Pioche ein.

Ich mußte mich zügeln, nicht zu rennen. Derart überzeugt war ich gewesen, daß der Grund, uns zu beschatten, politischer Natur war, daß ich etwas anderes erst gar nicht ins Kalkül gezogen hatte. Wenn ich mich in diesem Punkt getäuscht hatte, konnte ich mich in anderen Dingen ebenso getäuscht haben. Diese Hoffnung war es, die mich hinter Sidney Greenbow herhasten ließ. Dabei war mir noch einigermaßen unklar, was ich diesmal von ihm erfahren wollte.

Auf dem Zirkusplatz ging es emsiger zu, geschäftiger als bei meinem ersten Besuch. Kein Wunder, diesmal war es bereits Nachmittag, und die erste Vorstellung begann um fünf. In einer entlegenen Ecke sah ich vier von Sids Schimmeln im Kreis herumtraben, geritten von Burschen in ganz normalen Hemden und Reithosen. Niemand hielt mich zurück, als ich auf sie zuging. Sid, der sich zu Fuß in der Mitte des Kreises befand, bemerkte mich zunächst gar nicht, derart konzentrierte er sich auf Pferde und Reiter.

«Nimm seinen Kopf höher. Nein, nicht im Maul reißen. Ist doch kein abgetakelter Touristengaul. Aus dem Handgelenk, Mann.»

Ich trat näher. Er erkannte mich und bedeutete mir stehenzubleiben. Bald darauf entließ er zwei der Pferde und ihre Reiter, während die anderen beiden einige Sequenzen des Säbelgefechts, das Finale ihres Programms, absolvieren mußten. Ohne Blechmusik und ohne Kostüme eine um so beeindruckendere Vorstellung und so perfekt einstudiert wie eine Ballettnummer. Er ließ sie die gleiche Bewegung mehrere Male wiederholen, beschimpfte die Männer, wenn sie einen Fehler machten, keinesfalls aber die Pferde.

Schließlich grunzte er zufrieden, schickte auch diese beiden weg und kam auf mich zu, wischte sich im Gehen die Hände an den Reithosen ab.

«Dieser Mann, der ertrunken ist, kannten Sie den?» fragte ich ohne Umschweife.

«Bobsworth? Nach dem sich die Polizei heute morgen erkundigt hat?»

«Bobsworth heißt er?»

«Keine Ahnung, wie er in Wirklichkeit hieß. Unsere Engländer nannten ihn jedenfalls Bobsworth.»

Sein Gesicht verriet nichts, nicht einmal Neugier. Seine Höflichkeit entsprach der, mit der man sich nach dem Preis für eine Fuhre Heu erkundigt.

«War er ein Freund von Ihnen?» fragte ich.

«Nein. Er lief einfach so mit. Solche Leute findet man im Zirkusmilieu häufiger.»

«Gehörte er zu Ihrem Team?»

«Nicht doch. Ich such' mir die Männer für meine Dons genau aus. Nein, er half beim Zeltaufbau und fuhr die Wagen und so was alles, verkaufte auch schon mal Eintrittskarten. War im Winter in Paris zu uns gestoßen und kam dann mit hier runter.»

Ich sah ihn scharf an. Die Hände in die Hüften gestemmt, den Kopf zur Seite geneigt, hielt er meinem Blick stand.

«Weshalb interessieren Sie sich für Bobsworth?»

«Er hat mir nachspioniert. Kann sein, daß er das gleiche bei Topaz getan hat. Wissen Sie etwas darüber?»

Er schüttelte den Kopf. Hinter ihm wurden die beiden Schimmel an der langen Leine bewegt. Er brüllte den Männern einen Befehl zu, ein Zeichen, daß die ganze Zeit über ein Großteil seiner Aufmerksamkeit ihnen gegolten hatte.

«Wirklich nicht?»

Er sah mich an. «Wirklich nicht. Sie wollen mir doch nicht etwas anhängen, wie?»

Immerhin eine Reaktion. «Ist doch ein merkwürdiger Zufall, meinen Sie nicht auch?» gab ich zu bedenken. «Sie waren mit Topaz befreundet. Sie haben mit diesem Mann zusammengearbeitet. Er spioniert hinter ihr her, dann hinter mir.»

«Ich habe Ihnen doch erklärt, daß ich nicht mit ihm zusammengearbeitet habe. Er versah Handlangerdienste, half mit, wo's nötig war. Außerdem: Warum hätte mir daran gelegen sein sollen, Topaz oder Sie beschatten zu lassen?»

Ich lenkte ein.

«Gibt es hier jemanden, der ihn näher kannte?»

«Er war, glaub' ich, nicht besonders beliebt. Näher kannte? Höchstens vielleicht Joe, obgleich von Näherkennen wohl auch nicht die Rede sein kann.»

«Dürfte ich mich mal mit Joe unterhalten?»

«Er muß drüben im Wagen der Männer sein. Ich bring' Sie hin, aber dann muß ich mich fertigmachen.»

Wir stapften über den Platz zu zwei alten, grün angestrichenen Eisenbahnwaggons unter einem Baum.

«Die Polizei hat ihn den halben Vormittag lang in die Mangel genommen; wär also kein Wunder, wenn er jetzt die Schnauze voll hat. Viel Zeit bleibt sowieso nicht, er muß sich für seinen Auftritt umziehen.»

Aus dem ersten Wagen drang mehrsprachiges Stimmengewirr. Sidney schlug mit der flachen Hand an die Tür und rief nach Joe.

«Er kommt gleich», sagte er zu mir. «Ich lass' Sie jetzt allein. Grandee wartet auf mich.» Damit ließ er mich am Fuße der Treppe zum Wagen stehen.

Nach einer Weile öffnete sich die Tür, und ein junges, mürrisches Gesicht, das von rotbraunen Locken eingerahmt war, tauchte auf, mit einem breiten Mund und dem Ausdruck eines Mannes, der allen Erwartungen zum Trotz auf das Schlimmste gefaßt ist.

«Joe?»

«Ja. Wer will was von mir?»

«Ich heiße Nell und möchte wissen, ob Sie mir etwas über diesen sogenannten Bobsworth erzählen können.»

Er zwinkerte mehrmals, sehr rasch.

«Sie sind seine Frau?»

Unwillkürlich mußte ich lachen. «Nein, keineswegs. War er denn verheiratet?»

«Keine Ahnung.»

Zögernd trat Joe aus dem Wagen und machte die Tür hinter sich zu, blieb auf der obersten Stufe der Treppe stehen, so daß sich seine grünbesockten Füße, durch die sich die großen Zehen gebohrt hatten, auf gleicher Höhe wie meine Augen befanden. Darüber trug er eine Lederhose und eine Russenbluse, ähnlich der, die der ausgebeulte Satyr angehabt hatte. Er setzte sich auf die Stufen, hakte die Füße hinten ein.

«Möglich, daß ich ihn gekannt habe», sagte ich. «Ich bin mir nicht sicher.»

Bedächtig und wie verwundert wiegte er den Kopf hin und her.

«Was woll'n Sie denn wissen?»

«Erzählen Sie mir von ihm. Zum Beispiel was er machte, ehe er zum Zirkus kam.»

«Keine Ahnung. Hab' ihn nie gefragt. Kennengelernt hab' ich ihn in Paris, in einer Bar. Im Januar war das, und einer unserer Leute hatte sich das Bein gebrochen. Ich kam mit Bobsworth ins Gespräch, wie's eben so ist, wenn man einen Landsmann trifft, und weil er grad arbeitslos war, hab' ich ihm den Tip gegeben, mal bei uns nachzufragen. Was er prompt getan hat.»

«Hat er etwas von sich erzählt? Woher er stammt?»

«War alles andere als gesprächig, nicht mal, wenn er was getrunken hatte. Dann wurde er höchstens noch mundfauler.»

«Hatte er Freunde?»

«Freunde in dem Sinn nicht. Er hatte diesen Tick, diese überhebliche Art, wenn Sie verstehen, was ich meine. So was kommt bei den Leuten schlecht an.»

«Kontakte außerhalb des Zirkus?»

«Nichts bekannt. Hin und wieder ging er allein weg. Und das nahmen ihm die Kumpel übel.»

«Wann haben Sie ihn zum letztenmal gesehen?»

«Donnerstag letzter Woche, gegen Mittag», kam es wie aus der Pistole geschossen.

«So genau ist Ihnen das in Erinnerung?»

Der Tag, an dem Topaz tot aufgefunden worden war.

«Ja, weil mich die Polizei schon heut' morgen danach gefragt hat. Ich weiß genau, daß es ein Donnerstag war, weil da das

Heu gebracht wird und wir alle beim Abladen helfen müssen und er erst mittags antanzte und sagte, ich soll dafür sorgen, daß man ihm seinen Lohn nachschickt, er hört hier auf.»

«Sagte er, wohin er wollte?»

«Ich hab' nicht gefragt. Wir waren alle stocksauer auf ihn, weil er sich vor dem Heuabladen gedrückt hatte, und ich fand's besser, wenn er abhaute. Und er? Richtig aufgekratzt war er. Er sagte, da hätt' sich was ergeben. Ganz wichtig und geheimnisvoll tat er, und angezogen war er, wie ich ihn noch nie erlebt hatte: mit Mantel und Hut. Na ja, ich versprach ihm, dafür zu sorgen, daß er zu seinem Geld kommt, und gleich darauf wurde zum Essen gerufen, und ich ging.»

«Und sahen ihn nicht wieder?»

«Richtig.»

«Hat er das Bärengewand mitgenommen?»

«Kann schon sein. Das Kostüm lag in einem Kasten in unserm Wagen. Daß es weg war, ist uns gar nicht aufgefallen, weil wir es seit Weihnachten nicht mehr gebraucht hatten. Ausgerechnet so was mitgehn zu lassen ...»

«Gehörte es Ihnen?»

«Ja. Ich war der Bär. Ein richtiger Clown bin ich ja nicht, hab' gar nicht die Ausbildung dafür. Ich lauf' in allen möglichen Verkleidungen rum und fall' hin, wenn mir jemand eins überbrät.»

Im Wagen rief jemand. Joe stand auf.

«Ich muß mich fertigmachen. Tut mir leid, Miss, wenn ich Ihnen nicht weiterhelfen kann. Gibt eben nicht viel über Bobsworth zu sagen.»

«Es war sehr aufschlußreich für mich. Nur noch eins: Sie sagten, er bat Sie, ihm seinen Lohn nachzuschicken. Wohin denn?» Sein verblüfftes Gesicht verriet, daß ihn die französische Polizei nicht danach gefragt hatte. Vielleicht hatte es Verständigungsprobleme gegeben.

«Hab' ich doch glatt verschwitzt! Dieser Zettel, den er mir gegeben hat! Ich wollt' mich doch drum kümmern, bloß ...»

«Haben Sie diesen Zettel noch?»
«Momentchen.»
Er hastete in den Wagen zurück und tauchte gleich darauf mit einem angeschmutzten, mehrfach zusammengefalteten Stück Papier wieder auf.
«Darf ich das behalten?»
«Meinetwegen. Dort, wo er jetzt ist, braucht er ja nichts mehr, der arme Kerl.»
Ich bedankte mich. Er wünschte mir noch einen schönen Nachmittag und verzog sich. Das Gelächter, das ihn im Wagen empfing, deutete darauf hin, daß man Joe aufzog, sich mit einer nicht mehr taufrischen Vertreterin des weiblichen Geschlechts eingelassen zu haben. Ich faltete den Zettel auseinander. Die Schrift, in Blockbuchstaben, war für einen Hilfsarbeiter unerwartet ordentlich und gleichmäßig:

MR. ROBERT WORTH
C/O HOTEL COQ D'OR
RUE DES NAUFRAGES, BIARRITZ.

Glücklicherweise erwischte ich vor dem Zirkus einen Mietwagen, der eben eine Schar Kinder samt Eltern abgesetzt hatte. Rue des Naufrages, gab ich dem Chauffeur zu verstehen, und ein bißchen plötzlich.
Das *Coq d'Or*, war, wie sich herausstellte, eine schäbige Hotelpension unweit des Hafens. Von der Tür und den Fensterstöcken blätterte die Farbe ab, in einem der oberen Fenster war die zersprungene Glasfüllung mit Packpapier verklebt. Ich hatte vorgehabt, mich als Verwandte von Mr. Worth auszugeben, was sich jedoch als überflüssig erwies. Der betrunkene Inhaber war lediglich auf mein Geld aus. Ich gab ihm eine Handvoll Münzen, worauf er *huit* murmelte und mir einen Schlüssel aushändigte, der mit einem schmutzigen Stück Schnur an einem Stück Holz befestigt war. Daß der Mann keinerlei Neugier erkennen ließ, deutete darauf hin, daß die Polizei sich noch nicht hatte blicken lassen.

Nummer acht befand sich im zweiten Stock, gleich neben dem Treppenabsatz. Zögernd steckte ich den Schlüssel ins Schloß. Immerhin lag derjenige, der ihn zuletzt herumgedreht hatte, jetzt im Leichenschauhaus. Sei nicht kindisch, ermahnte ich mich und öffnete die Tür.

Die Jalousie war hochgezogen. Er war demnach bei Tageslicht aufgebrochen. Die Sonne kämpfte sich durch ein verschmiertes Fenster, aber das Zimmer war sorgfältig aufgeräumt. War ich zu spät gekommen, und jemand hatte bereits saubergemacht, oder war Robert Worth ganz einfach ein Mann mit Sinn für Ordnung gewesen? Das Bett mit dem vergilbten Laken und der dünnen grauen Decke war genauso tadellos glattgezogen wie das in einem Krankenhaus oder, ja, auch in einem Gefängnis. Ein Tweedjackett, abgewetzt, wenngleich ausgebürstet, hing über der Lehne des einzigen Stuhls. Ein Schrank in der Ecke vervollständigte das spärliche Mobiliar. Ich zog die Tür auf und entdeckte ein zerknittertes, aber sauberes Hemd, ein Paar blank gewienerte braune Stiefel und einen mit Leinwand überzogenen billigen Koffer, der von einem Gurt zusammengehalten wurde.

Nach diesem Koffer, der nicht schwer war, griff ich, stellte ihn aufs Bett. Als ich den Gurt aufgeknüpft hatte, stellte ich fest, daß die Schlösser versperrt waren. Einen Schlüssel entdeckte ich zwar nirgends, aber da die Schlösser nicht weniger billig waren als der ganze Koffer, gelang es mir, ihn zu knacken, indem ich mich meines Maniküreetuis bediente, einem Geschenk meiner Tante zu meinem sechzehnten Geburtstag, die gemeint hatte, eine richtige Dame sollte stets ein Maniküreetui bei sich haben, um für alle Fälle gewappnet zu sein. Ausnahmsweise mußte ich der Tante einmal recht geben.

Ich klappte den Deckel auf und fand eine karierte Weste, einen Stapel ungeschickt ausgebesserter Unterwäsche, einen Waschbeutel mit Seife und Rasierzeug, ein rot eingebundenes Notizbuch sowie einen großen braunen Umschlag. Ich schlug das Notizbuch auf.

Große und kleine Frau verlassen Hotel um 6 Uhr 04 abends. GF und KF betreten Hutgeschäft. G & K betreten zweites Hutgeschäft.

Und so weiter, zwei volle Seiten lang, ein minutiöses Protokoll unseres exzentrischen Einkaufsbummels. Ich blätterte um und entdeckte einen weiteren Eintrag unter dem Datum 22. *Apr.*, dem Tag von Topaz' Beerdigung. *GF vorzeitig zur Stelle. KF mit fremdem Mann. 2 JF mit Kranz. Eine von ihnen hält Rede.* Robert Worth hatte uns nicht mit Namen gekannt und dennoch genauestens über uns Buch geführt. Die restlichen Seiten enthielten keine Eintragungen. Ich angelte mir den braunen Umschlag. Er enthielt vier relativ neue englische Fünf-Pfund-Noten sowie einen Brief in einem nicht verschlossenen weißen Umschlag ohne Adresse, mit dem Firmenkopf eines Anwalts in der Gray's Inn Road, London, datiert mit November 1901 und gerichtet: An alle Betreffenden. Ein Empfehlungsschreiben.

Mr. Robert Worth war sechs Jahre lang bei uns als Sekretär angestellt. Wir können bestätigen, daß er nicht trank und sich als ehrlich und fleißig erwiesen hat. Seine Beschäftigung in jedweder gleichrangigen Position ist durchaus zu befürworten.

Vor acht Jahren war der dralle Mann also dem Alkohol abhold und dazu ehrlich und fleißig gewesen. Fleißig, wie das Notizbuch bewies, sogar bis zum Schluß. Der Absage an den Alkohol hatte er, wenn ich mir sein Äußeres ins Gedächtnis zurückrief, wohl weniger standgehalten. Und was die Ehrlichkeit betraf, so mußte es einen Grund geben, warum ein Anwaltssekretär so weit abrutscht, daß er in einem Zirkus Handlangerdienste versieht. Vermutlich war Bobsworth irgendwann zwischen 1901 und heute mit der Hand in der Kasse erwischt worden. Trotzdem irgendwie anrührend, daß er bis zu seinem Tode dieses dürftige Beweisstück seiner beruflichen Qualifikation mit sich herumgeschleppt hatte. Ich legte es zu seinen übrigen Habseligkeiten in den Koffer zurück, den ich samt Gurt, wenn auch mit aufgebrochenen Schlössern wieder in den Schrank stellte. Unten hing der Inhaber der Hotelpension mit offenem Mund schlafend über seinem Tresen. Ich legte den Schlüssel für Zimmer acht neben ihn und ging.

XVII

Ich hatte den Mietwagen gebeten zu warten. Es war inzwischen sechs Uhr vorbei, gerade noch Zeit, das zu tun, was ich vor acht erledigen mußte.

Eine Viertelstunde später war ich bei Jules Estevan.

«Mr. Estevan», sagte ich, «ich brauche einen Mann.»

«Ich bewundere Ihre Offenheit, Miss Bray, bezweifle allerdings, daß ich der Geeignete bin.»

«Das sind Sie bestimmt. Wie jeder Mann, mit dem man sich sehen lassen kann ...»

Er war eindeutig irritiert.

«Nicht lange», versicherte ich ihm, «nur für etwa zwei Stunden. Es ist nicht einmal nötig, daß Sie sich eigens umziehen, es genügt, wenn Sie einen Mantel mitnehmen.»

«Miss Bray, vielleicht hätten Sie die Güte, mir zu verraten, was genau Sie vorhaben.»

«Bobbie Fieldfare und Marie de la Tourelle sind im Begriff, eine Riesendummheit zu begehen. Ich möchte dabeisein und ihnen klarmachen, wie lächerlich ihr Vorhaben ist.»

Er blähte die Backen und ließ sich auf die Couch fallen. Sein inneres Gleichgewicht schien ins Wanken zu geraten.

«Miss Bray, ich verstehe Ihre Betroffenheit durchaus. Wenn Sie meinen, Miss Fieldfare und Marie übten einen schlechten Einfluß aufeinander aus, stimme ich Ihnen sogar zu. Aber in Angelegenheiten wie dieser hat nun mal jeder das Recht, auf seine oder ihre Weise zum Teufel zu gehen.»

Selbst wenn es ein Spleen von ihm war, sich niemals über etwas zu erregen, ging mir diese Blasiertheit über die Hutschnur.

«Tut mir leid, aber eine derart olympische Einstellung kann ich nicht akzeptieren, wenn es um einen Mordversuch geht.»

Er fuhr hoch. «Mord?»
«Ich nahm an, Sie wüßten davon.»
«Keineswegs. Ich ahne nicht einmal, wovon Sie sprechen.»
«Was hatten Sie denn angenommen?»
Er suchte nach Worten, lächelte dann. «Wohl eher, daß Sie die Absicht hatten, die beiden bei einem ... sozusagen saphischen Schäferstündchen zu überraschen.»
«Du lieber Gott, nicht doch! Ich kann Ihnen versichern, daß mir weit ernstere Probleme zu schaffen machen.»
Jules lachte, und gegen meine Absicht stimmte ich in dieses Lachen ein, das sich zu einer Art Hysterie steigerte und vom gebohnerten Boden, den heidnischen Gestalten an der Wand, der Schneiderpuppe mit dem Porzellankopf widerhallte, bis ich erschrak und mich fragte, ob die Entscheidung, Jules zu meinem Verbündeten zu machen, richtig gewesen sei. Aber ohne Mann ging es nicht, und meine Auswahl war begrenzt. Nachdem ich mich beruhigt hatte, unterrichtete ich Jules lediglich über das, was ich für nötig befand, nämlich daß Bobbie und Marie vorhätten, jemanden – den Namen verschwieg ich wohlweislich – umzubringen. Aus politischen Gründen. Und daß es darum gehe, ihr Vorhaben zu vereiteln und Bobbie schleunigst nach England zurückzuverfrachten. Jules glaubte seinen Ohren nicht zu trauen.
«Auf einen derartigen Irrsinn würde sich Marie niemals einlassen.»
«Ich bin sicher, Bobbie hat sich Maries überentwickelte Vorliebe fürs Dramatische zunutze gemacht. Außerdem wäre Marie ja nicht diejenige, die die Pistole abfeuert.»
«Mit einer Pistole also?»
«Ja. Nur daß der Mann, den sie erwarten, nicht kommt. Der Brief mit der Einladung wurde abgefangen, aber das wissen die beiden Mädchen nicht.»
«Auf wen wird Bobbie dann schießen?»
«Nun ja, theoretisch auf Sie, nur ...»
«Verstehe. Ich werde also rein theoretisch erschossen?»

«Dazu wird es nicht kommen.»
«Ich wünschte, ich könnte Ihren Optimismus teilen.»
«Sie brauchen nichts weiter zu tun als den Pfadfinder zu spielen. Marie dürfte ihre Dienstboten unterrichtet haben, daß sie für acht Uhr Herrenbesuch erwartet, aber nicht wen. Wenn Sie um acht Uhr erscheinen, wird man Sie für den Gast halten und zu ihr bringen, in ein Zimmer, in dem sich vorher Bobbie versteckt hat. Ich folge Ihnen, schnappe mir Bobbie samt Pistole und setze sie in den nächsten Zug.»
«Einen kleinen Haken scheint mir die Sache aber doch zu haben. Was passiert, wenn die umtriebige Miss Fieldfare im selben Moment, da ich den Raum betrete, losballert?»
«Das ist nicht vorgesehen. Vorgesehen ist vielmehr, daß Marie ihr Opfer in eine Position lockt, die Bobbie genügend Zeit zum Zielen gibt. Bis dahin bin ich längst da.»
«Miss Bray, können Sie mir einen triftigen Grund nennen, warum Sie gerade mich auserkoren haben, dieses Opfer zu spielen?»
Weil Marie eine Freundin von Ihnen ist, wollte ich sagen, befürchtete aber, er würde das banal finden.
«Zumindest ist das einmal etwas ganz Neues für Sie, Mr. Estevan.»
«Hier liegt Ihr Versuchskaninchen.»
Er sank in Rückenlage auf die Couch, richtete sich wieder auf und ging hinaus, um gleich darauf mit weißen Handschuhen und Operncape nebst Zylinder wiederzukommen.
«Wo ist der Henkerskarren?»
«Eine Mietdroschke wartet vor der Tür.»
Mietdroschken kosten in Biarritz zwei Francs die Stunde; ich hatte die Gewerkschaftskasse also bereits um drei Shilling erleichtert, aber das war meine geringste Sorge. Und jetzt, da Jules trotz meiner leisen Befürchtungen zugesagt hatte, gab es kein Zurück. Was zum Kuckuck ging bloß in Bobbie Fieldfares Hirn vor? Jules, der mir auf dem Weg bergan gegenüber saß, schien ähnliches zu überlegen, denn er sagte unvermittelt:

«Das Stimmrecht muß Miss Fieldfare sehr viel bedeuten.»
«Uns allen.»
«Mir nicht. Wenn man bedenkt, daß die Mehrheit der Bevölkerung grundsätzlich in allem unrecht hat, wie kann man dann ein politisches System befürworten, das sich anmaßt, stets das Richtige zu tun?»
«Wie hätten Sie es denn gern?»
«Keinerlei Systeme. Wie Sie selbst bestätigen, ist Bobbie Fieldfare eine entschlossene junge Frau, die sogar bereit wäre, einen Mord zu begehen, wenn sie dadurch dieses kostbare Stimmrecht erhielte. Hat sie Übung darin?»
In der Mietdroschke war es reichlich dunkel, aber wenn er es schon nicht sah, mußte er zumindest spüren, wie ich mich verkrampfte.
«Wie meinen Sie das?»
«Mir ist eben erst der Sinn einer Ihrer Fragen klargeworden. Sie wollten wissen, ob Bobbie bereits zu Topaz' Lebzeiten von deren Vermächtnis Wind bekommen haben könnte.»
Ich sagte nichts darauf.
«Und meine Antwort war: vielleicht – möglicherweise sehr wohl.»
Er machte eine Pause. Dann: «Also, Miss Bray, hat sie nun die arme Topaz vergiftet?»
«Selbst wenn sie Bescheid wußte, kann man ihr keinen Strick daraus drehen.»
«Das ist keine Antwort. Ich ahne, daß Sie mir so einiges verschwiegen haben.»
Wie wahr: Bobbies Besuch beim Arzt, angeblich wegen quälender Schlaflosigkeit. Bobbie, die in Männerkleidung auf der Straße vor Topaz Eingang auf und ab ging.
«Wäre da noch», fuhr Jules fort, «diese Ungereimtheit mit dem Opalanhänger zu klären.»
Als hätte er meine Gedanken erraten. Er lehnte sich zurück.
«Durchaus verständlich, daß Sie sie umgehend außer Landes schaffen wollen.»

Je mehr die Straße anstieg, desto langsamer kam die Droschke voran. Ein Blick aus dem Fenster zeigte, daß wir eine der engen Kurven in unmittelbarer Nähe der *Villa des Lilas* erreicht hatten. Die Dämmerung brach herein, die Sonne ging als langer, graugoldener Streifen über einem violetten Meer unter.

«Besagt die Tatsache, daß Sie mich auserkoren haben, daß ich nicht länger verdächtig bin?» kam es von Jules.

Warum sollte ich ihn anschwindeln?

«Nein, nicht unbedingt. Allerdings habe ich heute etwas in Erfahrung gebracht, was eher zu Ihren Gunsten spricht.»

«Was denn?»

«Ein Mann hat mich und Bobbie beschattet. Und davor vermutlich Topaz. Ein Engländer, der, wie es aussieht, in englischer Währung bezahlt wurde.»

«Wurde?»

«Er ist tot.»

Schweigen.

«Und weshalb macht mich das weniger verdächtig?»

«Sie leben in Frankreich. Wenn Sie einen Spion brauchten, würden Sie eher einen Franzosen anheuern und ihn mit französischem Geld bezahlen.»

«Nicht unbedingt. Wenn ich einen wirklich tüchtigen Spion brauchte, würde ich Sie anheuern und Ihnen dafür mein für mich bedeutungsloses Wahlrecht abtreten.»

Wie schmeichelhaft.

Es war etwa Viertel vor acht, als wir um die letzte Kurve bogen und die hohe Gartenmauer der *Villa des Lilas* vor uns lag. Jetzt hing alles davon ab, herauszubekommen, wohin Jules geführt werden würde, nachdem ihm einer der Bediensteten geöffnet hätte. Ich schlug ihm vor, sich zu erkundigen, wo er Marie finden könne, dann vorgeben, er habe etwas in der Droschke liegen lassen, zurückkommen und mich informieren. Möglich, daß sie ihren Gast in dem Salon, in dem sie eine Kostprobe ihrer Schauspielkunst gegeben hatte, erwartete oder aber in ihrem Schlafzimmer. Jules widersprach.

«Nein, sie werden im Tempel sein. Ein weitaus passenderer Rahmen für eine Verabredung – oder einen Mord.»

«Tempel?»

«Maries Venustempel. Ein Pavillon im Garten. Wenn dem so ist, werden wir, sobald wir das Tor passiert haben, dort Licht sehen.»

Die Mietdroschke mahlte sich über die mit Kies aufgeschüttete Auffahrt. Im Gegensatz zu dem Abend, an dem das Fest stattgefunden hatte, breitete sich Stille über Haus und Garten, so als wäre trotz einiger erleuchteter Fenster im Erdgeschoß niemand zu Hause. Als die Droschke hielt, stupste mich Jules an.

«Da!»

Aus einem weißen, von Gebüsch umstandenen Bau auf einem etwas entfernter gelegenen kleinen Hügel drang Licht.

«Dort sind sie.»

Nahe genug, um die Räder der Droschke auf dem Kies knirschen zu hören und anzunehmen, David Chester rolle in ihre Falle. Wie Bobbie wohl zumute war? Ob sie sich nochmals vergewisserte, daß mit der Pistole alles stimmte? Und Marie? Die nahm wohl jetzt eine dem Anlaß entsprechende Pose ein.

«Sie gehen ins Haus», raunte ich Jules zu, «und melden sich bei den Dienstboten an. Und ich, ich schleiche mich dort hinüber und warte draußen.»

Wir stiegen aus. Ich wies den Kutscher an zu warten, und sobald ich hörte, daß Jules an der Haustür klingelte, betrat ich die leicht ansteigende Rasenfläche und hielt direkt auf den Pavillon zu.

Der weiche Boden verschluckte meine Schritte. Der Tempel lag seitwärts vor mir, das Licht drang aus einem kleinen Halbrund an der Hauswand. Beim Näherkommen war der Geruch von verbranntem Holz wahrzunehmen. So geräuschlos wie möglich schlängelte ich mich durch hartblättriges Buschwerk, schreckte zusammen, als ich einen Vogel aus seiner Nachtruhe aufscheuchte. Kein Laut aus dem Pavillon. Ich ließ eine

Minute verstreichen, ging weiter. Inzwischen war es stockdunkel, ich mußte mir meinen Weg den Hang hinauf ertasten. Als ich die Hauswand erreichte, stellte ich fest, daß der untere Teil der Mauer etwas vorstand und sich geradezu anbot, hinaufzuklettern und von dort aus einen Blick durch das Fenster zu riskieren.

Der Raum, den ich sah, ähnelte einem Bühnenbild: ein weißes, matt erhelltes Rechteck mit einem großen Marmorkamin, in dem ein Feuer brannte, ein mit apfelgrünem Samt überzogener Lehnsessel, an der Wand moderne Gobelins mit Göttern und Göttinnen in eindrucksvollen Posen. Den Mittelpunkt bildete eine monströse Couch, über die seidige Felle gebreitet waren, und hier saß Marie, in einem pastellfarbenen Gewand, das über sie floß wie eine Kanne Sahne. Zufällig posierte sie einmal nicht, hockte vielmehr da wie ein Schulmädchen nach einer Feier im Schlafsaal, die nackten Füße in die Felle vergraben, die zum Kinn hochgezogenen Knie mit einem Arm umschlungen. Ihr langes dunkles Haar war offen, und sie knabberte an etwas herum, was nach Pflaume aussah. Bobbie, in Jacke und Rock, kauerte auf der Couchkante und starrte im Gegensatz zu Marie gebannt zur Tür. Eine Pistole war nirgends zu entdecken. Vielleicht lag sie hinter der riesigen Blumenbank am von mir aus gesehen anderen Ende des Raums, einem Arrangement von eingetopften Farnen und Lilien, das sich hier schier dschungelhaft ausnahm, für einen Mord jedoch eine durchaus geeignete Kulisse abgeben mochte.

Die Finger am Fensterbrett eingekrallt, die Zehen an die Wand gestemmt, wartete ich. Wenn Bobbie hochgeschaut hätte, hätte sie mich unweigerlich entdeckt. Aber wahrscheinlich vernahm auch sie jetzt die sich nähernden Schritte: ein Bediensteter mit einer Öllampe geleitete Jules über den Kiesweg. Der erste Teil meines Plans war somit gelungen, Jules war als der Besucher durchgegangen, den Marie eingeladen hatte. Jetzt sagte Bobbie etwas zu Marie, worauf die Pflaume im Feuer landete und die nackten Füße aus den molligen Fellen geschält wurden. Mit gekreuzten Füßen lehnte sich Marie zurück, stützte sich auf den Ellbogen, den Blick auf die Tür gerichtet. Mit zwei geschickten Handbewegungen ordnete sie ihr volles Haar, so daß es ihr sittsam zu beiden Seiten des blassen Gesichts bis zu den weißen Füßen hinabrieselte. Bobbie war mittlerweile, behende wie ein Kaninchen in seinen Bau, zwischen Farnen und Lilien abgetaucht. Inzwischen befanden sich Jules und der Bedienstete auf dem Pfad zu meiner Rechten, auf gleicher Höhe mit mir. Im Schein der Lampe konnte ich den verängstigten Ausdruck im Gesicht meines Verbündeten erkennen und hätte ihm gern irgendwie zu verstehen gegeben, daß ich ganz in seiner Nähe war. Jetzt sagte der Diener etwas zu Jules und kehrte dann mit seiner Lampe um. Weitergehen, Jules, beschwor ich ihn innerlich, und kurz darauf vernahm ich tatsächlich wieder seine Schritte auf dem Kies und ein beherztes Pochen an der Tür. «Herein!» rief von drinnen Marie auf englisch. Als er die Tür aufstieß, sprang ich von der Mauerkante, hastete auf das Licht, das durch die offene Tür drang, zu. Ich kam gerade rechtzeitig, um Marie überrascht und verärgert rufen zu hören:

«Jules, was willst *du* denn hier? Verschwinde.»

Kurze Stille, dann ein grelles Aufblitzen, ein scharfer Knall, eine auf französisch fluchende Männerstimme und der Fall eines schweren Körpers ins Blattwerk. Marie schrie auf. Vom Kiesweg her kam der Diener zurückgerannt. Meine Dummheit verwünschend, eilte ich durch die offene Tür und bekam mit, wie Jules' elegant behosten Beine todeskampfähnlich zwischen plattgedrückten Farnen und Lilien zuckten, über ihm, einem Knaben gleich, der einer Ratte den Garaus macht, eine wütende Bobbie mit einem Stock, der immer wieder auf ihn niedersauste. Mit einem Hechtsprung, begleitet von Maries Kreischen und umweht von einem Gemisch aus Lilienduft und heißem Metallgeruch, stürzte ich mich auf sie, stieß sie mit aller mir zur Verfügung stehenden Kraft zu Boden, kniete mich auf sie und entwand ihr den an der Spitze gesplitterten Stock.

Närrin, beschimpfte ich sie, und Mörderin, so als wäre das eine so schlimm wie das andere, und die ganze Zeit über spürte ich den zuckenden Körper von Jules neben mir. Bobbie überhäufte mich mit einer Schimpfkanonade, die jedoch von dem Lärm, den Marie veranstaltete, übertönt wurde, und setzte sich derart vehement zur Wehr, daß ich ihr schließlich den Kopf unsanft auf den Fußboden schlug. Das Geräusch von dem Aufprall ließ mich erschauern. Dennoch verlor Bobbie nicht das Bewußtsein, war aber immerhin so benommen, daß ich mich um Jules kümmern konnte. Ich entfernte einen Hirschzungenfarn von seinem Nacken und drehte ihn mit aller Vorsicht auf den Rücken. Sein Gesicht war qualvoll verzerrt, seine Brust hob und senkte sich im Ringen nach Luft. Ich legte ihm den Arm um die Schultern, drückte seinen Kopf an mich.

«Jules, es tut mir so leid. Ich hatte keine Ahnung ...»

Er rang um Worte.

«... getäuscht, Sie haben sich getäuscht.»

«Ja, ich habe mich getäuscht. Aber darum geht es jetzt nicht. Wichtiger ist, einen Arzt für Sie aufzutreiben und ...»

Der Diener glotzte verständnislos auf uns hinunter.

«... keinen Arzt», gelang es Jules zu stammeln. Sein Atem war flacher geworden; ob das ein gutes Zeichen war, blieb abzuwarten.

«... getäuscht ... gar keine Pistole ... eine Kamera ... all ihr Götter im Himmel.»

Er schnappte nach Luft und setzte sich auf, und noch ehe er zu Ende gesprochen hatte, begriff ich, was mit ihm los war. Ein Gelächter, ein hysterisches Lachen, beutelte ihn bis an die Schmerzgrenze.

«Eine Kamera?»

Ich verstand einfach nicht, was er meinte. Ich besah mir den gesplitterten Stock, mit dem Bobbie auf Jules eingeschlagen hatte, und langsam dämmerte mir, daß es sich hierbei um das abgebrochene Bein eines Kamerastativs handelte. Die beiden anderen Beine und ein demolierter Aufsatz lagen in dem übel zugerichteten Farn, angeschmort von den Überbleibseln der Magnesiumbirne, und noch weiter hinten lag die Kamera selbst, auf die Bobbie, die sich jetzt aufgerichtet hatte, völlig verständnislos starrte, so als fragte sie sich, wie der Apparat dorthin gekommen sei und wie es hatte geschehen können, daß sie zu Boden gegangen war, ehe sie, an mich gewandt, unheimlich ruhig sagte: «Das hättest du nicht tun sollen, Nell. Auch wenn du dagegen warst, hättest du das nicht tun sollen.»

Mit zittrigen Beinen stand ich auf, setzte mich auf die Fellcouch, zu Marie, die nicht mehr schrie, sondern mich nur fassungslos ansah. Der Diener half Jules in den Sessel. Bobbie, noch immer benommen, schälte sich aus dem Grünzeug.

«Von allem Schwachsinn», sagte ich, «gehört dieser hier wohl zum übelsten, mit dem ich je konfrontiert wurde.»

Trotz sicherlich heftiger Kopfschmerzen gab sich Bobbie nicht geschlagen. «Es hätte wunderbar geklappt, wenn du dich nicht eingemischt hättest. Es könnte auch jetzt noch klappen, wenn du bloß verduften würdest.»

«Nein, würde es nicht. Die Kamera ist kaputt, und Mr. Chester wird nicht kommen. Eure Einladung an ihn wurde abgefangen.»

«Von dir?»

Ich schwieg.

«Du warst es, gib's zu, Nell. Du hast mir nachspioniert. Wir mögen ja nicht immer einer Meinung sein, aber es wäre besser gewesen, du hättest dich um deine Angelegenheiten gekümmert und es mir überlassen, mich um meine zu kümmern.»

«Und dich Erpresserin spielen lassen? Denn was sonst hättest du mit einer kompromittierenden Fotografie angestellt, wenn euer Plan funktioniert hätte?»

«Abzüge an alle Zeitungsredaktionen geschickt, an die Bischöfe und an alle Richter.»

Marie schickte den Diener weg. Die erste vernünftige Idee seit Tagen. Wortlos und ohne sich noch einmal umzusehen verschwand er. War derartiges gang und gäbe in Maries Haushalt?

«Selbst wenn es geklappt hätte», sagte ich, «würde das aufzeigen, mit welch schäbigen Mitteln du deine Ziele verfolgst.»

«Nicht damenhaft?»

«Unehrenhaft.»

Sie stakste zum offenen Kamin, trommelte mit der geballten Faust an ihren Schenkel.

«Nell, ich kann dir gar nicht sagen, wie sehr du mir auf den Geist gehst. Du bildest dir ein, daß sie uns, wenn wir weiterhin nach ihren Spielregeln kämpfen, am Ende in ihren gemütlich-kuscheligen Herrenclub einladen, auf daß wir alle glücklich und zufrieden sind. Von wegen. Sie werden auf Teufel komm raus und mit sämtlichen schmutzigen Tricks, die ihnen zur Verfügung stehen, diese Tür verteidigen. Die einzige Möglichkeit für uns, da jemals reinzukommen, ist, diese Tür einzuschlagen.»

«Und dies hier war der beste Rammbock, den du auftreiben konntest? Du meine Güte, wie konntest du auf die Idee verfallen, David Chester würde hier aufkreuzen! Ich mag den Kerl genausowenig wie du, aber was sein Privatleben betrifft, ist er ein Muster ehelicher Pflichterfüllung.»

«Ausgeschlossen.»

«Er wäre hergekommen», warf Marie ein. «Wenn er den Brief erhalten hätte, wäre er gekommen.»

Sie wärmte sich die Füße am Feuer und steckte sich das Haar auf, mit der Beflissenheit des Musikers, der sein Instrument verstaut, wenn ein Konzert abgesagt worden ist.

«Warum?»

«Weil sie immer kommen.»

Jules meldete sich aus seinem Sessel. «Ihr beide habt ein geradezu rührendes Vertrauen in die männliche Sinnenlust.»

«Nein», widersprach Marie. «In die männliche Eitelkeit.»

«Man muß nur den richtigen Köder auslegen», sagte Bobbie.

Daß Marie zusammenfuhr, nahm sie nicht zur Kenntnis.
«Du hast dein Opfer beschattet?» fragte ich.
«Du weißt ganz genau, wie es gelaufen ist. Wahrscheinlich hast du beim erstenmal auch dazwischengefunkt. Doch, so muß es gewesen sein.»
Von einem vorhergehenden Versuch hatte ich keine Ahnung, behielt das aber für mich.
«Zunächst glaubte ich, dein Plan laufe auf Mord hinaus.»
Sie schnaubte. «Schön wär's. Dann wär's längst aus und vorbei.»
«Es ist aus und vorbei. Das Vernünftigste, was du jetzt tun kannst, ist, mit dem nächsten Zug nach England zurückzufahren. Draußen wartet eine Droschke. Du hast genug Unheil gestiftet.»
«Ohne Rose fahre ich nicht.»
«Das meine ich ja mit Unheil. Du mußt ohne sie fahren.»
«Du weißt bestimmt, wo sie ist. Du versteckst sie vor mir.»
Ich gab keine Antwort. In diesem Augenblick gab es nichts, was ich mit Bobbie zu teilen bereit war.
«Du hast sie dazu gebracht, dir alles zu erzählen, wie? Mir wirfst du vor, ich hätte mich schäbig verhalten, aber du nutzt deine Position aus, um die arme Rose einzuschüchtern.»
«Von einschüchtern kann gar keine Rede sein. Durch dich ist Rose in ernsthafte Schwierigkeiten geraten. Also sei so gut und verschwinde, und überlaß es mir, sie da rauszuholen.»
Bobbie kehrte mir den Rücken zu, spähte ins Feuer.
«Miss Fieldfare, haben Sie Topaz Brown umgebracht?» erkundigte sich Jules in angelegentlichem Plauderton.
Völlig verdutzt fuhr Bobbie herum.
«Was sagen Sie da?»
«Topaz Brown – haben Sie sie umgebracht?»
Allgemeine Erstarrung: Marie, die sich eben eine Nadel ins Haar steckte, Bobbie, die am Kamin zu einer Statue gefror, ich, die ich sie beobachtete. Als hätte ich eine Lunte ausgelegt und Jules dazu verleitet, ein Streichholz daran zu halten. In

der Stille hörte man die Scheite knacken und Erde aus einem umgestülpten Farntopf rieseln.

«Aus welchem Grund hätte ich Topaz Brown umbringen sollen?»

Die Gegenfrage kam, auch wenn es eine Weile gedauert hatte, ebenso ruhig.

«Wegen ihres Geldes. Nein, nicht für Sie selbst. Für Ihre politischen Aktivitäten.»

«Wie kommen Sie darauf?»

«War dir bereits vor dem Tod von Topaz Brown bekannt, daß sie uns ihr Geld vermacht hat?» fragte ich.

Sie nickte, schien erleichtert, wenigstens auf eine Frage Antwort geben zu können.

«Ja, ich hörte am Abend vorher davon. Wie ein Lauffeuer verbreitete sich die Nachricht durch die Stadt.»

«In der Nacht, in der Topaz Brown starb, ging vor ihrem Privateingang ein junger Mann auf und ab. Von zehn bis nach Mitternacht. Dieser junge Mann warst du.»

Lediglich der heftige Ruck, der durch Jules ging, deutete an, wie unvorbereitet ihn diese Feststellung traf. Marie schnappte nach Luft. Bobbies teilnahmloses Gesicht hatte sich verzerrt, spiegelte kalte, zu allem entschlossene Wut wider.

«Ja, war er.»

Marie wollte etwas sagen. Jules brachte sie mit einer Handbewegung zum Schweigen.

«Ihre Zeugin, Miss Bray.»

«Der Feueropal-Anhänger», fuhr ich fort. «Einen Tag vor Topaz' Tod wurde er in ihrem Besitz gesehen. Später im Besitz von Marie. Du mußt ihn ihr gegeben haben.»

«Ja, doch, das hat sie.»

Endlich hatte Marie ein Stichwort aufgeschnappt und konnte loslegen. Die großen dunklen Augen zu blankem Entsetzen aufgerissen, fuhr sie sich mit der einen Hand an die Kehle, raufte sich gleich darauf das aufgesteckte Haar, so daß es sich über ihren Rücken ergoß, wies mit der anderen auf Bobbie, angesichts der kurzen räumlichen Distanz der beiden eine völlig überflüssige Geste.

«Sie hat ihn mir gegeben und gesagt, einer meiner Bewunderer habe ihn geschickt. Sie ist eine Mörderin. Sie hat mich schändlich ausgenutzt. Meine Freundin hat sie ermordet ...»

Jules erhob sich, griff in ihre Haarpracht und schlang sie ihr in aller Freundschaft, aber doch unerbittlich um den protestierenden Mund. Sie versuchte ihn zu beißen, aber er erwies sich doch um einiges stärker als vermutet. Schließlich setzte er sich neben sie, den rechten Arm um ihre Schultern, mit der linken Hand die Mähne eng an ihre Wangen drückend. Von hinten hätte man sie für ein inniges Liebespaar halten können, das ins Feuer träumt. Beschwichtigend und ähnlich wie Sidney Greenbow im Umgang mit einem nervösen Pferd, sprach er auf sie ein.

«Marie, *ma mignonnette*, heb dir das für die zahlende Kundschaft auf. Hör jetzt einfach nur zu.»

Bobbie glich noch immer einer steinernen Statue.

«Dein Besuch bei Dr. Campbell», nahm ich den Faden wieder auf. «Er wollte mir nicht sagen, was er dir gegen deine Schlaflosigkeit verschrieben hat. Etwa Laudanum?»

Jules' Arm grub sich in Maries Schultern. Bobby zeigte sich verblüfft, dann erzürnt. Mir war, als würde ich an Boden verlieren, als wäre diese letzte Frage eine Bauchlandung gewesen und hätte ihr dadurch wieder Auftrieb gegeben.

«Laudanum? Nein. So etwas würde ich nie einnehmen. Mir fehlt doch gar nichts.»

«Warum hast du dann den Arzt aufgesucht?»

Ich wartete auf ihre Antwort. Sie lächelte, zuerst in sich hinein, dann verbreiterte sich ihr Lächeln zu einem unverhohlenen Grinsen. Sie sah mir in die Augen.

«Nell Bray, was bist du doch für ein Narr, und beinahe wäre ich ein noch viel größerer gewesen. Nicht den leisesten Schimmer hast du. Du hast lediglich geblufft.»

«Das ist kein Bluff. Hast du Topaz Brown umgebracht?»

«Nein.» Sie ging in Richtung Tür. «Ich nicht. Ich weiß auch nicht, wer's getan hat. Wenn's überhaupt einer getan hat.»

Jules ließ Marie los und stand auf, trat wie ich Bobbie entgegen.

«Wollt ihr mich zurückhalten? Mich festnehmen unter dem Verdacht, Topaz Brown ermordet zu haben?»

Mit einer Drohgebärde hielt sie mich davon ab, sich ihr in den Weg zu stellen. Wozu auch? Ich ließ sie gehen. Auf der Türschwelle hob sie zum Abschied die Hand.

«Tut mir leid, Marie. War nicht meine Schuld. Weidmanns Heil, Nell Bray.»

Ihre Schritte entfernten sich den Pfad entlang, forsche Schritte. Jules und mir blieb es überlassen, uns um Marie zu bemühen, die die Chance erkannt hatte, in Anlehnung an Königin Dido von Karthago ihre Empörung und die Erkenntnis, das Opfer von Verrat geworden zu sein, zum Ausdruck zu bringen. Was geraume Zeit in Anspruch nahm.

XVIII

Kurz vor Mitternacht erst gelang es uns, Marie ihrer spanischen Zofe zu übergeben, damit die sie zu Bett brachte. Jules und ich waren vor Müdigkeit kaum noch zu einem Wort fähig. Der Diener begleitete uns hinaus – wo wir feststellen durften, daß Bobbie sich mit unserer Droschke aus dem Staub gemacht hatte. Eigentlich war das zu erwarten gewesen. Fragte sich nur, ob mein Schuhwerk dem Marsch zurück in die Stadt standhalten würde. Jules, der offensichtlich Geschmack für schnelle Entschlüsse entwickelte, tat dem Diener schlicht und einfach kund, daß wir gedächten, die Nacht über zu bleiben. Der Mann schien keineswegs überrascht, auch nicht als Jules ihm sagte, daß wir vorher noch gern eine Kleinigkeit zu uns nehmen würden.

«Sind Sie sicher, daß Marie nichts dagegen hat?» vergewisserte ich mich bei meinem Begleiter.

«Warum sollte sie? Schließlich hat sie sich das selbst eingebrockt.»

Der Diener führte uns in ein kleines Eßzimmer mit zartgrünen Wänden und Vorhängen in der Farbe von Muscheln. Eigentlich war ich viel zu müde, um etwas zu essen, änderte meine Meinung jedoch, als der Imbiß aufgetragen wurde: kaltes Hühnchen in Majonnaise und Aspik, angerichtet mit schwarzen Trüffelscheibchen. Dazu grüner Salat, auf dem Olivenöl glänzte. Und als wäre das ganz selbstverständlich, erschien der Diener mit einer Flasche Champagner, die Jules jedoch zurückwies und statt dessen Muscadet bestellte. Er rückte mir den Stuhl zurecht, nahm selbst Platz und forderte mich auf zuzugreifen.

«Maries Weinkeller ist nichts Besonderes. In dieser Beziehung war ihr Topaz weit überlegen.»

Ich dachte an Marie über uns, der wohl gerade die Zofe das wallende Haar bürstete, und an den sich verneigenden Schimmel auf dem Friedhof. Das Hühnchen war köstlich, ich aß mit großem Appetit. Jules schenkte Wein nach.

«Hat Miss Fieldfare die Wahrheit gesagt?»

«Daß sie Topaz nicht umgebracht hat? Ja.»

«Sie scheinen überzeugt davon zu sein.»

«Ich glaube nicht, daß sie mich belügen würde.»

«Aber Sie hielten sie für fähig, einen Mord zu begehen.»

«O ja, durchaus. Bobbie Fieldfare ist zu allem fähig, aber daß sie Topaz ermordet hat, kann ich mir nicht vorstellen. Irgend etwas muß ich wohl übersehen haben, nur komme ich nicht drauf, was.»

«Hätte denn ihr Plan, diesen Politiker, den Sie so verabscheuen, zu diskreditieren, etwas bewirkt?»

Ich nahm mir von der Platte, die er mir hinhielt, ein weiteres Stück Hühnchen und dachte darüber nach.

«Wenn er zu der Sorte Mann gehörte, der mir nichts, dir nichts in eine Falle stolpert, und wenn sie wie beabsichtigt mit der Fotografie hausieren gegangen wäre, ja, dann allerdings. Nur daß Bobbie etwas Entscheidendes falsch gedeutet hat.»

«Was denn?»

«Sie hat äußerst romantische Vorstellungen von körperlicher Liebe. Sie überschätzt sie. Für eine junge Frau ist ihre Einstellung ziemlich altmodisch.»

Jules verschluckte sich an seinem Wein.

«Altmodisch?»

«Ja. Ihr fehlt die Erfahrung. Sie stellt sich Liebe als eine ungestüme Kraft vor, mitreißend wie die Sagen der Klassik oder das Alte Testament, Mars und Venus, Salome und König Herodes. Sie hat sich eingebildet, man brauche Chester lediglich dieser Kraft auszusetzen, und der Fall sei erledigt.»

Es bereitete mir Unbehagen, wie Jules mich ansah.

«Und Sie, Miss Bray? Verstehen Sie Liebe nicht als ungestüme Kraft?»

«Die, die heutzutage das Sagen haben, sind keineswegs ungestüm, sondern durch die Bank ausgemachte Langweiler. Und in erster Linie eitel und dumm.»

«Wenn Sie Miss Fieldfare Unerfahrenheit unterstellen, besagt das dann etwa, daß Sie ...»

«Das besagt gar nichts, Mr. Estevan.»

Anstatt verärgert zu sein, mußte ich lachen. Es war spät, sehr spät, und ich hatte bereits zwei Glas Wein getrunken.

«Für mich sind Sie durchaus eine ungestüme Frau, Miss Bray.»

«Dann sind Sie ein ungestümer Mann. Was hat Sie eigentlich bewogen, sich auf Bobbie zu stürzen?»

«Etwas hatte sich bewegt, ich reagierte rein instinktiv. Äußerst primitiv, seinen Instinkten nachzugeben. Ich sollte mich schämen.»

Es klang ganz und gar nicht beschämt.

Der Diener räumte die leeren Teller ab und trug eine große Schale Obst auf. In gleichmäßigen langen Streifen zog Jules die Haut von einem Pfirsich ab.

«Bobbie Fieldfare hat also Topaz Ihrer Meinung nach nicht umgebracht. Glauben Sie noch immer, daß Topaz überhaupt ermordet wurde?»

Mit vollem Mund nickte ich.

«Von wem denn?»

Ich schluckte das Stück Birne hinunter und wagte einen Vorstoß.

«Haben Sie schon einmal Sidney Greenbow ins Kalkül gezogen?»

«El Cid? Er war einer ihrer ältesten Freunde. Warum sollte er sie umbringen?»

«Die Pferde, seine Dons. Wußten Sie, daß sie ihm viel Geld geliehen hatte, damit er sie kaufen konnte? Sie könnte ihn auf Rückzahlung gedrängt haben, zur Finanzierung ihres Weinbergs.»

Jules' Gesicht war eitel Skepsis.

«Das sieht Topaz ganz und gar nicht ähnlich. Soweit ich weiß, hat sie niemals auf Rückzahlung von Schulden gedrängt. Ist das der einzige Grund?»

«Nein. Wie ich Ihnen bereits sagte, wurde Topaz beschattet. Später dann auch ich und Bobbie. Von einem Engländer, der beim Zirkus arbeitete.»

«Und der jetzt tot ist.»

«Erinnern Sie sich an den ausgebeulten Satyr auf Maries Fest? Um den handelt es sich. Tags darauf wurde er ertrunken aufgefunden.»

Ich hatte nicht vor, Jules etwas von Rose zu erzählen. Zumal mich mein Gewissen plagte, wenn ich daran dachte, daß ich, statt nach ihr zu suchen, es mir hier wohl sein ließ.

«Und Sie meinen, El Cid hat diesen Mann bezahlt?»

«Beweisen kann ich es nicht. Fest steht nur, daß er ihn kannte.»

Jules sah mit einem Mal müde und elend aus.

«Das ist Ihnen wohl unangenehm?» fragte ich. «Ist Sidney Greenbow ein Freund von Ihnen?»

«Nicht direkt. Ich habe ihn gelegentlich zusammen mit Topaz erlebt und fand ihn in gewisser Weise amüsant. Nur ...»

«Nur was?»

«Mir widerstrebt einfach der Gedanke, sie könnte ermordet worden sein. Sollten wir jemals erfahren, wer es getan hat, wird sie endgültig tot sein. Als würde sie ein zweites Mal umgebracht.»

Mich fröstelte. Ich fühlte mich so erschöpft wie er aussah.

«Zeit, ins Bett zu gehen.»

Jules betätigte eine elektrische Klingel neben dem Kamin. Der Diener erschien und geleitete uns nach oben. Vor meiner Zimmertür wünschte mir Jules mit einer knappen Verbeugung und eher ironisch eine angenehme Nacht.

Egal. Ich zog mich vollständig aus und schlüpfte zwischen feinste Satintücher, die so weich waren wie das Hinübergleiten in einen Traum. Wie viele Nächte ihres Lebens hatte Topaz so geschlafen, kam es mir noch in den Sinn, ehe ich wegsackte, und wie gern hätte ich wenigstens einmal mit ihr gesprochen.

Am nächsten Morgen war Jules völlig verstört.

«Ein scheußliches Gefühl. Meine Haut sträubt sich mit jeder Pore.»

Beim Aufwachen hatte er festgestellt, daß ein frisches Hemd Fehlanzeige war.

«Vor unserem Aufbruch gestern abend konnte ich mich auch nicht mehr umziehen. Können Sie sich vorstellen, daß ich seit geschlagenen zwanzig Stunden ein und dasselbe Hemd anhabe?»

Er schien mir die Schuld dafür zu geben. Daß ich ihn seiner Meinung nach an den Rand des Todes getrieben hatte, kreidete er mir dagegen nicht an. Ungerührt gab ich zurück, in Holloway hätten wir einmal in der Woche die Bluse wechseln dürfen, worauf er angeekelt die Augen schloß. Die Vertrautheit von gestern Abend hatte sich verflüchtigt; vielleicht hatte Jules auch einfach nur seine übliche Distanz zum Rest der Welt wiedergefunden. Auf mehr als rasch eine Tasse Kaffe ließ er sich nicht ein, stürmte bereits hinaus ins Freie, wo Maries Kutscher mit zwei vor einen flotten Wagen gespannten grauen Ponys unserer harrte.

«Sollten wir uns nicht bei Marie bedanken?»

«Himmel, nein. Vor mittags steht sie nicht auf.»

Als wir in munterem Trab die Avenue du Bois de Boulogne entlang rollten, quälte sich Jules mit eingezogenen Schultern und so, als versuchte er, möglichst weit auf Abstand zu seinem Hemd zu gehen, auf seinem Sitz herum. Mitfühlend, wie ich nun mal bin, schlug ich vor, ihn auf direktem Weg nach Hause zu bringen; danach könne mich der Kutscher im Stadtzentrum absetzen. Jules protestierte nur schwach, verabschiedete sich überstürzt, als er am Ziel war. Um sich vermutlich, sobald die Tür hinter ihm zufiel, das vermaledeite Hemd vom Leib zu reißen.

Ich wies den Kutscher an, zur Promenade zu fahren, brannte darauf, meine Suche nach Rose voranzutreiben. Nur wo anfangen? Von den Stufen vor einem Hotel aus winkte mir eine korpulente Frau mit zwei kleinen Kindern zu, hüpfte sogar andeutungsweise, damit ich auf sie aufmerksam wurde. Ich erschrak. Mrs. Chester. Ich wollte ihr aus dem Weg gehen, brauchte sie nicht mehr, und dennoch wäre es unschicklich gewesen, einfach weiterzufahren. Ich vergewisserte mich, daß ihr Mann nicht in Sichtweite war, bedeutete dem Kutscher, hier aussteigen zu wollen. Die beiden kleinen Mädchen im Schlepptau, hastete Mrs. Chester auf mich zu, von ihren Familienproblemen derart in Anspruch genommen, daß sie gar keine Zeit fand, sich darüber zu wundern, daß eine angebliche Gouvernante einer der elegantesten Kutschen von Biarritz entstieg.

«Meine Liebe, Gott sei Dank habe ich Sie erkannt. Wir reisen doch morgen ab, und ich wollte mich unbedingt von Ihnen verabschieden.»

Maries Kutsche drehte um und fuhr davon. Ich heuchelte Interesse für das, was Mrs. Chester von sich gab. Jetzt, da ich wußte, daß ihr Mann zu keiner Zeit Bobbies Pistole zu befürchten gehabt hatte, war es mir egal, ob sie blieben oder nicht. Scheinbar besorgt erkundigte ich mich nach dem Befinden der hustenden kleinen Louisa.

«Sie freut sich auch auf zu Hause, nicht wahr, mein Schätzchen? David, der Ärmste, hat wieder einmal fast die ganze Nacht an ihrem Bett gesessen. Ich hatte die Nacht zuvor gewacht, und er bestand darauf, daß ich mich hinlege.»

Die beiden Mädchen zerrten sie in Richtung Bordstein.

«Mama, dürfen wir uns die Schiffe ansehen?»

Ohne Punkt und Komma auf mich einredend, ließ sie sich willenlos von ihnen über die Straße zu einem auf dem Geländer der Promenade montierten Teleskop zerren, kramte in ihrer Tasche nach Münzen, während ein Wasserfall häuslicher Belanglosigkeiten auf mich niederprasselte und mich gegen meinen Willen festhielt. Erst als beide Mädchen eingehend damit beschäftigt waren, sich um das Teleskop zu zanken, verstand ich, warum. Ihre Stimme sank zu einem Flüstern ab.

«Diese gräßliche Frau mit ihrem Brief – haben Sie etwas gegen sie unternommen?»

«Mrs. Chester, ich darf Ihnen versichern, daß die betreffende Dame ungemein bedauert, dieses Schreiben abgeschickt zu haben. Ich bin sicher, daß Ihr Mann aus dieser Ecke nie wieder belästigt wird.»

«Oh. Oh, da bin ich Ihnen wirklich dankbar.»

Sie griff nach meiner Hand, umschloß sie mit ihren beiden. In ihren Augen standen Tränen.

«Unendlich dankbar. Er ist ein so guter Mensch, so fürsorgend. Ich finde es unerträglich, wenn man ihm Verdruß bereitet. Wir Frauen ahnen ja nicht, was ein Mann, der wie er in der Öffentlichkeit steht, auf sich nehmen muß. Wir können lediglich versuchen ...»

Das war zuviel. Ich entzog ihr meine Hand.

«Mrs. Chester, es besteht kein Grund, mir zu danken. Leider muß ich jetzt gehen, denn dort drüben ist jemand, mit dem ich sprechen muß. Ich wünsche Ihnen eine angenehme Heimreise.»

Ich ließ sie mit offenem Mund angesichts meines plötzlichen Aufbruchs stehen, aber das scherte mich weniger. Wo ich doch das Meine dazu beigetragen hatte, die erbärmlich enge Welt, in der sie lebte, sicherer zu machen. Und noch ehe ich die Straße überquert hatte, materialisierte sich dieser gewisse Jemand, den ich erfunden hatte, um ihr zu entfliehen: vor dem Hotel, neben seinem motorisierten Gefährt, stand, in Automantel und Kappe, Lord Beverley. Er erkannte mich, winkte.

«Guten Morgen, Miss Bray. Wir reisen im Laufe des Vormittags ab.»

Die elegante Gesellschaft machte sich auf, von der Atlantikküste zu den Parks von London und Paris zurückzukehren, einem Instinkt folgend, der geheimnisvoll und untrügbar war wie der der Schwalben. Kisten und Koffer wurden vor dem Hotel aufgetürmt. Die Motorhaube von Lord Beverleys Automobil war hochgeklappt, er selbst hatte sich mit einem Schraubenschlüssel bewaffnet.

«Muß ein bißchen was nachziehen. Mein alter Herr meint, das betagte Mädchen würde es nicht schaffen. Hat mir versprochen, sie mir abzukaufen, wenn ich uns damit heil nach London bringe.»

Wie denn die Chancen stünden, fragte ich, und er meinte, unter normalen Umständen etwa fünf zu eins, um mir dann ausführlich zu erklären, was an dem Automobil in Ordnung zu bringen sei. An diesem Vormittag schien es wirklich jeder darauf angelegt zu haben, mir meine Zeit zu stehlen. Er bestand sogar darauf, daß ich mir die sogenannte Benzinpumpe genauer ansähe. Warum, wurde mir klar, als unsere Köpfe über Leitungen und Zylindern fast auf Tuchfühlung gingen.

«Neuigkeiten über die arme Topaz?»

«Was für Neuigkeiten?»

«Sie hielten es doch nicht für ausgeschlossen, daß sie ermordet wurde. Ist dieser Verdacht ausgeräumt?»

«Es hat sich nichts weiter ergeben.»

Was insoweit stimmte, daß sich nichts ergeben hatte, was mich auf die Spur von Topaz' Mörder gebracht hätte. Ihm über Bobbie oder den ausgebeulten Satyr zu berichten, war nicht meine Absicht. Lord Beverley stieß einen Seufzer der Erleichterung in die Innereien seines Automobils aus.

«Dann bleibt es bei Selbstmord?»

«Offiziell ja.»

«Gott sei Dank. War für mich auch so schwer genug, den alten Herrn zu besänftigen. Wenn ihm der Verdacht gekommen wäre, ich könnte in einen Mordfall verwickelt sein ...»

Eine barsche Stimme brüllte von den Hotelstufen: «Charles, der Mann hier behauptet, wir hätten keinen Picknickkorb bestellt. Hab ich dir nicht gesagt, du sollst dich drum kümmern?!»

Ächzend richtete sich Lord Beverley auf und legte den Schraubenschlüssel aus der Hand.

«Mein alter Herr. Entschuldigen Sie mich, Miss Bray, ich muß zu ihm. Sehen Sie es mir bitte nach, wenn ich Sie nicht miteinander bekanntmache. Er gehört nicht zu Ihren eifrigsten Befürwortern.»

Ich lehnte mich an das Automobil, den Rücken Vater, Sohn und Hoteldirektor zugekehrt, die das Problem mit dem Picknickkorb klärten. Nach wenigen Minuten kam Lord Beverley zurück.

«Tut mir leid. Ist also alles ausgestanden, die Suffragetten kriegen ihr Geld, und jeder ist's zufrieden. Trotzdem traurig.»

Er fragte mich, ob ich noch zu bleiben gedächte. Die Antwort blieb mir im Halse stecken, denn in diesem Augenblick zischte etwas von irgendwoher wie eine Schlange durch die Luft und traf die Schulterpartie von Lord Beverleys Ledermontur.

«Das ist für sie, du Schweinehund!» schrie jemand.

Ich fuhr herum und entdeckte Sidney Greenbow, der lässig in Stiefeln, Hemd und Reithosen mit gespreizten Beinen dastand und eine lange schwarze Dressurpeitsche einholte. Die Spaziergänger, die eben noch in der Sonne geplaudert hatten, wichen bestürzt zurück.

Lord Beverley blickte wie versteinert auf Sidney, griff sich dann eher verblüfft denn verärgert an die Stelle, wo ihn die Peitsche getroffen hatte. Wenn er verstanden hatte, was Sidney gerufen hatte, schien er es nicht auf sich zu beziehen.

«Was soll das?» fragte er vorwurfsvoll.

«Das weißt du verdammt gut.»

Sidney holte erneut aus, und diesmal schrie alles auf. Und obwohl ich unmittelbar neben Lord Beverley stand, machte ich keine Anstalten, mich in Sicherheit zu bringen. Ich konnte einfach nicht fassen, was sich da abspielte. Die Peitsche schwirrte ein zweites Mal durch die Luft, so nahe an mir vorbei, daß ich an meiner Backe den Windhauch spürte, nur traf sie Lord Beverley diesmal nicht. Er rief etwas, was ich nicht verstand, und warf sich zur Seite, stürzte, war gleich darauf wieder auf den Beinen und warf sich auf Sidney, noch ehe der ein drittes Mal ausholen konnte und statt dessen, durch die Wucht des Anpralls, das Gleichgewicht verlor. Beide Männer wälzten sich auf dem Kies der Hotelauffahrt, Sidney unten, während Lord Beverley auf ihm kniete und versuchte, ihm die Peitsche zu entwinden. Vergebens, denn obwohl Lord Beverley größer und schwerer war, kam er gegen Sidneys zirkusgestählte Muskeln nicht an: gleich darauf lag Lord Beverley auf dem Rücken, und Sidney stemmte ihm das Knie auf den Brustkasten. Mit letzter Kraft gelang es Lord Beverley, Sidney zu fragen, was denn dies alles zu bedeuten habe. Und wieder sagte Sidney nur: «Das weißt du genau, du Schweinehund, das weißt du ganz genau.»

Das Schlimmste dabei war, daß niemand versuchte, den beiden Einhalt zu gebieten, bis schließlich ich die Initiative ergriff.

«Sidney, was fällt Ihnen denn ein? Das ist Lord Beverley!»

«Hallo, Miss Bray. Ja, ich weiß verdammt gut, wer er ist. Der Polizei mögen ja, was ihn angeht, die Hände gebunden sein, aber mir doch nicht.»

«Lassen Sie von ihm ab. Sie tun ihm ja weh.»

«Ich laß von ihm ab, wenn er es auf einen ehrlichen Zweikampf ankommen läßt und sich nicht hinter seinem Papa verschanzt.»

In der Annahme, Sidney sei durch mich abgelenkt, startete Lord Beverley einen weiteren Versuch, seinen Widersacher abzuschütteln. Erneutes Ächzen und Gerangel, das dem Lord keinerlei Vorteile verschaffte. Inzwischen hatte jemand Verstärkung angefordert. Sie erschien in Gestalt von vier stämmigen Gepäckdienern aus dem Hotel sowie Lord Beverleys Vater, dem Duke, der mit hochrotem Gesicht «Charles, auf was zum Kuckuck hast du dich denn diesmal eingelassen?» brüllte.

Lord Beverley hatte noch gerade so viel Luft, um zu krächzen, daß das nicht seine Schuld sei.

«Weshalb stehen Sie alle untätig rum? Befreien Sie ihn lieber von diesem Kerl!»

Die Gepäckdiener traten näher. Unendlich langsam stand Sidney auf, dann, etwas unsicher und wohl mehr durch die Reaktion seines Vaters eingeschüchtert, Lord Beverley.

«Chef, ich schwöre, ich habe keine Ahnung, worum es geht. Dieser Bursche da tauchte urplötzlich auf und zog mir eins mit dieser verdammten Pferdepeitsche über.»

Ein Hoteldiener hatte die Peitsche aufgehoben. Sidney stand seelenruhig da, die Arme verschränkt. Der Duke musterte die Gesichter der Umstehenden, versuchte, sich einen Reim auf das Geschehen zu machen, bis sein Blick unseligerweise auf mich fiel.

Sein gerötetes Gesicht färbte sich noch beängstigender, als er mich erkannte.

«Diese Frau da! Das ist doch eine von diesen verfluchten Suffragetten. Großer Gott, geben sich nicht zufrieden, auf den Straßen von London ihr Unwesen zu treiben! Jetzt müssen sie auch noch hierher kommen und einem in den Ferien auflauern!»

Ich bemühte mich zu erklären, daß dieser Überfall nichts mit mir zu tun habe.

«Sie hat mit dem Mann mit der Peitsche gesprochen», sagte eine Frau aus der Menge. «Ihn angestachelt. Sie steckt dahinter.»

Lord Beverley wollte mir zu Hilfe kommen.

«Chef, Miss Bray trägt keine Schuld. Wir beide unterhielten uns gerade, als dieser Verrückte aufkreuzte. Sie hat nichts damit zu tun.»

«Abgelenkt hat sie dich, damit er sich anschleichen konnte, das war ihre Rolle. Als mein Sohn bist du ihnen ein Dorn im Auge. Denen ist doch jedes Mittel recht. Das Gefängnis ist noch viel zu schade für die.»

Er herrschte Sidney, der zu protestieren versuchte, an, den Mund zu halten. Die Frau, die behauptet hatte, ich hätte Sidney aufgestachelt, rief nach der Polizei.

«Ich versichere Ihnen, daß ich nichts damit zu tun habe», sagte ich zu dem völlig verstörten Lord Beverley.

«Das stimmt», bestätigte Sidney.

Hoffentlich hat mir Lord Beverley das abgenommen. Zumindest schien er meine Mitwirkung anzuzweifeln, als er sagte: «Das mit der Gendarmerie halte ich für keine gute Idee, Chef.»

«Warum?»

Die Annahme, sein Sohn sei das Opfer einer blindwütigen Suffragette geworden, nötigte dem Duke urplötzlich ein offeneres Ohr für dessen Argumente ab.

«Weil uns das noch tagelang hier aufhalten würde. Erst polizeiliche Vernehmungen, dann eine Gerichtsverhandlung. Das ist es doch nicht wert. Außerdem habe ich dem Kerl auch ganz schön Zunder gegeben.»

Das stimmte zwar nicht ganz, aber unter den gegebenen Umständen kreidete ich ihm diese Übertreibung nicht an.

«Was geschieht mit ihr? Wir können sie doch nicht frei rumlaufen lassen.»

«Ich bin überzeugt, daß Miss Bray nichts damit zu tun hat, Chef.»

«Doch, natürlich», schnaubte der Duke, wenngleich ihm der Gedanke an ein französisches Gerichtsverfahren ganz und gar nicht behagte, war ihm doch alles Fremdländische von vornherein suspekt. Mit aufgeplusterten Wangen und so als kaute er seine Wut wie ein Stück zähes Fleisch hinunter, wandte er sich an mich.

«Nur damit Sie und all Ihre anderen hirnverbrannten blutsaugerischen Monster Bescheid wissen: ihr könnt tun und lassen, was ihr wollt, ihr könnt sämtliche Fenster in der Downing Street einschlagen und uns mit Ziegelsteinen attackieren oder mit Peitschen oder mit was weiß ich, was euch zwischen eure dreckigen Pfoten kommt – aber wir werden nicht nachgeben. Solange es noch einen Mann in England gibt, der diesen Namen verdient, werden wir nicht nachgeben.»

Ich erwiderte nichts. Er war es nicht wert. Er sah mich lange an, wandte sich dann seinem Sohn zu, legte ihm den Arm um die Schultern.

«Komm jetzt, Charles. Hol ihm doch mal einer einen Brandy.»

Lord Beverley blickte sich noch einmal zu mir um, entschuldigend und verwirrt zugleich.

Noch immer umringten Hoteldiener Sidney Greenbow. Zwei hatten ihn nicht besonders sanft am Arm gepackt, hinderten ihn daran, Lord Beverley hinterherzulaufen.

«Lassen Sie ihn los», sagte ich. «Der Spuk ist vorbei.»

Das mochte zwar meinen Status als Sidneys Komplizin erhärten, ihn aber einfach seinem Schicksal überlassen konnte ich auch nicht. Sichtlich erleichtert ließen ihn die Männer los. Nur die Peitsche wollte man ihm nicht zurückgeben, als Sidney die Hand nach ihr ausstreckte.

«Lassen Sie's gut sein», meinte ich. «Ist vielleicht besser so.»

Fünf Pfund habe ihn die Peitsche gekostet, brummte er. Die Menge wich murrend und uns mit schrägen Blicken bedenkend zurück. Mrs. Chester war nirgendwo zu entdecken; hoffentlich hatte sie nichts von dem Zwischenfall mitbekommen. Sobald wir das elegante Viertel verlassen hatten, drängte ich Sidney in ein Café. Er gab sich überraschend zahm, eine typische Reaktion nach einer Gewalttätigkeit, zu der man sich hat hinreißen lassen. Ich spreche aus Erfahrung.

«Woher wollen Sie so genau wissen, daß Lord Beverley Topaz ermordet hat?» fragte ich ohne Umschweife.

«War er denn nicht als letzter mit ihr zusammen?»

«Ist das der einzige Grund? Weil er Ihrer Meinung nach ihr letzter Freier war?»

Er beugte sich vor, stützte die Ellbogen auf die metallene Tischplatte. Der Geruch von Schweiß und süßem Heu schlug mir entgegen.

«Miss Bray, ich hab Ihnen doch gesagt, daß eine Frau in Topaz' Branche gefährlich lebt, ob sie's nun in einer dunklen Gasse treibt oder sonstwo. Zu den Risiken gehört auch, daß jemand sich mal gratis bedienen will und sie umbringt, wenn sie sich weigert.»

«Aber Lord Beverley war doch nicht darauf aus, sich, wie Sie das nennen, gratis zu bedienen. Er hat eine Menge Geld für sie ausgegeben.»

Sidney nickte. «Alles. Seinen ganzen Gewinn hat er bei ihr verbraten. Und dann passiert's. Eines Nachts kommen sie die Treppe hoch, und nur, weil sie ein paarmal mit einer Frau geschlafen haben, bilden sie sich ein, sie liebt sie. Und sie sagt, kein Geld – keine Ware, und sie sind stinksauer, und schon ist's geschehn.»

Eine kurze Zusammenfassung, die schaurig genug war, wenngleich mich ihr einfaches Strickmuster erstaunte, hatte ich doch Sidney Greenbow für einen ausgekochten Fuchs gehalten.

Wenn andererseits dieser ausgekochte Fuchs jeglichen Verdacht von sich abzulenken versuchte, dann war die kleine Vorstellung eben gar nicht so übel gewesen. Unsere Kaffees wurden gebracht.

«Ich bin sicher, daß Lord Beverley sich nicht so verhalten würde. Ihm machte es nichts aus, kein Geld mehr zu haben. Er kam doch her mit der Absicht, es zu verjubeln.»

«Er hatte sich in sie verliebt.»

«Das glaube ich nicht. Er mochte sie, gewiß, aber mehr auch nicht. Wenn Sie ihn allerdings für den Mörder halten, warum gehen Sie dann nicht zur Polizei?»

Er lachte kurz auf. «Was können die schon unternehmen? Ich kann's ja nicht mal beweisen. Aber ich war ihr was schuldig, deswegen hab' ich ihn mir vorgeknöpft.»

Gierig schlürfte er den heißen Kaffee, während ich darüber nachgrübelte, ob ich ihn in meine Karten schauen lassen sollte. Zumal ich sowieso nichts mehr zu verlieren hatte.

«Woher wollen Sie so genau wissen, daß Lord Beverley der letzte war?»

«Hab' mich umgehört. Ich kenn' ein paar Leute.»

Er verstand es, einem sehr direkt in die Augen zu schauen. Ich hielt seinem Blick stand. «Ja, Sie kennen ein paar Leute, und einen bezahlten Helfer hatten Sie auch. Richtig?»

«Wie meinen Sie das?»

«Dieser Robert Worth, den alle Bobsworth nannten. Jemand bezahlte ihn dafür, Topaz hinterherzuspionieren. Nachdem sie tot war, beschattete er mich und andere auch. Ich meine, derjenige, der Bobsworth anheuerte, waren Sie, Mr. Greenbow.»

Er schüttelte den Kopf. «Ich doch nicht. Wenn ich einen Schnüffler hätte anheuern wollen, dann doch niemals Bobsworth.»

«Robert Worth war ein durchaus gebildeter Mann, der nicht immer als Handlanger beim Zirkus sein Geld verdient hat.»

«Ja, ja, das behaupten sie alle. Wenn Sie sich ihre Geschichten anhören, dann sind's zwei College-Professoren und ein blaublütiger Prinz, die das Zelt aufbauen.»

«So vermessen war er nicht. Aber immerhin hat er bis vor acht Jahren in einer Anwaltskanzlei gearbeitet.»

«Das hat er Ihnen erzählt?»

«Ich habe nie mit ihm gesprochen.»

«Woher haben Sie das dann?»

Ich verweigerte die Antwort. Aus irgendeinem mir nicht plausiblen Grund schien ihn diese Information mehr zu interessieren als alles bisherige. Seine nächste Frage traf mich unerwartet.

«Sie sagten, er hat in London gearbeitet?»

«Ja.»

«Vor acht Jahren?»

«Bis vor acht Jahren. Er muß eine ganze Weile in dieser Kanzlei angestellt gewesen sein. Man hat ihm ein Zeugnis ausgestellt.»

Lange Pause. «Dann kann's durchaus sein ...», meinte er dann.

«Was denn?»

«Wenn ich jetzt sage, was mir durch den Kopf geht, werden Sie mir vorhalten, ich ziehe voreilige Rückschlüsse.»

«Voreilig war auf jeden Fall Ihr Versuch, Lord Beverley auszupeitschen.»

«Kann schon sein.» Diesmal vermied er es, mich anzuschauen. «Nach dem, was Sie da grade gesagt haben.»

«Im Zusammenhang mit Bobsworth?»

«Ist lange her.»

«Lang oder nicht – Sie sollten es mir erzählen.»

Wozu er sich denn auch bequemte, die Ellbogen auf dem Tisch, den Blick auf mich geheftet, um die Wirkung seiner Worte auszukosten.

«Zehn oder elf Jahre ist das her. Topaz trat noch im Varieté auf, aber ihr eigenes Geschäft lief auch schon recht gut. Ich sah sie ab und an, wenn wir zufällig mal zur selben Zeit unsere Gage abholten, und sie erzählte mir von diesem Kerl, mit dem sie befreundet war und der irgendwas mit Juristerei zu tun hatte.»

«Ein Freier?»

«Nein, eben nicht. Diesmal war's genau andersrum. Er arbeitete auf eine Prüfung hin, nur reichte sein Geld hinten und vorn nicht. Topaz hat ihn freigehalten.»

«Warum?»

«Ich nehm' an, sie mochte ihn. Und weil sie gern ein bißchen damit angab, daß sie sich einen Mann für sich allein leisten konnte. Jemand mit einem juristischen Beruf, das bedeutete einen Aufstieg für sie. Später hätte sie, wenn sie gewollt hätte, ohne weiteres Oberste Richter noch und noch haben können, aber damals ...»

Ich ahnte, worauf das hinauslaufen würde, wollte es jedoch ihm überlassen, die Geschichte auf den Punkt zu bringen.

«Was hat das mit Bobsworth zu tun?»

«Na ja, Sie sagten doch, er hat hinter ihr her spioniert, und dann, daß er in einer Kanzlei gearbeitet hat. Da hab' ich eben zwei und zwei zusammengezählt ...»

Auch ich zählte zwei und zwei zusammen, so hastig und überstürzt, daß es mir, als kämpfte ich gegen den Wind an, schier den Atem raubte: Ich sah den mittellosen, aber ehrgeizigen jungen Sekretär vor mir, dessen Ziel der Anwaltsschreibtisch gewesen war und der dann in dem Maße, in dem Topaz Karriere machte, abrutschte, seine Arbeitgeber beklaute, um Topaz zu imponieren, um schließlich völlig am Ende zu sein. Und zehn Jahre später, Ironie des Schicksals, fristet er ein armseliges Leben als Handlanger in einem Zirkus, ausgerechnet in der Stadt, in der sie in goldenen Laken schlummert. *Darlehen für eine Karriere.* Das Leuchten in Sidneys Augen verriet, daß er meine Erregung spürte.

«... und komme zu dem Ergebnis, daß dieser Mann Bobsworth gewesen sein muß», schloß er leise, gleichsam wie eine Liebkosung.

Konnte es so gewesen sein, daß Bobsworth Topaz um ein Treffen gebeten hatte, spätabends, nach der Vorstellung – und Topaz ihm mit dem Brief geantwortet hatte, der mit ‹Zu spät› begann? Zu spät für Bobsworth allemal.

«Mußte er nicht an jenem Abend im Zirkus arbeiten?» versuchte ich gegen den Strom zu schwimmen.

Sidney grinste. «Wäre nicht das erste Mal gewesen, daß Bobsworth sich verdrückt hat.»

Der Kellner hatte nochmals Kaffee gebracht. Diesmal trank Sidney langsam und genüßlich, wie eine zufriedene Katze.

«Und jetzt ist Bobsworth tot?»

«Ertrunken. Ich habe seine Leiche gesehen.»

Eine Zeitlang herrschte Schweigen zwischen uns. Als sich das Café nach und nach mit Gästen füllten, die auf ein frühes Mittagessen aus waren, zog Sidney einen Franc und ein paar Centimes aus der Tasche und türmte sie aufeinander.

«Das wär's dann also.»

Er wirkte wieder ganz munter. Wir traten hinaus in den Sonnenschein.

«Demnach hat der Falsche meine Peitsche zu spüren bekommen.»

«Ja.»

«Geschieht mir ganz recht, daß man sie mir weggenommen hat.»

Er wünschte mir noch einen schönen Tag und ging wie ein Seemann unter Landratten wiegenden Schritts an den gemächlich dahinbummelnden Urlaubern vorbei. Das war's dann also.

XIX

Ich brauchte Ruhe. Begleitet vom Rauschen der Atlantikwellen ging ich die Promenade auf und ab, hätte aber, da ich keinen Blick darauf verschwendete, ebensogut wieder in einer Gefängniszelle sein können. Wenn Sidney die Wahrheit gesagt hatte, stand für mich der Mörder von Topaz fest. Wenn nicht, konnte ich mit einem weiterem Namen aufwarten, der in Frage kam, denn aus welch anderem Grund mochte er diesen Kanzleiliebhaber erfunden haben? Jede Welle, die sich brach, hämmerte «Bobsworth, Bobsworth, Bobsworth», mit Betonung auf «Bob» und einem nachgezischten «sworth.»

Eine Reizung wie von Sandkörnchen ging damit einher, eine Irritation, die völlig belanglos, aber dennoch vorhanden war. Wenn Bobsworth Topaz umgebracht hatte, dann war Bobbie Fieldfare ein weitaus besserer Detektiv als ich. Bereits unmittelbar nachdem Topaz tot war, mußte ihr Verdacht auf diesen Mann gefallen sein. Dafür sprach beispielsweise die Sache mit dem Feueropalanhänger. Nach Tansys Aussage war er zusammen mit einer Karte am Morgen von Topaz' Todestag angekommen. Topaz hatte sich darüber gefreut. Verständlicherweise, wenn er aus heiterem Himmel kam, von einem Mann, mit dem sie vor zehn Jahren eine Affaire gehabt hatte. Die Karte mochte Worths Bitte um ein Treffen spätabends, nach Ende der Vorstellung, enthalten haben. Wie ein mittelloser Hilfsarbeiter beim Zirkus in den Besitz eines Opals gelangen konnte, bedurfte keiner längeren Überlegung, wenn man bedachte, daß er, um Topaz zu imponieren, bereits zuvor mindestens einmal zum Dieb geworden war. Fragte sich nur, wie Bobbie die Bedeutung des Anhängers erahnt und wie sie ihn an sich gebracht hatte, um ihn anschließend und wohl aus einer Laune heraus Marie zu schenken. Das war noch klärungsbedürftig, es sei denn, eine Rechtfertigung dafür hatte sich erübrigt.

Ich schlenderte die Straße an der Grande Plage entlang, in Richtung Cap St-Martin mit seinem Leuchtturm. Vielleicht war der Anhänger nebensächlich geworden, weil Bobbie wußte, daß handfestere Beweise gegen Worth vorlagen – die Karte mit seiner Handschrift, mit der er sich bei Topaz in Erinnerung gebracht und um ein Treffen gebeten hatte. Mal angenommen, Bobbie oder auch Rose hatten sich irgendwie Zutritt zu Topaz' Suite verschafft und sowohl Anhänger wie auch Karte an sich genommen. Und, weiterhin angenommen, Bobsworth hatte herausbekommen, daß sie Beweise in Händen hielten, die ihn um Kopf und Kragen bringen konnten. Möglicherweise war er Bobbie in seinem zusammengestoppelten Satyr-Kostüm auf das Fest gefolgt, um den Anhänger sicherzustellen. Und hatte, da Bobbie ständig von anderen umringt war, seine Aufmerksamkeit auf die beiden konzentriert, die er vorher schon mit ihr zusammen gesehen hatte: auf mich und Rose. Wenn ich daran dachte, wurde der Wunsch noch größer, Rose zu finden, mich bei ihr zu entschuldigen und sie unter meine Fittiche zu nehmen. Falls Rose in ihrer Panik diesen Mann umgebracht hatte, dann war das meine Schuld, genauso wie Bobbies.

Bobbie war schlau gewesen, schlauer als ich, und dennoch waren wir beide nicht schlau genug gewesen. Ich war nach Biarritz gefahren, um den Anspruch unserer Organisation auf das Vermächtnis von fünfzigtausend Pfund geltend zu machen. Sollte uns der Beweis gelingen, daß Topaz keineswegs Selbstmord begangen hatte, sondern ermordet worden war, würde das unterstreichen, daß Topaz zum Zeitpunkt, da sie ihr Testament abgefaßt hatte, bei klarem Verstand gewesen war. Nur daß wir dem toten Bobsworth die Tat nicht aufbürden konnten, ohne gleichzeitig Rose zu belasten.

Das Kreischen der Möwen hörte sich jetzt wie höhnisches Gelächter an. Ich ließ mich auf einem umgekippten Kahn nieder. Sidney schien die Wahrheit gesagt zu haben; vor zehn Jahren hatte es wirklich einen Liebhaber mit juristischen Ambitionen gegeben, der Worth gewesen sein mochte. Von allen, die ich in Biarritz kannte, fiel mir nur eine Person ein, die mir unter Umständen weiterhelfen konnte: Tansy. Die Liebschaft mit dem angehenden Juristen lag zwar vor ihrer Zeit, aber sie war Topaz' Vertraute gewesen. Durchaus denkbar also, daß Topaz bei den intimen Plauderstündchen mit der Zofe diesen Mann erwähnt hatte. Hinderlich war nur, daß mich Tansy bei unserem letzten Zusammentreffen hinausgeworfen hatte. Wenn sie mich wiederum nicht einlassen würde, würden wir uns eben woanders unterhalten müssen. Irgendwann mußte sie ja das Hotel verlassen, um frische Luft zu schnappen.

Bis nach sechs Uhr wartete ich in der Straße vor Topaz' privatem Eingang, heimste gelegentlich den abschätzigen Blick eines Mietwagenkutschers ein; Demi-tasse schlenderte vorbei und wünschte mir höflich einen schönen Nachmittag. Die Sonne ging langsam am Horizont unter, tauchte die Straße in goldenes Licht, bettete die Tauben auf den Mauervorsprüngen des Hotels zur Ruhe, als Tansy mit einer Einkaufstasche in der Tür auftauchte, zusperrte und hastig die Straße entlangtrippelte, in der Richtung, die wir auf der Suche nach Unterwäsche eingeschlagen hatten. Unbemerkt und in einigem Abstand folgte ich ihr. An dem kleinen Platz schoß sie auf den Lebensmittelladen zu. Nach etwa zehn Minuten kam sie schwer beladen wieder heraus und rumpelte fast mit mir zusammen.

«Miss Bray! Sie haben mich vielleicht erschreckt! Was tun Sie denn hier?»

Sie war gereizt, aber längst nicht mehr so wütend wie bei unserer letzten Begegnung.

«Ich mache einen Spaziergang. Und Sie? Einkäufe erledigt?»

Sie drückte die Tasche an sich, so als hätte ich es darauf abgesehen.

«Mehr als ich wollte. Die verstehen einfach nicht, wenn man ein Pfund verlangt.»

Ich paßte mich ihrem Schritt an. «Tut mir leid, wenn ich Sie neulich belästigt habe.»

«Ich war wohl ziemlich ruppig, kein Wunder, wo einem diese ewige Fragerei die Nerven durchscheuert.»

Stumm gingen wir weiter. Am Seiteneingang des Hotels blieb sie stehen.

«Dann also auf Wiedersehn, Miss Bray. Schätze, Sie reisen demnächst ab. Wie alle andern auch.»

Als hätte ich hier Urlaub gemacht. Eigentlich hatte ich mit meinem Ansinnen noch hinter dem Berg halten wollen, aber nun ging es nicht anders.

«Tansy, dürfte ich kurz mit hochkommen? Ich muß Ihnen etwas erzählen, worüber Sie sich bestimmt freuen.»

«Und das wäre?» fragte sie mißtrauisch.

«Ich glaube, ich weiß, wer Topaz Brown umgebracht hat.»

Ihr Gesicht war völlig ausdruckslos. «Wer denn?»

«Das ist eine lange Geschichte. Wir sollten nach oben gehen.»

Sie schloß auf, hielt mir nicht die Tür auf, protestierte aber auch nicht, als ich hinter ihr eintrat. Im Lift Schweigen; erst als wir vor Topaz Suite standen, brach es aus ihr heraus:

«Ich verlang' ja nicht viel, ich will nur meine Ruhe, damit ich ihre Sachen in Ordnung bringen kann. Das ist alles, um was ich Sie bitte, Miss Bray, nur ein wenig Ruhe.»

Da ich hinter ihr stand, schleuderte sie die Worte an die verschlossene Tür, um dann murrend und umständlich nach ihrem Schlüssel zu kramen und ihn schließlich so, als hätte er ihr etwas zuleide getan, ins Schloß zu wuchten. Der große Salon war nicht aufgeräumt. In den zwölf Tagen seit dem Tod von Topaz war er zu einem zwar luxuriösen, aber unpersönlichen und keineswegs einladenden Wartezimmer heruntergekommen. Ein Tablett mit benutztem Teegeschirr stand auf einem kleinen Tisch neben dem Spirituskocher. Tansy ließ ihre Einkaufstasche fallen.

«Also?»
«Also was?»
«Wer war's?»
«Tansy, ziehen Sie sich erst einmal Ihren Mantel aus und setzen Sie sich hin.»
Ich selbst nahm in einem Sessel Platz. Sie folgte meinem Beispiel, gespannt wie eine aufgezogene Feder.
«Wer war's?»
«Zuvor noch eine Frage. Hoffentlich die letzte.»
«Ich denk', zur Abwechslung wollen Sie mir mal was erzählen.»
«Gleich, Tansy. Sobald Sie mir diese eine Frage beantwortet haben. Es ist ungemein wichtig.»
«Alles, was Sie fragen, scheint immer ungemein wichtig zu sein.»
Die ineinander verschlungenen Hände auf den Schoß gepreßt, die Füße in den verstaubten dünnen Lederstiefeln nebeneinander gestellt, wartete sie immerhin ab.
«Hat Topaz mit Ihnen über Männer gesprochen, die sie aus der Zeit kannte, da Sie noch nicht bei ihr waren?»
«Ich hab' Ihnen doch schon gesagt», funkelte sie mich an, «daß ich niemals über ihr Geschäft geredet hab' und das auch jetzt nicht tun werd'.»
«Nichts Geschäftliches Tansy. Es geht um einen Mann, den sie gern hatte und den sie früher einmal finanziell unterstützt hat. Er muß etwas mit Juristerei zu tun gehabt haben. Zehn Jahre dürfte das her sein.»
«Das war drei Jahre vor meiner Zeit.»
Schweigen.
Zunächst nahm ich es als das übliche störrische Schweigen hin, bis ich bemerkte, daß ihr Gesicht nichts von Verbocktheit widerspiegelte, sondern Kummer, und daß sich ihre Hände verkrampften, bis die Knöchel weiß hervortraten. Ein Ringen ihrer Loyalität mit ihrer Neugier, zu erfahren, was ich wohl zu berichten hätte.

«Schon gut, Tansy», kam ich ihr entgegen. «Sie brauchen mir seinen Namen nicht zu verraten. Den kenne ich bereits. Es gab doch einen solchen Mann, ja?»

Wenn ich sie nicht so aufmerksam beobachtet hätte, wäre mir ihr flüchtiges Nicken mit Sicherheit entgangen.

«Sie hat ihn erwähnt?»

Erneutes Nicken.

«Häufig?»

«Einmal.»

Es hörte sich an wie das Knarzen einer Truhe, die seit Jahren nicht mehr geöffnet worden ist.

«Was hat sie über ihn erzählt?»

«Daß sie ihm half und er das nicht gewürdigt hat. Wir unterhielten uns ganz allgemein über die Undankbarkeit der Männer.»

«Vor kurzem erst?»

«Nein, ist schon ein oder zwei Jahre her. Hat mich schon verwundert, weil sie nie schlecht über andere sprach. Und diesen da mochte sie, mochte ihn sogar sehr.»

Ihr ‹mochte› klang so wie bei anderen Frauen ‹liebte›. Sie sah mich an.

«Und jetzt sind Sie dran.»

Ich holte tief Luft. «Tansy, ich glaube, dieser Mann hat sie umgebracht. Er war hier in Biarritz. Vermutlich hat er ihr den Anhänger geschickt und um ein Wiedersehen gebeten. Sie bestellte ihn zu sich. Sie kaufte sogar billige Unterwäsche und billigen Wein, zur Erinnerung an ihre gemeinsame Zeit. Und der Fisch ... anzunehmen, daß sie sich damals von Fisch und Chips ernährt haben. Sie wollte ihn überraschen – und er hat sie getötet.»

«Verstehe», sagte sie. «Verstehe.»

Außer unserem Atmen war kein Laut zu hören. Hatte sich Jules nicht dahingehend geäußert, daß Topaz für ihn endgültig tot sei, wenn ihr Mörder feststand? Tansy schien ähnlich zu empfinden.

Vielleicht wäre es ein Trost für sie zu erfahren, daß Robert Worth tot war und daß ihre eigene Schwester, ohne es zu wollen, Topaz gerächt hatte. Nein, wäre es nicht. Die Stille dehnte sich aus, während das Licht im Zimmer mit der untergehenden Sonne von Gold zu Kupferrot wechselte. Und so müde ich auch war, mußte ich Rose ausfindig machen. Aber bevor ich Tansy ihrem Kummer überließ, gab es doch noch etwas, was ich für sie tun konnte. Wenig genug, aber dennoch nicht zu verachten.

«Ich werde uns einen Tee aufbrühen, Tansy.»

Ich ging zu dem Tisch mit dem nicht gespülten Geschirr und dem Spirituskocher.

«Nein, Hände weg! Ich will keinen Tee!»

Ihr Schrei kam zu spät. Ich hatte bereits das Licht angeknipst und sah, daß auf dem Tablett zwei benutzte Tassen standen.

«Besuch gehabt, Tansy?»

«Ja. Meine Freundin Janet.»

Sie war keine gute Lügnerin. Ich mußte daran denken, wie sie bei meinem letzten Besuch alles daran gesetzt hatte, um mich loszuwerden, an ihren heutigen Großeinkauf und wie sie mit dem Schlüssel an der Tür herumgefuhrwerkt hatte. Ich ging auf die große Doppeltür zum Schlafzimmer zu, öffnete sie.

«Na, komm schon raus, Rose», sagte ich.

XX

Sie saß im Dunkeln, bei geschlossenen Vorhängen, auf einem Stuhl neben Topaz' Bett.

«Du bleibst, wo du bist, Rose. Kümm're dich gar nicht um sie.»

Rose kam dennoch, blinzelte ins Licht. In demselben Rock wie in Maries Garten und einer ihr viel zu kleinen gestreiften Bluse, die am Busen spannte und ihre Handgelenke freiließ. Ihr Gesicht war blaß, unter ihren Augen lagen tiefe Schatten.

«Hallo, Miss Bray. Schon gut, Tansy, ewig kann ich mich sowieso nicht da drin verstecken.»

«Bist du schon die ganze Zeit hier?»

«Ja. Tut mir leid. Nach dem, was im Garten passiert ist, war ich ... hab ich's mit der Angst zu tun bekommen und wußte nicht mehr weiter. Also bin ich bei Tansy untergekrochen.»

Mutlos klang sie, deprimiert. Wie ein verängstigtes Kind hatte sich die kleinere Schwester zu der älteren geflüchtet. Hatte sie ihr auch anvertraut, daß Robert Worth tot war?

«Ich hab nicht begriffen, was Bobbie vorhatte und was ich ihrer Meinung nach tun sollte.» Ihre Augen sahen mich beschwörend an. Nein, sie hatte ihrer Schwester nichts gesagt.

«Weiß Bobbie, daß ich hier bin?» fragte sie.

Ich wollte gerade verneinen, als draußen an die Korridortür getrommelt wurde und eine wohlbekannte muntere und selbstbewußte Stimme rief:

«Tansy! Tansy, ist Rose bei Ihnen? Ich muß sie sprechen.»

«Verschwinden Sie!» brüllte Tansy zurück. «Sie ist nicht hier!»

«Das nehme ich Ihnen nicht ab, Tansy. Ich werde so lange hier draußen warten, bis Rose rauskommt, und wenn es die ganze Nacht dauert.»

Ein unverwechselbares Geräusch zeigte an, daß Bobbie mit dem Rücken die Tür entlang in eine sitzende Position gerutscht war.

«Sie denkt nicht dran zu gehen», sagte Rose.

Ein Rest von Stolz schwang in ihrer Stimme mit. Daß Bobbie notfalls bis zum Auftauchen der Putzfrauen am Morgen bleiben würde, war mir ebenfalls klar.

«Wenn du ihr aus dem Weg gehen möchtest», sagte ich, «kannst du die Seitentür benutzen. Ich gebe dir den Schlüssel zu meinem Hotelzimmer.»

«Ich möchte aber mit ihr reden. Sie soll wissen, daß ich nicht einfach weggelaufen bin und sie im Stich gelassen habe.»

«Von denen kommt mir keine mehr hier rein», bestimmte Tansy. «Eine ist mehr als genug.»

Das war auf mich in meiner Eigenschaft als Suffragette gemünzt.

«Wir sollten sie reinlassen, Tansy», beschwor ich die Zofe. «Sie ist Rose eine Erklärung schuldig.»

Und mir auch. Bobbies überragende Fähigkeiten als Detektivin wurmten mich; ich brannte darauf zu erfahren, wie sie so schnell das Geheimnis um Worth gelüftet hatte.

Tansy weigerte sich zwar, die Tür selbst zu entriegeln, sträubte sich aber nur scheinbar, als ich sagte, ich würde es tun.

«Auf Ihre Verantwortung.»

Es war mir eine kleine, wenn auch dürftige Befriedigung, als Bobbie rückwärts ins Zimmer plumpste. Gleich darauf stand sie wieder. «Ich habe dich überall gesucht, Rose. Wir reisen morgen früh ab, mit dem Zug um sechs Uhr zweiundfünfzig. Die Fahrkarten habe ich bereits», sagte sie so, als handelte es sich um einen Wochenendausflug.

«Sie kommt nicht mit», erwiderte Tansy.

Bobbie beachtete weder sie noch mich. «Ich habe mich gefragt, wo du steckst», sagte sie zu Rose. «Dabei hätte ich mir denken können, daß Nell Bray dich aus dem Verkehr gezogen hat. Ganz typisch für sie.»

Ich hatte mir vorgenommen, ruhig und gelassen zu bleiben, aber wie immer genügte eine Minute in ihrer Nähe, um alle guten Vorsätze zunichte zu machen.

«Ich habe Rose nicht aus dem Verkehr gezogen, sondern sie auch gerade eben erst hier aufgespürt.»

Bobbie sah mich ungläubig an und ließ sich auf ein Sofa fallen. Obwohl ihr Vorhaben gescheitert war, schien sie durchaus zufrieden mit sich zu sein. Wie zum Teufel war sie nur dahintergekommen, daß Topaz und Bobsworth etwas miteinander zu tun gehabt hatten?

«Ich muß mich wohl bei dir entschuldigen, Bobbie. In einer Beziehung warst du mir jedenfalls voraus.»

Überrascht sah sie mich an.

«Freut mich, daß du es so siehst, Nell.»

«Ja. Daß du sofort die Bedeutung dieses Opalanhängers erkannt hast.»

«Ach, das war doch eigentlich naheliegend.»

«Was war naheliegend?»

Wie so oft, wenn ich es mit Bobbie zu tun hatte, kam es mir vor, als stocherte ich im Nebel herum.

«Ihn wieder an mich zu bringen, natürlich. Wir brauchten ihn doch, nicht wahr, Rose?»

Rose gab keine Antwort. Sie kauerte auf der Kante eines Stuhls und sah uns beide abwechselnd an, wie ein Zuschauer bei einem Tennis-Match.

«Ihn wieder an dich zu bringen? Was meinst du damit?»

«Gleich nach ihrem Tod wäre es reichlich taktlos gewesen, aber sie brauchte ihn doch nicht mehr, und bei mir ist's ja auch nicht gerade so, als hätte ich haufenweise Anhänger. Andererseits konnten wir nicht gut drauf verzichten, wenn wir es beim nächsten noch mal versuchten.»

«Wovon redet die eigentlich?» fragte mich Tansy.

Um ein Haar hätte ich zugegeben, daß mir das ebenfalls völlig schleierhaft sei. Bobbie schien davon auszugehen, daß ich über alles im Bilde war, und ich hütete mich, sie ihrer Illusionen zu berauben. Wenn ich nur ein bißchen mehr Zeit gehabt hätte, um in Ruhe nachdenken zu können! Wie bei einer Rutschpartie kam ich mir vor, die schneller vonstatten ging als mir lieb war, die ich jedoch nicht abbremsen konnte.

Dann ein Augenblick der Erleuchtung. «Sie sagt, der Anhänger gehöre ihr, sie habe ihn Topaz geschickt.»

«Meine Großmutter hat ihn mir hinterlassen. Und weil es üblich ist, daß ein Mann seiner Favoritin ein Schmuckstück zukommen läßt, wenn er die Nacht mit ihr verbringen will, mußte ich ihr eben auch etwas schicken. Sonst hätte sie ihn doch nicht eingeladen.»

Noch immer starrte Tansy Bobbie verständnislos an. Für mich jedoch war der Augenblick der Erleuchtung zur Gewißheit geworden. Hatte Bobbie, als ich ihren mit Marie ausgeheckten Plan vereitelt hatte, nicht gesagt: «Vermutlich hast du auch schon beim ersten Mal dazwischengefunkt»? Jetzt begriff ich, was sie damals gemeint hatte. Und klärte Tansy auf, so als hätte ich schon immer Bescheid gewußt.

«Bobbie hatte die wahnwitzige Vorstellung, es wäre zu unserem Vorteil, wenn wir einen unserer politischen Gegner in eine kompromittierende Situation verwickelten. Und da sie in gewisser Hinsicht eine weltfremde junge Frau ist ...» (ein gehechelter Protest seitens Bobbie) « ... beschloß sie, für ihn eine Verabredung mit einer Prostituierten zu treffen.» (Ein weiterer Protestlaut, diesmal von Tansy.) «Sie hörte sich ein bißchen in der Stadt um und schickte dann Topaz diesen Opalanhänger, den Sie ja auch gesehen haben, wobei sie es so einrichtete, daß Topaz annehmen mußte, er stamme von dem betreffenden Mann. Bobbie baute darauf, daß Topaz ihn daraufhin zu sich einladen würde und er dieser Einladung nicht widerstehen könnte.»

«Von allen schamlosen ...»

Ich gebot Tansy, sich zurückzuhalten. «Um es kurz zu machen: der Plan ging daneben. Ob Topaz den Mann irgendwann einmal eingeladen hätte, werden wir nie erfahren. Fest steht nur, daß sie an dem besagten Abend etwas anderes vorhatte. Und diese andere Verabredung hatte ihren Tod zur Folge.»

Die durchaus griffige Vermutung, daß Bobsworth den Anhänger gestohlen und Topaz geschickt hatte, fiel somit in sich zusammen. Sein Brief mit der Bitte um ein Wiedersehen mußte rein zufällig mit derselben Post eingetroffen sein.

Mit Genugtuung stellte ich fest, daß Bobbie bei weitem nicht mehr so selbstsicher wirkte. Rose nagte an ihrer Lippe, starrte durch das Fenster in den sich verdunkelnden Himmel.

«Bobbie wußte freilich nicht, daß Topaz sich für den Abend etwas anderes vorgenommen hatte, und wartete zwei Stunden lang unten vor der Tür, auf daß der Mann, dem sie eine Falle hatte stellen wollen, herauskäme. Erst nach Mitternacht gab sie auf.»

Rose warf Bobbie einen vielsagenden Blick zu.

«Als Bobbie erfuhr, daß Topaz tot war, wollte sie ihren Anhänger wiederhaben, damit sie ihn ein zweites Mal einsetzen konnte – diesmal mit Marie de la Tourelle als Lockvogel für die Falle. Wie sie es geschafft hat, ihn zu stehlen, weiß ich nicht ...»

«Wenn es dich interessiert», erklärte Bobby, «dann verrate ich dir, daß ich, nachdem ich euch beide hatte weggehen sehen, mit dem normalen Hotellift hochgefahren bin und das Etagenmädchen bestochen habe, mir aufzuschließen. Den Rückweg mußte ich, weil ihr zurückkamt, über den Balkon antreten. Du hast mich ja da draußen herumklettern sehen, Nell.»

«Eine Tote bestehlen!» empörte sich Tansy.

«Es war kein Diebstahl. Er gehört mir.»

«Und trotzdem ist da immer noch etwas, auf das ich mir keinen Reim machen kann», gab ich zu. «Und das ist dein Besuch beim Arzt.»

Bobbie lachte auf. «Ach, das. Hat sie dich darüber ausgequetscht, Rose?»

Rose schwieg.

«Das gehörte zum Auskundschaften. Ich wollte mich mit den hiesigen Gepflogenheiten vertraut machen und hatte erfahren, daß der Arzt eine Plaudertasche ist. Und ein Snob dazu. Hast du die vielen Visitenkarten auf seinem Kaminsims gesehen? Eine darunter kam mir sehr zupaß; ich nahm sie unbemerkt an mich. Rat mal, von wem sie stammte, Nell.»

«Von David Chester. Er wollte wegen seiner Tochter den Doktor aufsuchen.»

Sie nickte.

«Du hast also seine Karte zusammen mit dem Anhänger an Topaz geschickt. Hast du sie auch bei der Sache mit Marie benutzt?»

«Nein. Ich fand sie nicht mehr. Sie war nicht mehr bei dem Anhänger, und ihr habt mich beim Suchen gestört. Sie muß noch irgendwo hier rumliegen.»

Rose sprudelte etwas heraus, was ich erst verstand, als sie es wiederholte.

«Hier ist sie. Ich hab' sie heute morgen entdeckt.»

Tansy wurde wieder einmal fuchsteufelswild. «Hab' ich dir nicht gesagt, du sollst die Finger von ihren Papieren lassen!»

«Geschah rein zufällig. Ein Stapel Briefe war von dem Tisch da drüben gerutscht. Ich hob sie auf, und als ich die Karte sah, nahm ich sie sicherheitshalber an mich.»

Sie zog eine mittlerweile zerknitterte, unansehnlich gewordene Visitenkarte aus ihrer Rocktasche und reichte sie mir, den Tränen nahe, so daß zu befürchten stand, sie würde gleich zusammenbrechen und in Gegenwart von Bobbie und ihrer Schwester alles über Bobsworth preisgeben.

«Das wäre dann wohl alles», sagte ich betont ruhig. «Bobbie, es ist wohl besser, wenn du jetzt gehst. Du mußt doch auch noch packen.»

Zu meiner Überraschung erhob sie sich.

«Stimmt. Kommst du mit, Rose?»

Rose stand auf, ging auf Bobbie zu, sah ihre Schwester an, blieb stehen.

«Komm schon, Rose», drängte Bobbie. «Davon geht doch die Welt nicht unter. Zu Hause wartet genug Arbeit.»

«Sie bleibt», sagte Tansy. «Sie hat die Nase voll.»

Rose warf ihr einen schneidenden Blick zu, blieb nach einem zögernden Schritt erneut stehen.

«Geh schon mal vor, Bobbie», sagte ich. «Und wenn Rose will, kommt sie nach.»

Bobbie konnte sich nicht gut dagegen auflehnen. An der Tür wandte sie sich nochmals zu mir um, hob lächelnd die Hand.

«Also dann, Nell Bray, auf ein Wiedersehen an der Kriegsfront.»

Als die Tür hinter ihr zufiel, stieß Tansy einen abgrundtiefen Seufzer der Erleichterung aus. Rose rührte sich nicht.

«Ich würde mich gern unter vier Augen mit Rose unterhalten», sagte ich, nahm ihren Arm und dirigierte sie ohne Rücksicht auf Tansys Einwände sacht in Topaz' Schlafzimmer.

XXI

Ich setzte Rose auf den Stuhl neben dem Bett und knipste die Lampe an, deren Licht die goldfarbenen Laken reflektierte und uns in dem ansonsten dunklen Zimmer wie eine warme Insel umgab. Genauso mußte es an dem Abend gewesen sein, als Topaz ihren letzten Gast bei sich empfangen hatte. Da kein weiterer Stuhl vorhanden war, nahm ich auf dem höhergelegenen Bett Platz, so daß ich auf Roses blasses Gesicht, auf ihre zornig funkelnden Augen hinunter sah.

«Rose, versteh doch bitte. Für das, was geschehen ist, kannst du nichts. Kein vernünftiger Mensch würde dir das zum Vorwurf machen.»

Sie richtete sich kerzengerade auf. «Sie sehen das falsch. Die Idee mag zwar von Bobbie stammen, aber ich war damit einverstanden. Alles auf sie abwälzen – nein.»

«Wenn du unbedingt die Verantwortung für dieses idiotische Komplott mitübernehmen willst, bitte sehr. Ich wollte eigentlich auf etwas ganz anderes hinaus, nämlich auf das, was sich an dem Abend, als Marie dieses Fest veranstaltete, in ihrem Garten abgespielt hat.»

«Ach, das.» Sie wich meinem Blick aus. «War kindisch von mir, mich derart aufzuregen. Ich hab' wohl durchgedreht.»

Obwohl sie meines Erachtens keine Schuld am Tod von Robert Worth traf, klang das doch ein wenig zu unbeschwert.

«Es war wohl eher die andere Seite, die durchgedreht hat.»

Sie ging nicht darauf ein. Wozu auch?

«Ich weiß nicht, was los war. Weil ich mitbekam, daß der Mann Sie verfolgte, habe ich hinter einem Schuppen am Haus abgewartet. Und als es dann still wurde, nach Ihnen Ausschau gehalten. Aber Sie waren wie vom Erdboden verschluckt.»

«Ich saß oben im Magnolienbaum.»

«Ich lief bis ans Ende des Gartens. Dem Rauschen der Wellen nach befand ich mich unweit der Klippe. Jemanden erkennen konnte ich noch immer nicht, dafür hörte ich, wie er etwas sagte.»

«Er? Du meinst den Mann, der uns verfolgte?»

«Wer sollte es sonst gewesen sein? Er war wütend, und erst dachte ich, er redet mit Ihnen. Dabei sprach er mit einem anderen Mann.»

«Du hast einen zweiten Mann gesehen?»

«Gesehen nicht. Dazu war es zu dunkel.»

«Aber gehört?»

«Nein.»

«Woher weißt du dann, daß da ein noch ein Mann war?»

«Eine Frauenstimme und Ihre ganz besonders ist heller, lebhafter. Die beiden da stritten sich um einen Schlüssel.»

«Was genau haben sie gesagt?»

«Der eine sagte, wenn der andere den Schlüssel wiederhaben wollte, müßte er ihm hundert Pfund zahlen. ‹Hundert Pfund› hat er immer wieder betont, und wenn er sie nicht bekäme, wüßte er schon, was er mit dem Schlüssel machen würde.»

«In einer gepflegten Sprache oder der eines Arbeiters?»

Sie zögerte. «So zwischendrin», meinte sie dann.

Über unsere Insel des Lichts senkte sich Schweigen. Im Nebenzimmer vernahm man Tansy herumrumoren. Ihre Art, uns daran zu erinnern, daß sie auch noch da war.

«Rose, du sagst mir doch die Wahrheit, ja? Was immer passiert ist – ich kann dir nicht helfen, solange ich nichts Näheres weiß.»

«Warum sollte ich Ihnen nicht die Wahrheit sagen?» Ihre Verblüffung schien echt zu sein.

«Dann ist's ja gut. Was geschah dann?»

«Ich ging zum Haus zurück, in der Annahme, Sie oder Bobbie dort zu finden.»

«Du hast die beiden sich selbst überlassen?»

«Warum nicht? Worüber die sich stritten, ging mich doch nichts an.»

Der Gedanke, daß Worth Rose bedroht und sie ihn in ihrer Todesangst von sich gestoßen hatte, saß derart fest, daß ich eine Weile brauchte, um ihn durch das, was Rose da berichtete, geradezurücken.

«Mich hast du jedenfalls nicht gefunden. Und Bobbie?»

Erneutes Zögern. «Gewissermaßen.»

«Was heißt das? Entweder du hast sie gefunden oder nicht.»

«Ich hab' sie gesehen, aber nicht mit ihr gesprochen.»

«Warum nicht? Deswegen bist du doch hingegangen.»

«Jemand war bei ihr.»

«Wer?»

«Marie. Sie unterhielten sich, auf der Terrasse. Ich konnte sie deutlich erkennen, weil noch ein paar von den Fackeln brannten. Marie trug einen langen schwarzen Pelzumhang. Dann nahm Bobbie eine Fackel, und sie gingen in den Garten.»

Abgrundtiefe Enttäuschung schwang in ihren Worten mit.

«Hat Bobbie dich nicht eingeweiht, was sie mit Marie plante?» fragte ich.

Rose schüttelte den Kopf.

«In letzter Zeit hat sie mir nicht mehr alles erzählt. Sie wußte, daß ich mit Ihnen gesprochen hatte.»

Ich fühlte mich Bobbie in keinster Weise verpflichtet; vielmehr waren wir beide Rose etwas schuldig. Deshalb berichtete ich ihr jetzt von der Kamera-Falle und wie lächerlich dieses Unternehmen geendet hatte. Schweigend hörte Rose zu, seufzte dann: «Arme Bobbie.»

«Unsinn. Aber wieder zu dir. Du hast sie also zusammen mit Marie gesehen und sie nicht angesprochen. Was hast du stattdessen getan?»

«Ich bin hierher gekommen.»

«Zu Tansy? Auf direktem Wege?»

«Nein. Erst bin ich rumgelaufen, weil ich einfach nicht mehr weiterwußte. Ihr hattet eure Pläne, nur ich hing völlig in der Luft.»

Ihre Augen funkelten vor Kränkung und Wut.

«Du hast gut daran getan, deine Schwester aufzusuchen.»

«Davon bin ich nicht so überzeugt. Wir streiten uns die ganze Zeit. Sie will, daß ich die Bewegung verlasse. Aber ich denke gar nicht daran.»

Ein Grund mehr für mich, Rose umgehend den widersprüchlichen Einflüssen von Bobbie und Tansy zu entziehen. Sobald Biarritz abgehakt war, so mein Vorsatz, wollte ich sie in einem College unterbringen und ihr die Chance geben, sich zur Lehrerin ausbilden zu lassen; es galt nur noch, einen unserer betuchteren Befürworter zu überreden, die Kosten dafür zu übernehmen. Zuvor aber war noch etwas anderes zu klären.

«Rose, kannst du beschwören, daß du nichts weiter getan hast, als kurz dieser Männerstimme zu lauschen und dich dann zurückzuziehen?»

«Ja. Genau so war's. Warum ...?»

«Du hast wirklich nicht mit dem Mann gesprochen?»

«Nein. Ich wollte mich doch nicht verraten.»

«Und später auch nicht?»

«Nein. Warum sollte ich?»

Ich glaubte ihr. Ihre Schilderung von Marie in ihrem Zobelcape und Bobbie mit der Fackel deckte sich voll und ganz mit meiner eigenen Beobachtung.

«Der Mann, der uns verfolgt hat», sagte ich so schonend wie möglich, «und den du vermutlich gehört hast, ist tot.»

Sie sah mich verständnislos an.

«Man fand ihn am nächsten Tag im Meer. Er muß zusammengeschlagen worden und dann ertrunken sein.»

Mit beiden Händen hielt sie sich den Mund zu. Zwei entsetzt aufgerissene Augen starrten mich über abgekauten Fingernägeln an. Sie schwankte, ich konnte sie gerade noch davor bewahren, vom Stuhl zu kippen. Der Lärm ließ Tansy hereinstürzen.

«Was haben Sie ihr angetan? Können Sie die Kleine nicht in Ruhe lassen?»

Rose gab mit kläglicher Stimme von sich, daß nichts passiert sei und wir uns keine Sorgen machen sollten.

Ich bestand darauf, daß sie sich auf der Stelle hinlegen müsse. Tansy jedoch zerrte sie – aus Pietät oder Aberglauben – von Topaz' Bett weg, als lägen glühende Kohlen darauf.

«Sie kommt mit in mein Zimmer und ruht sich dort aus, ja, Rosie? Hab keine Angst, mein Küken. Die mit ihren ewigen Fragen. Soll es bloß noch mal bei mir versuchen, dann kriegt sie aber was zu hören!»

Als ich Rose zur Zimmertür geleitete, erntete ich von Tansy einen vernichtenden Blick.

«Bis hierher und nicht weiter. Rosie und ich kommen sehr wohl allein zurecht, nicht wahr, mein kleines Entchen?»

Obwohl Roses flehende Augen verrieten, daß die kleine Schwester eher Zweifel daran anmeldete, gab ich mich geschlagen. Da saß ich nun auf dem Stuhl, drehte die Visitenkarte, die so viel Unheil angerichtet hatte, hin und her. ‹David Chester MP› besagte die Kupferprägung. Und darunter stand: *Ich hoffe, es paßt Ihnen um elf Uhr abends.* Als ich die Karte gegen das Licht hielt, sah ich, daß das ‹abends› mit einer etwas weniger glänzenden Tinte als das übrige geschrieben, wenn auch gekonnt hinzugefügt worden war. Von Bobbies Hand, wem sonst. Bei dem Gedanken, welch üble Folgen dieser miese Trick für Rose gehabt hatte, stieg kalte Wut in mir hoch.

Vor mich hinbrütend und dazwischen immer wieder einnickend, fügte sich mit einem Mal etwas zusammen, auf das ich in hellwachem Zustand nie gekommen wäre. Wie angesichts einer schrecklichen Katastrophe schreckte ich hoch, rannte in den Salon, um meine Tasche zu holen – Tansy war zum Glück noch in ihrem Zimmer mit Rose zugange –, verzog mich wieder in Topaz' Heiligtum, wo ich die Nachricht hervorkramte, die ich die ganze Zeit mit mir herumgeschleppt hatte. *Zu spät. Acht Uhr abends. Rückzahlung Darlehen für eine Karriere. Vin Poison.* Ich hielt die Visitenkarte in der einen Hand und die Nachricht in der anderen. Beide Beweisstücke schienen elektrisch geladen zu sein, und die Folgen, mittels Verbindung den Stromkreis zu schließen, nicht abzusehen.

Eine ganze Weile muß ich so unschlüssig dagesessen haben, bis ich hörte, wie Tansy die Tür ihres Zimmers schloß und durch die uns trennende Tür nach mir rief.

«Haben Sie vielleicht vor, da drin zu übernachten? In ihrem Bett jedenfalls nicht.»

Was ich auch versprach, nicht zu tun. Dem Rascheln von nebenan nach zu schließen machte sich Tansy die Chaiselongue zurecht, knipste dann das Licht aus. Im Salon wurde es still. Nur die gedämpften Geräusche vom Hotel, das sich ebenfalls zur Ruhe begab, drangen an mein Ohr, das metallische Knirschen der Fahrstühle, das mir tagsüber noch nie aufgefallen war, Röhren, die mit einem Mal gurgelten. Eine Turmuhr schlug Mitternacht, dann muß ich wohl eingeschlafen sein, denn ich kam erst wieder zu mir, als ich erregtes Flüstern an der Tür vernahm. Tansy, die sich vergewissern wollte, daß ich Topaz' Bett nicht entweihte? Reichlich unwirsch rief ich ihr durch die Tür zu, daß diese Sorge unbegründet sei.

«Nein. Darum geht's nicht. Ich komm mal rein.»

Sie hatte im Salon kein Licht gemacht, zog die Tür hinter sich zu und trat auf Strümpfen und noch immer in ihrem schwarzen Kleid in meinen Lichtkreis.

«Da kommt jemand hoch», wisperte sie verängstigt.

«Wie soll ich das verstehen?»

«Kommt mit ihrem Lift hoch. Hören Sie doch.»

Tatsächlich hörte ich, wie der Privatlift ächzend den Schacht nach oben fuhr.

«Wer immer das ist, jedenfalls hat er ihren Schlüssel», raunte Tansy. «Anders kann keiner den Nebeneingang benutzen.»

Ihre Angst war förmlich ansteckend; mich fröstelte. Nur einer konnte den fehlenden Schlüssel haben: Topaz' letzter Besucher.

Der Fahrstuhl hielt. Zunächst geschah nichts. Die Stille dehnte sich zu zehn, zwanzig Herzschlägen aus, dann wurden die Lifttüren geöffnet.

«Tansy, der Mann, den sie als undankbar bezeichnet hat ...»

«Pscht!» machte sie. An der Tür zum Hotelflur hin wurde herumgekratzt. Instinktiv flüchtete ich mich in Tansys Nähe.

«Haben Sie abgeschlossen?» formulierte ich lautlos mit den Lippen.

Sie nickte, aber gleich darauf hörte man, wie es klickte und die Tür aufging. Da selbst Luxushotels bei Innenschlössern zuweilen knausern und auch dieses nur wenig Widerstand geboten hatte, trennten uns jetzt nur noch der Salon und eine zweiflügelige unversperrte Tür von dem, der sich mit Gewalt Zutritt verschafft hatte und der sich, dem Geräusch nach, im Salon zu schaffen machte. Ein schmaler Lichtstreifen von einer Taschenlampe drang durch einen Spalt in der Tür, verschwand, tauchte erneut auf. Tansy drängte sich so eng an mich, daß ich das Pochen ihres Herzens spüren konnte. Sie ließ sogar zu, daß ich den Arm um sie legte. Die leisen Schritte näherten sich unserer Tür, entfernten sich wieder. Tansys Herz hämmerte stärker. «Rose», sagten ihre Lippen. Ich nickte. Wenn nur Rose nicht aufwachte! Ich drückte Tansy auf den Stuhl, ging auf die Doppeltür zu. Ganz kurz konstatierte ich, wie angenehm sich die Türknöpfe aus Porzellan anfühlten – so wie ich mir Monate zuvor deutlich der Rauheit des halben Ziegels bewußt gewesen war, den ich eine Sekunde später geworfen hatte. Ich holte tief Luft und riß die Doppeltür auf.

«Herein mit Ihnen», sagte ich.

XXII

Der warme Lichtschein aus dem Schlafzimmer muß ihn geblendet haben, denn er starrte ausdruckslos ins Leere. Als er sich bewegte, geschah dies eher, weil er das Gleichgewicht zu verlieren drohte. Ich trat zur Seite und forderte ihn mit einer Gleichmut, die mich selbst verblüffte, auf, näherzutreten. Was er auch tat, den Blick auf mich geheftet, ohne Tansy zu beachten. Ich schloß die Tür, lehnte mich dagegen.

«Ist das der Mann, dessen Namen Sie mir nicht verraten wollten?» fragte ich Tansy.

Sie nickte, starrte ihn wie gebannt an. Als er noch jemanden im Zimmer bemerkte, hätte er wohl am liebsten kehrtgemacht und wäre weggelaufen. Er blickte zu Tansy, dann auf das goldene Bett mit den aufgeschüttelten Kissen.

«Soll das eine Falle sein?»

Obwohl er gefaßt und leise sprach, schwang etwas Drohendes in seiner Stimme mit, wie ich das von Gerichtsverhandlungen her kannte.

«Wenn es eine Falle ist», sagte ich, «dann haben Sie sich alle Mühe gegeben, hineinzutappen.»

Ein Anwalt vor Gericht weiß seinen Gesichtsausdruck unter Kontrolle zu halten. Er sah mich nicht weniger gleichgültig an als damals, als ich die Anklagebank gedrückt hatte.

«Ich bin nur gekommen, um etwas, was mir entwendet wurde, wieder an mich zu nehmen.»

Die Visitenkarte und die Nachricht waren mir im Schlaf aus der Hand geglitten, lagen auf dem Boden zu Tansys Füßen. Ich hob beides auf und reichte ihm die Karte.

«Diese hier?»

Seine eiskalten Augen. «Darf ich fragen, wie Sie in ihren Besitz gelangt sind?»

«Bestätigen Sie, daß dies Ihr Eigentum ist?»

«Man kann darüber streiten, ob einem eine Visitenkarte, die man bei seinem Arzt hinterläßt, weiterhin gehört, vor allem, wenn sie anschließend gestohlen wird. Ich gehe davon aus, daß Sie das waren, Miss Bray.»

«Keineswegs. Erkennen Sie die Handschrift als Ihre?»

«Ja, mit Ausnahme des letzten Worts. Es wurde eindeutig hinzugefälscht. Eine Fälschung in schändlicher Absicht.»

Er hatte sich, nach einem kurzen, irritierten Blick auf das Bett, mitten im Zimmer aufgebaut und wie im Gerichtssaal in Positur geworfen.

«In welch schändlicher Absicht denn?» fragte ich.

«Das wissen Sie vermutlich besser als ich, Miss Bray.»

«Nicht unbedingt. Aber lassen Sie mich zusammenfassen.»

Die Regeln für das Spiel der Gerichtsverhandlung beherrschte nicht nur er.

Ich begab mich zur Estrade an der anderen Seite des Bettes, blickte ihn an. Tansy blieb auf ihrem Stuhl sitzen, die Augen unverwandt auf ihn geheftet.

«Wie Sie zugegeben haben», hob ich an, «ist dies Ihre Visitenkarte. Sie wurde aus dem Sprechzimmer Ihres Arztes entwendet. Sie ließen sie zurück, um einen Termin um elf Uhr zu vereinbaren, um elf Uhr morgens wohlgemerkt.»

Er nickte etwas unbehaglich, weil er, um mich anzusehen, über das Bett schauen mußte.

«Sie wurde, wie wir festgestellt haben, entwendet. Darüber hinaus haben wir festgestellt, daß der Text nachträglich ergänzt wurde.»

«Gefälscht.»

«In der Tat. Ich kann Ihnen verraten, daß sie von einem Ihrer – nicht wenigen – politischen Gegner entwendet und das Wort ‹abends› hinzugefügt wurde, um den Anschein zu erwecken, Sie wollten um einen Termin spätabends nachsuchen. Anschließend wurde die Karte zusammen mit einem Opalanhänger an Miss Topaz Brown geschickt.»

Fast unmerklich zuckte er zusammen. «Miss Bray, nehmen Sie zur Kenntnis, daß dies ohne mein Wissen geschah. Andernfalls hätte ich mich, milde ausgedrückt, nachdrücklich dagegen verwahrt.»

«Das nehme ich Ihnen sogar ab.»

«Dann nehmen Sie mir auch ab, daß dies ein hinterhältiger Versuch war, mich in Verruf zu bringen, indem man mir eine Beziehung zu einer Prostituierten unterstellen wollte?»

Tansy rutschte unruhig auf ihrem Stuhl herum. Ein Blick von mir gebot ihr, sich still zu verhalten.

«Nicht unbedingt hinterlistig, sondern unbedacht. Abgesehen davon stimme ich mit Ihnen überein.»

Tansy brummelte etwas Unverständliches.

«Sehr gut. Dann wird es Sie nicht weiter überraschen, daß ich meine Karte gern zurück hätte.»

«Es überrascht mich ganz und gar nicht.»

Meine Besonnenheit verunsicherte ihn. Er schob die Karte in seine Jackettasche.

«Da unter den gegebenen Umständen niemand ein Interesse daran haben dürfte, diesen stümperhaften Versuch publik zu machen, werde ich davon absehen, Klage gegen Sie oder Ihre verblendeten Mitstreiterinnen zu erheben. Ich brauche wohl nicht eigens darauf hinzuweisen, daß, sollte dieser Vorgang wider Erwarten an die Öffentlichkeit gelangen, ich sofort geeignete Maßnahmen ergreifen werde, meinen guten Ruf zu verteidigen.»

Nochmals ein durchdringender Blick, dann schritt er auf die Tür zu.

«Erwarten Sie auch», fragte ich, als seine Hand bereits auf dem Türknopf lag, «daß wir Stillschweigen darüber bewahren, was weiter geschah?»

Er fuhr herum. «Wovon sprechen Sie?»

Ich zückte die Botschaft von Topaz.

«Was haben Sie da?»

«Eine Einladung von Miss Brown.»

«Ich wüßte nicht, was mich das angeht.»

Und dennoch blieb er wie angewurzelt stehen.

«Das ist eine Einladung für acht Uhr abends. Sie beginnt mit ‹*Zu spät*›. Was besagt das Ihrer Meinung nach?»

«Spekulationen anzustellen ist doch wohl nicht meine Sache.»

«Meines Erachtens besagt das nichts anderes, als daß elf zu spät ist und ihr acht Uhr lieber wäre. Die Antwort auf die Nachricht auf Ihrer Karte, Mr. Chester.»

«Demnach eine Antwort auf eine gefälschte Nachricht, die, wie Sie bereits zugegeben haben, Teil eines Komplotts war.»

Seine Stimme war jetzt weit weniger gelassen. Wäre ich ein gegnerischer Anwalt gewesen, hätte ich gespürt, daß sich die Waage zu meinen Gunsten senkte.

«Miss Brown nahm aber an, daß die Karte und der Anhänger von Ihnen stammten; also muß sie ihre Antwort an Sie geschickt haben.»

«Ich habe nichts dergleichen erhalten.»

Er kam einen Schritt auf mich zu.

«Das glaube ich aber doch, Mr. Chester. Und ich glaube, daß Sie sie eingesteckt hatten, als Sie an dem betreffenden Abend um acht Uhr Miss Brown aufsuchten, um sie zu fragen, was die Nachricht zu bedeuten habe. Obwohl Sie das bestimmt längst ahnten.»

Er schlug sein Gerichtsgebaren wie eine Robe um sich.

«Ein derartiges Verhalten meinerseits wäre allerdings unerklärlich gewesen. Sie verlangen vom ...» (beinahe hätte er ‹verlangen vom Gericht› gesagt) «... Sie behaupten, daß ich aus heiterem Himmel eine Einladung von einer hinlänglich bekannten Prostituierten erhalten und sie persönlich aufgesucht hätte, um von ihr den Grund dafür zu erfahren. Auf so eine Schnapsidee könnte doch wohl nur ein Trottel verfallen!»

«Ganz recht – sofern Sie Miss Brown noch nicht kannten.»

«Sollten Sie mir unterstellen, Miss Bray, daß ich regelmäßig Umgang mit Prostituierten pflege, dann kann ich nur sagen, daß Ihre Phantasie noch verworrener ist als ich aufgrund Ihrer Aktivitäten bisher annehmen mußte.»

Seine Empörung hatte ihm wieder Auftrieb gegeben.

«Das unterstelle ich Ihnen keineswegs», sagte ich.

«Worum geht es dann?»

«Eine Beziehung zwischen einem Mann und einer Frau wie Topaz Brown beinhaltet normalerweise, daß der Mann für ihre Ausgaben aufkommt. Bei Ihnen war es genau umgekehrt.»

Obwohl ich Topaz' Nachricht auswendig kannte, las ich vor: «*Rückzahlung Darlehen für eine Karriere*. Für Ihre Karriere, Mr. Chester, Ihre höchst erfolgreiche Karriere. Die allerdings zu Beginn von Topaz Browns Geld abhing.»

Er wandte sich zum Gehen, mehr als ein kurzer Schritt wurde allerdings nicht daraus.

«Ihr Haß auf mich hat Ihnen völlig den Verstand geraubt.»

«Es gibt einen Zeugen.» Ich deutete auf Tansy. «Das ist Tansy Mills, die Zofe von Topaz Brown. Ihr gegenüber hat Topaz einen Mann erwähnt, der etwas mit Juristerei zu tun und den sie früher einmal unterstützt hat. Als undankbar hat sie ihn bezeichnet. Tansy hat sich geweigert, mir den Namen dieses Mannes zu verraten. Ich frage sie jetzt noch einmal.»

«Ja, er war's.»

Ihre Stimme war nur ein Krächzen.

«Wir wollen ganz korrekt verfahren, Tansy. Also: Wie lautet der Name des Mannes, der nach Aussage von Topaz undankbar war?»

Erneutes Krächzen. «David Chester.»

Er wollte auf sie zustürzen, hielt sich gerade noch zurück.

«Sie haben Sie beeinflußt. Sie ist eine von Ihren Leuten.»

«Von wegen. Wenn es jemanden gibt, der der Frauenbewegung noch feindseliger gegenübersteht als Sie, dann ist das Tansy Mills. Und wenn es jemanden gibt, der mich noch mehr als Sie verachtet, dann ebenfalls Tansy.»

«Genau», krächzte Tansy.

Völlig verständnislos sah er von ihr zu mir.

«Diejenige, die Sie in diese blödsinnige Falle locken wollte, hatte keine Ahnung, wie tödlich sie war. Ich schwöre Ihnen, daß weder sie noch ich wußten, daß Sie Topaz Brown von früher her kannten.»

«Das nehme ich Ihnen nicht ab.»

«Sie haben diese Nachricht erhalten.» Ich trat zu ihm, ließ ihn einen Blick auf den Zettel werfen, ohne ihn aus der Hand zu geben.

«Die Ärmste meinte genau, was sie sagte. Sie war gerührt über den Anhänger, der, wie sie glaubte, von Ihnen stammte, und bereit, Ihnen Ihre Undankbarkeit zu verzeihen und Ihre Schulden zu erlassen. Sie hatte ein kleines Essen vorbereitet, zur Erinnerung an frühere Zeiten, als Sie beide arm waren – gebackenen Fisch und billigen Wein. Sogar die Art von Unterwäsche, die sie damals trug, als sie sich noch nichts anderes leisten konnte, hatte sie sich besorgt.»

Als ich die Unterwäsche zur Sprache brachte, flackerten seine Augen.

«Aber auch Sie hatten Vorbereitungen getroffen, richtig? Sie beschafften sich das Laudanum. Sie hielten die Verabredung ein, vergifteten Topaz und waren rechtzeitig zu einem späten Abendessen mit Ihrer Frau und Freunden zurück. Sie nahmen den Schlüssel zu Topaz' Privateingang an sich und kamen irgendwann nach zwei Uhr morgens noch einmal her, um sich zu vergewissern, ob sie bereits tot war oder im Sterben lag.»

«Ohne daß meine Frau meine Abwesenheit bemerkt hätte?!»

Er hatte Übung darin, einen hoffnungslosen Fall bis zum Ende durchzukämpfen.

«Was Ihre Frau anbelangt, haben Sie angeblich am Bett Ihrer kranken Tochter Louisa gewacht. Wahrscheinlich haben sie der Kleinen ein paar Tropfen Laudanum auf einem Zuckerstückchen verabreicht, damit sie während Ihrer Abwesenheit nicht aufwacht.»

Bei der Erwähnung seiner Tochter schloß er die Augen. Die wenigen Tropfen, die er ihr eingeflößt haben mußte, schienen sein Gewissen mehr zu belasten als das Quantum, das er Topaz ins Glas gekippt hatte.

«Blieb nur noch ein Problem», fuhr ich fort. «Beim Wiedersehen mit Topaz hat sie sich bestimmt für den Anhänger bedankt. Und als Sie sie daraufhin fragten, wieso sie annähme, daß er von Ihnen stammt, hat sie wohl auf Ihre Karte verwiesen, die dabei gelegen hatte. Anderntags fiel Ihnen ein, daß es fatal wäre, wenn man in den Papieren von Topaz Ihre Karte entdeckte. Sie heuerten also einen Mann an, der sie Ihnen unter einem Vorwand wiederbeschaffen sollte. Als das nicht klappte, gaben Sie ihm den Schlüssel und trugen ihm auf, die Karte heimlich zu entwenden. Auch das ging schief. Sogar gründlich, weil er den Schlüssel nicht mehr herausrückte und Sie erpressen wollte. Inzwischen wußte er nämlich bereits eine ganze Menge, denn Sie bezahlten ihn ja auch dafür, uns zu bespitzeln, um in Erfahrung zu bringen, ob wir irgend etwas herausbekommen hätten.»

«Dieser Mann, von dem Sie da sprechen – können Sie den als Zeugen vor Gericht aussagen lassen?»

«Sie wissen sehr wohl, daß das nicht möglich ist. Er liegt im Leichenschauhaus. Dafür kann ich Ihnen seinen Namen verraten: Robert Worth. Sie hatten ihn vor mehr als zehn Jahren in London kennengelernt; er arbeitete damals in einer Anwaltskanzlei. Zufällig trafen Sie ihn jetzt hier wieder, wahrscheinlich als sie mit Naomi und Louisa den Zirkus besuchten.»

Das mit dem Zirkus war ein Geistesblitz gewesen – der, wie sein Gesicht verriet, voll eingeschlagen hatte. Daß ich so gut über seine Familie informiert war, gab ihm den Rest. Er torkelte auf mich zu, und ich machte mich schon zum Angriff bereit, aber er schleppte sich an mir vorbei die Stufe der Estrade hinauf und ließ sich auf das Bett von Topaz fallen – einmal ohne daß Tansy ob dieser Entwürdigung protestierte –, wo er in sich zusammensackte, den Kopf in den Händen vergraben, die schlanken Finger an die Stirn gepreßt. Ich dachte an die

Stunden, die er mich auf der Anklagebank festgenagelt hatte, empfand kein, will sagen nur mäßiges Mitleid.

«Verzeihen Sie ...», stammelte er.

Als Geständnis war das zwar völlig unzureichend, aber das meinte er auch gar nicht damit.

«Verzeihen Sie, aber ich brauche frische Luft. Gibt es hier einen Balkon?»

Ich bedeutete Tansy hierzubleiben und führte ihn wie einen Blinden durch den dunklen Salon. Kühle Luft schlug uns entgegen, als ich die Balkontür öffnete. Fünfunddreißig Meter unter uns schwappten die Atlantikwellen an den Strand. Die Straßenleuchten entlang der Promenade waren längst erloschen, die Fenster der anderen Hotels in der Dunkelheit nicht zu erkennen. Er trat ins Freie, atmete tief durch. In der Annahme, er wollte mir etwas anvertrauen, was nicht für Tansys Ohren bestimmt war, folgte ich ihm, wobei mir zumute war, als trampelte ich auf den zerbrochenen Fragmenten von etwas Kostbarem herum, das wohl oder übel zertrampelt werden mußte. Den Rücken mir zugekehrt, starrte er aufs Meer hinaus.

«Was beabsichtigen Sie zu unternehmen?» fragte er schließlich, ohne sich umzudrehen und wieder ganz gefaßt. Die gleiche Frage, die mir auf der Zunge lag.

«Was sollte ich denn Ihrer Meinung nach unternehmen?» Meine Stimme war ebenso ruhig wie seine. Wie zwei Kollegen, die über einen kniffligen Fall beratschlagen.

«Ihren Preis nennen.»

«Preis ...» Empört wollte ich aufbrausen, als mir klar wurde, daß er nicht von Geld sprach. «An welchen Preis haben Sie denn gedacht?»

«Eine Stimme?»

«Unsere Stimme?»

«Meine Stimme.»

Er blickte noch immer hinaus aufs Meer, und seine Worte kamen so leise, daß ich sie kaum hörte. Ich trat näher.

«Ihre Stimme im Parlament?»

«Sie ist nicht ohne Einfluß.»

Um ihn zu verstehen, mußte ich mich ganz dicht neben ihn stellen. Eines Blickes hatte er mich hier draußen noch nicht gewürdigt.

«Verstehe ich Sie recht, daß Sie mir anbieten, das nächste Mal, wenn im Parlament die Suffragettenfrage ansteht, zu unseren Gunsten zu stimmen?»

Sein «Ja» bewegte kaum die Luft auf dem Balkon. Dafür würde die Turbulenz, die dieses Ja in London auslöste, unser größter Schritt vorwärts seit Jahren sein. Bei dem Gewicht, das seine Stimme in der Tat besaß, würde er andere mitreißen, uns vielleicht sogar endlich zum Durchbruch verhelfen.

«Als Gegenleistung wofür?» fragte ich, obwohl die Antwort nicht schwer zu erraten war: Topaz, die nichts für unsere Bewegung übriggehabt hatte, zu vergessen und nicht nur sie, sondern auch Bobsworth, der sein Scherflein zum Quentchen Veränderung in der Welt beigesteuert hatte.

Er murmelte etwas derart leise, daß ich mich zu ihm neigen mußte. Im selben Augenblick erhielt ich einen Stoß in die Rippen, daß mir die Luft wegblieb, sich der Himmel vor meinen Augen drehte und mein Rücken gegen etwas Hartes prallte. In panischem Entsetzen registrierte ich, was vor sich ging – daß er versuchte, mich über die Balkonbrüstung zu werfen. Instinktiv leistete ich Widerstand. Ich strampelte, bis meine Füße wieder Halt fanden; es gelang mir, den linken Arm frei und seinen Anzug zu fassen zu bekommen, und bis ich wieder klar denken konnte, krallte ich mich bereits an seinem Revers fest, versuchte, mich daran hochzuziehen, um den Druck der steinernen Balustrade in meinem Rücken abzufangen. Und hörte mich etwas, ich weiß nicht was, schreien.

Er wich zurück, als ich ihm ans Schienbein trat und schon beinahe wieder stand. Sein entschlossenes Gesicht war Zentimeter von meinem entfernt, die Augen so kalt wie seinerzeit im Gerichtssaal. Ein Mann, der tut, was getan werden muß.

Ich bekam den anderen Arm frei, bohrte meine Fingernägel in diese kalten Augen. Er stöhnte schmerzerfüllt auf; ich spürte eingerissene Haut, aber er ließ nicht von mir ab. Noch immer aus dem Gleichgewicht, taumelte ich rückwärts, fühlte wieder die Balustrade in meinem Rücken und daß meine strampelnden Beine keinen Halt mehr fanden. Alles, was ich sehen konnte, war der nächtliche Himmel mit einer Konstellation von Sternen, deren Name mir nicht einfallen wollte. Vielleicht auf meinem Weg nach unten. Ein Fuß, vielmehr eine Zehe hatte noch Kontakt mit dem Balkon, aber immer weniger.

«Aufhören!»

Tansys Stimme. So als spräche sie zu einem Hund, der sich über die Bratenreste hermacht. Das hatte er nicht erwartet; für keinen von uns beiden hatte es noch etwas anderes auf der Welt gegeben. Er zögerte gerade so lange, daß ich einen Fuß wieder auf den Boden setzen und mein Gewicht nach vorn verlagern konnte, während Tansy ihn einfach am Ohr packte und kräftig daran zog.

Letztendlich muß es wohl diese Demütigung gewesen sein, die ihn ablenkte. Keuchend wandte er den Kopf – für mich die Chance, mich loszureißen und in Sicherheit zu bringen. Einen Augenblick lang sah es aus, als ob er sich auf Tansy stürzen würde, aber ich stand bereits neben ihr. Schwer atmend und sich mit der einen Hand automatisch das mißhandelte Ohr massierend, starrte er uns an.

«Ist doch ausgemachter Unsinn, was Sie da treiben», meinte Tansy vorwurfsvoll an sowohl seine wie auch an meine Adresse.

Inzwischen hatten wir ihn in eine Ecke des Balkons gedrängt.

«Ich halte ihn in Schach», sagte ich zu Tansy. «Sie holen inzwischen Hilfe.»

Er bewegte sich, aber nicht auf uns zu. Einen Augenblick lang sah ich seine Silhouette sich oben auf der Balkonbrüstung schwarz gegen den Himmel abzeichnen, gleich darauf nur noch Himmel. Ohne einen Laut von sich zu geben, stürzte er hinunter, dann, nach einer Stille, die schlimmer war als der entsetzlichste Schrei, das dumpfe Geräusch wie von einer in der Ferne zuschlagenden schweren Tür. Als Rose mit schlaftrunkenen Augen in den Salon kam, fand sie mich und Tansy eng umschlungen wie zwei verängstigte Kinder, die sich im Wald verlaufen haben.

XXIII

Erst zwei Monate später trafen Bobbie Fieldfare und ich wieder zusammen, in einem Polizeiwagen, in den man uns gesperrt hatte, nachdem es wegen Mrs. Pankhurst, die hinter schwedischen Gardinen saß, weil sie im Unterhaus einen Polizeiinspektor geohrfeigt hatte, auf dem Parliament Square zu Tumulten gekommen war. Ich stieg als erste ein; Bobbie landete, noch immer wüste Beschimpfungen gegen die beiden Schutzmänner ausstoßend, die sie in den Wagen verfrachtet hatten, auf mir.

«Wen haben wir denn da? Du mal wieder, Nell Bray?»

Während die Pferde die vertraute Strecke zum Revier in der Bow Street entlang trabten, meinte sie:

«Ich kann wohl nicht damit rechnen, daß du mir erzählst, was damals in Biarritz eigentlich passiert ist?»

«Dem offiziellen Untersuchungsergebnis nach war es Selbstmord.»

«Wie bei Topaz Brown?»

«Wie bei Topaz Brown. Scheint dieses Jahr dort unten geradezu epidemische Ausmaße angenommen zu haben.»

«Von ihrem Balkon?»

«Er hat einen Nervenzusammenbruch erlitten, infolge Überarbeitung.»

«So stand's in *The Times*. Und wenn es in *The Times* stand, ist es bestimmt nicht wahr.»

Wegen der vielen anderen Polizeiwagen, die mit weiteren Mitstreiterinnen ebenfalls zur Bow Street unterwegs waren, verfielen die Pferde in Schrittempo.

«Du deckst ihn, wie, Nell? Ausgerechnet ihn! Warum nur?»

Ich sagte nichts darauf. Es gab keine Antwort, mit der sich Bobbie abgefunden hätte. Wegen einer einfältigen, korpulenten Frau, die das Wahlrecht für Frauen für etwas Verwerfliches hielt. Einem verzogenen Kind zuliebe, das gesagt hatte, eine Dame gehöre nicht ins Parlament. Wegen Tansy, der es ein Herzensbedürfnis war, daß Topaz in Frieden ruhte. Deren Welt war bereits eingestürzt. Sollte ich die Trümmer auch noch zu Schutt zermahlen und ein Politikum daraus machen?

Draußen johlte die Menge; wegen des Verkehrs konnte ich nicht ausmachen, ob in Zustimmung oder Ablehnung.

«Übrigens stehen unsere Chancen, was das Testament von Topaz angeht, nicht schlecht», sagte ich. «Sieht so aus, als würde sich der Bruder mit der Hälfte des Geldes zufriedengeben.»

«Der Hälfte?!»

«Bleiben uns immerhin noch fünfundzwanzigtausend. Das sind fünfundzwanzig Kandidaten, und das zu einer Zeit, da allgemeine Wahlen vor der Tür stehen.»

Eine Wahl, die unbedingt den Durchbruch bringen muß, die uns einräumen muß, was uns von Rechts wegen und nach logischem Menschenverstand zusteht. Auch Topaz Brown, ob sie nun mit uns sympathisiert hatte oder nicht, hatte die ihr gebührende Anerkennung verdient.

«Hast du Rose Mills mal wieder gesehen?» erkundigte sich Bobbie ein wenig schuldbewußt.

«Sie dürfte in einem der vorderen Polizeiwagen sein. Sie hat eine Abteilung Textilarbeiterinnen angeführt, die versucht haben, das Innenministerium zu stürmen.»

«Alle Achtung.»

Eines der wenigen Male, daß ich Bobbies Meinung teilte. Ab Herbst war Rose so gut wie sicher ein Platz in einer Lehrerbildungsanstalt zugesagt worden, in der man ob eines Vorstrafenregisters einer guten Sache wegen nicht die Nase rümpfen würde. Vielleicht freute sich Tansy darüber, und wenn alle Differenzen um das Testament von Topaz beigelegt waren, würde sie auch noch ihre fünfhundert Pfund erhalten und sich ihren Traum vom eigenen Häuschens erfüllen können.

«Samt Enten.»

«Wie bitte?» Bobbie sah mich fragend an. Ich muß wohl laut gedacht haben.

«Samtpfoten, wollte ich sagen. Mir ist gerade eingefallen, daß meine Nachbarin einmal mehr meine Katzen versorgen muß.»

Der Wagen war zum Stillstand gekommen. Schwere Polizeistiefel stapften nach hinten zum Ausstieg, um uns die Stufen zum Revier hinaufzugeleiten. Bobbie und ich standen gleichzeitig auf, schauten uns an, lachten. Bobbie setzte sich wieder hin.

«Nach dir, Nell Bray.»

Näher würden wir uns wohl nie an einen Waffenstillstand herantasten.